Puzzlemord in Deutz

Ein KRIMINAListenROMAN
von
Bernhard Hatterscheidt

EDITION
LEMPERTZ

Impressum

Math. Lempertz GmbH
Hauptstraße 354
53639 Königswinter
Tel.: 02223 / 90 00 36
Fax: 02223 / 90 00 38
info@edition-lempertz.de
www.edition-lempertz.de

1. Auflage – Oktober 2015

Text: Bernhard Hatterscheidt
www.kriminalistenroman.de
info@kriminalistenroman.de
Find us on Facebook www.facebook.com/kriminalistenroman

Die kostenlose App zum KRIMINAListenROMAN im Google Play Store:
https://play.google.com/store

Umschlaggestaltung: Ralph Handmann
Lektorat: Laura Liebeskind-Weiland, Alina Groß
Titelbild: fotolia
Printed and bound in Germany
ISBN: 978-3- 945152-57-7

Bernhard Hatterscheidt wurde 1965 in Essen geboren und ist seit 1982 Polizeibeamter. Nach Jahren im Streifendienst und der sog. Einsatzhundertschaft kam er 1996 nach der Ausbildung zum Kriminalkommissar zur Kölner Mordkommission. Anschließend war er sieben Jahre lang, bis 2010, enger Mitarbeiter des Leiters der Kölner Kriminalpolizei. Heute bearbeitet er Beamten- und Korruptionsdelikte.

Vorwort

Dieser Roman beruht auf Tatsachen. Die Ermittlungen und Vernehmungen orientieren sich an der Wirklichkeit des kriminalpolizeilichen Alltags. Keine der genannten Personen ist so existent, es sei denn, es wurde ausdrücklich gewünscht. Namensähnlichkeiten sind daher zufällig. Jede Ähnlichkeit mit tatsächlichen Geschehnissen sowie mit lebenden oder verstorbenen Personen ist aber nicht immer rein zufällig.
Der Roman soll vor allem ein KRIMINAListenROMAN sein, der sich an der kriminalpolizeilichen Wirklichkeit orientiert. Deshalb sind einige Textpassagen bewusst protokollartig verfasst.

Meinen treuen Leserinnen und Lesern
und denen, die es vielleicht noch werden!

Dienstag, Sommerzeit

Vor einigen Stunden hatten Tim und Anni es sich auf einer Picknickdecke gemütlich gemacht. Nun lagen sie Arm in Arm auf dem Rücken und schauten in den klaren Sternenhimmel, während ihre leeren Sektgläser umgekippt neben benutzten Papptellern im Gras verstreut waren. Gerade im Dunkeln hatte der Pyramidenpark etwas Mystisches. In solch heißen Sommernächten war es besonders schön in diesem außergewöhnlichen Park. Vom Dach der Pyramide aus genoss man einen tollen Ausblick auf die Umgebung.

Seit ein paar Monaten waren Tim und Anni nun ein Liebespaar. Sie hatten sich in der benachbarten Fachhochschule auf einer Feier kennengelernt und sich immer wieder verliebte Blicke zugeworfen, bis Tim endlich den Mut gefasst und sie angesprochen hatte. Seit diesem Abend verbrachten sie so viel Zeit miteinander, wie sie konnten. Sogar von einer gemeinsamen Zukunft war schon die Rede und eine Verlobungsfeier schien in greifbarer Nähe. Wäre Anni seinerzeit nicht von ihrer Freundin überredet worden, zu dieser Feier zu gehen, hätte sie Tim vermutlich nie getroffen, denn sie studierte im letzten Semester Medizin an der Universität zu Köln. In einem halben Jahr würde die dann 26-Jährige in ihrem Traumberuf arbeiten können und nebenher ihren Facharzt machen.

Tim löste sich sanft aus der Umarmung, strich über ihr zartes Gesicht und schwärmte von ihren strahlend blauen Augen, ihrem süßen Lächeln und ihrer attraktiven Figur. Anni saugte jedes Wort in sich auf und war glücklich. Ineinander verschlungen blieben sie noch eine Weile liegen, bis Tim sich abermals zaghaft aus ihrer Umarmung löste.

„Ich muss mal für kleine Jungs, bin gleich wieder da, Süße“, flüsterte er ihr zu und gab ihr einen Kuss, bevor er im nahegelegenen Gebüsch verschwand.

Kurze Zeit später zog er den Reißverschluss seiner Hose hoch und stolperte beim Verlassen des Buschwerks unsanft über einen schwarzen Plastiksack, welcher halb verdeckt unter einem Strauch hervorschaute. Spitze Astenden stachen Tim ins Gesicht. Aus Ver-

ärgerung über seinen Beinahe-Sturz trat er so fest gegen den Sack, dass dadurch die Hülle einriss. Augenblicklich stieg ein entsetzlicher Gestank in seine Nase. Der süßlich-eklige Geruch breitete sich sekundenschnell um ihn herum aus. Um nicht noch einen Atemzug davon in die Lunge zu bekommen, rannte Tim eilig aus dem Gebüsch.
Anni schreckte hoch und runzelte überrascht die Stirn. „Was ist los, hast du ein Gespenst gesehen? Oder hast du jemanden gestört?" Sie grinste ihn an.
„Von wegen, da stinkt's wie die Pest! Ich bin über so einen blöden Sack gestolpert. Baah, ich krieg diesen Gestank nicht aus der Nase." Tim verzog angewidert das Gesicht und zupfte an seinem T-Shirt. „Das sitzt mir sogar in den Klamotten."
Anni roch an ihm und rümpfte die Nase. „Das riecht aber wirklich streng. Komm, das muss ich mir mal ansehen. Wer weiß, was da drin ist! Tagsüber sind doch auch Kinder hier im Park."
„Schatz, ich muss da jetzt ehrlich gesagt nicht noch mal hin. Mir ist schon schlecht."
Anni ließ sich nicht beirren. Schnurstracks ging sie zu dem Gebüsch, aus dem Tim herausgeeilt war. Die genaue Stelle war nicht zu verfehlen; die Luft war von dem gleichen Gestank geschwängert wie das T-Shirt von Tim. Nur roch es hier noch viel intensiver. Mit jedem Atemzug legte sich der Geruch wie ein Pelz auf Annis Zunge. Trotz des Ekels kramte sie ihr Smartphone hervor und aktivierte die Taschenlampen-App. Mit der linken Hand schob sie ein paar Sträucher zur Seite. Der grelle Lichtschein wurde von dem schwarzen Plastiksack reflektiert. Tim, der nun neben ihr stand und sich die Nase zuhielt, bewegte sich auf den Sack zu und versuchte, ihn aufzustellen. Er hatte große Mühe und musste nun beide Hände dazu benutzen.
„Anni! Ich kotz gleich! Das stinkt wie Sau!" Der Würgereiz wurde immer stärker.
„Komm schon, jetzt will ich auch wissen, was hier irgend so ein Arsch hingeworfen hat. Zieh die Tüte oben mal auf und ich leuchte hinein."
Tim zog mit den Fingerspitzen die Tüte auf und drehte sich angewidert weg – der faulige Gestank hüllte ihn augenblicklich ein. Würgend blaffte er Anni an: „Dann mach schon!"

Einen Sekundenbruchteil später zuckte Tim zusammen. Mit diesem grellen Aufschrei seiner Freundin hatte er nicht gerechnet. Geistesgegenwärtig drehte er sich um und sah im Lichtschein einen blutverschmierten Torso in dem Plastiksack liegen. Unzählige Fleischfliegen flogen laut brummend aus der Tüte heraus und steuerten nun auch auf Anni und Tim zu.
Keine zehn Minuten später erhellten blitzende Blaulichter den Park.

Dienstag – 3.00 Uhr nachts

Die Mitglieder der Mordkommission 6 trafen kurz nacheinander im Präsidium in Köln-Kalk auf ihrer Dienststelle des Kriminalkommissariates 11 (KK 11) ein. Da war zum einen Paul Westhoven, 50 Jahre alt, in zweiter Ehe mit Anne verheiratet, eine Tochter aus erster Ehe, Kriminalhauptkommissar (KHK) und Leiter dieser Kommission. Zum anderen gab es Kriminalhauptkommissarin (KHKin) Toni Krogmann, jenseits der 40, ein gebürtiges Hamburger Nordlicht, die mit ihrer Kollegin Laura zusammen war. Kriminalkommissar (KK) Heinz Dember, knapp über 30, mit der Rechtsmedizinerin Doris Dember verheiratet, kürzlich Vater eines Sohnes geworden, erschien gegen 03.00 Uhr mal wieder als Letzter auf der Dienststelle. Mit seiner gelben Zipp-off-Hose und seinem am Körper klebenden Muskelshirt mit Sponge Bob-Aufdruck sah er aus, als käme er frisch vom Ballermann. Angesichts seiner Kleidung hatte er Westhovens ungeteilte Aufmerksamkeit. „Oh Mann, Dember! Du wirst dich wohl nie ändern. Habt ihr zuhause keinen Spiegel? So willst du nicht ernsthaft mit uns zum Fundort fahren?“ Kopfschüttelnd betrachtete er Dember, wobei er sich ein Lachen kaum verkneifen konnte.

„Sorry! Der Kleine hat wieder Blähungen, ich habe bis jetzt kein Auge zugetan. Habe mich schnell in die Klamotten hier geworfen und bin direkt hierher.“

Toni musterte ihn von oben bis unten und grinste breit.

„Wirklich!“, betonte Dember mit Nachdruck. Westhoven verdrehte die Augen und winkte ab. „Ja, ist ja schon gut.“

Dember fuhr sich grinsend mit den Fingern durch seine klitschigen Haare und schüttelte den Kopf wie nach einer Dusche. „Ich ziehe mich direkt um. Für solche Notfälle habe ich doch immer Kleidung zum Wechseln im Büro. Man weiß ja nie, wozu die mal gut ist. Wo geht's denn eigentlich hin? Willi Schuster hat nämlich nur gesagt, dass in einem Park eine Tüte mit Leichenteilen gefunden wurde.“

„Wir müssen zum Pyramidenpark! Die Kollegen von der K-Wache warten schon auf uns. Also beeil dich ein bisschen!“

Dember schaute ihn gespielt ungläubig an. „Pyramiden-Was? Äh… mir hat keiner gesagt, dass ich meinen Reisepass mitbringen soll.

Woher soll ich denn bitteschön wissen, dass unsere Zuständigkeit plötzlich bis nach Ägypten geht?"
Toni prustete lauthals los. „Muss ich dir als Hamburger Deern etwa erklären, wo der Pyramidenpark ist?"
„Wieso weißt du das denn? Na, schieß los, ich bin ganz Ohr, Toni." Dember blickte seine Bürokollegin erwartungsvoll an.
„Also schön! Dann gebe ich dir mal einen kurzen Exkurs, wie aus einem Straßenbahndepot der Pyramidenpark wurde."
Westhoven, der auch erst seit dieser Nacht wusste, dass der Park quasi in Sichtweite des Präsidiums in Deutz lag, hörte ebenfalls gespannt zu.
„Also, der Park grenzt an den Großparkplatz neben dem Trainingszentrum der Kölner Haie. Das weißt du ja wohl, wo das ist. Wenn man es nicht weiß, dann fällt einem tatsächlich die langgestreckte Rasenpyramide nicht auf. Im Vorbeifahren sieht man nur einen Hügel. Jedenfalls verläuft unterhalb der Pyramide der gerade Hauptweg, daneben parallel ein Bahngleis, das an einem Prellbock endet. Sozusagen als Blick in die Vergangenheit auf das ehemalige Straßenbahndepot der KVB auf diesem Gelände. So, jetzt seid ihr im Bilde."
Dember nickte nachdenklich. „Danke, Toni. Nur für mich zur Beruhigung! Jetzt bin ich schon gefühlt eine Million Mal daran vorbeigefahren. Wie lange gibt's denn den Park schon?"
Sie grinste ihn an. „Ach, erst schlappe 10 Jahre! Der Park wurde im Jahr der Euro-Einführung eröffnet. Zur Erinnerung an die alten europäischen Währungen sind auf dem Hauptweg sogar Platten mit Lire, Francs, Gulden und dem Münzgeld der anderen Länder eingelassen. Werdet ihr dann ja gleich sehen können. Zufrieden jetzt?"
„Ja, fast! Eins noch, Toni – wieso weißt du sowas?"
„Städtereisen waren schon immer mein Hobby. Erst recht, wo ich doch in dieser schönen Stadt mein Zuhause gefunden habe. Geh doch gleich zu Fuß rüber, sind ja nur schlappe 300 bis 400 Meter. Vom Geschäftszimmer aus kannst du die Pyramide fast sehen."
Dember zog eine Grimasse und blickte verstohlen aus dem Fenster.

***

Trotz der geringen Entfernung bis zum Fundort fuhren die Ermittler mit zwei Fahrzeugen dorthin. Da Willi Schuster ihnen mitgeteilt hatte, dass man am besten über den Parkplatz neben dem Trainingscenter dorthin gelangen könnte, nahmen sie den Weg über die Gummersbacher Straße und bogen wenig später hinter der Bahnüberführung nach links ab. Auf dem Parkplatz standen zwei Streifenwagen, um die bereits das Flatterband zur Absperrung gespannt war. Das Blaulicht war eingeschaltet, wodurch die Gesichter der Journalisten immer wieder in blaues flackerndes Licht getaucht wurden. Westhoven parkte direkt vor den Fahrzeugen, Toni unmittelbar dahinter. Ohne auf die drängenden Fragen des EXPRESS-Reporters Dirk Holm zu reagieren, begaben sich alle drei zunächst hinter die Absperrung. Ein Beamter der Kriminalwache kam auf sie zu. „Guten Morgen! KK 11, nehme ich an?"

„Genau", antwortete Westhoven. „Ist der Erkennungsdienst noch nicht da oder stehen die mit ihrem Wagen auf der anderen Seite des Parks?"

„Die sind noch nicht da. Soll ich denn trotzdem schon mal berichten, was wir hier haben?"

Westhoven machte eine ungeduldige Handbewegung, die nichts anderes bedeutete, als dass der Kollege endlich erzählen sollte. Daraufhin berichtete der junge Kollege sichtlich beeindruckt von der Alarmierung bis zur Inaugenscheinnahme der Plastiktüte und redete dabei wie ein Wasserfall. „Ich habe so etwas noch nie gesehen! Jedenfalls nicht in echt. Das kenne ich nur aus dem Kriminalistikunterricht. Aber da haben die Bilder nicht so gestunken wie dieser Torso ohne Kopf und ohne Arme!" Er atmete kurz durch. „Der junge Mann dahinten mit seiner Freundin – die haben den schwarzen Plastiksack gefunden. Tim Dornhöfer und Anni Holz."

Westhoven fragte: „Wo lag denn der Sack?"

Der Kollege drehte sich um, zeigte auf den Fußweg, der zwischen dem niedrigen Buschwerk vom Parkplatz aus in den Park führte. „Da vorne, rechts vom Weg im Gebüsch. Wenn ich das vorhin richtig verstanden habe, dann musste er mal, ist dazu ins Gebüsch gegangen und dann dort über den Sack gestolpert. Und weil das so gestunken hat, haben die beiden nachgeschaut. Das ist die Kurzversion. Ich

schreibe euch natürlich einen ausführlichen Bericht."
„Habt ihr euch denn schon mal grob umgesehen, ob hier im Park oder in der näheren Umgebung noch mehr Plastiksäcke mit Leichenteilen herumstehen oder -liegen?", hakte Westhoven nach.
„Ehrlich gesagt nicht. Dafür waren wir einfach nicht genug Leute hier. Du siehst ja selbst, was hier los ist. Wenn wir uns hier wegbewegt hätten, dann hätten die Journalisten hundertprozentig die Absperrung ignoriert."
Westhoven wusste, dass sein Kollege damit wohl richtig lag. Insbesondere sein Spezialfreund Dirk Holm vom EXPRESS hätte sich diese Gelegenheit nicht entgehen lassen.
„Haben wir denn noch mehr Zeugen außer den beiden?"
Kopfschütteln. „Nein, waren wohl die einzigen, die um diese Uhrzeit noch im Park waren."
Dember meldete sich zu Wort: „Hier ist es auf jeden Fall angenehmer als bei mir zu Hause. Bei den Temperaturen kann doch kein Mensch schlafen. In unserem Schlafzimmer ist es so heiß wie in einer Sauna. Es kühlt kein bisschen runter."
Toni frotzelte: „Wenn wir hier fertig sind, kannst du dich ja zum Schlafen in den Park legen, du armer gestresster Papi." Sie erntete nur einen missbilligenden Blick ihres Kollegen.
Westhoven zog sich einen Spurensicherungsanzug über und ließ sich danach von dem Kollegen der Kriminalwache zum Fundort führen. Sein Team kümmerte sich auf seine Anweisung hin um die Zeugen. Als er direkt neben dem Sack stand, bohrte sich der Gestank bis in seine Lungen. Wie an jedem neuen Tatort schloss er die Augen und ließ die Umgebung auf sich wirken.

Währenddessen trafen nun auch Michael Drees von der Spurensicherung und der Fotograf ein. Nachdem sie ebenfalls Spurensicherungsanzüge und Schuhüberzieher angelegt hatten, begaben sie sich zum Kollegen der Kriminalwache, der noch immer an der Stelle auf dem Weg stand, wo Westhoven ins Gebüsch verschwunden war. Drees konnte sich einen lockeren Spruch nicht verkneifen: „Paul kommuniziert wohl wieder mit dem Opfer. Macht er immer so. Das dauert ein paar Minuten. Stören wir ihn nicht, dann geht's schneller."

Der junge Kollege räusperte sich. „Ähem. Das dürfte schwierig werden. Der Kopf fehlt."
Westhoven hörte gedämpft die Stimmen seiner Kollegen und wusste ganz genau, dass Drees ihn gleich antreiben würde, damit er mit der Spurensicherung beginnen konnte. Trotzdem nahm er sich den Moment. Er spürte auf der Haut die leichte Kühle, die in diesem Buschwerk herrschte. Viel mehr aber spürte er, wie süßlich-fauliger Gestank von Verwesung den Weg in seine Lungen fand. Er war froh, dass er den Spurensicherungsanzug trug, auch wenn dieser durch seine Beschaffenheit schweißtreibend wirkte. Immer noch besser, als wenn sich der Gestank wieder in seiner Kleidung festsetzte! Seine Gedanken schweiften einige Jahre zurück, als er bei ähnlich heißen Temperaturen zu einem Suizid in ein einsam gelegenes Waldstück hatte fahren müssen. Dort hatte sich ein junger Mann aufgehängt, der seit mehreren Tagen als vermisst gemeldet war. In einem geschätzten Umkreis von rund 30 Metern war zu jener Zeit die Luft von Verwesung geschwängert gewesen. Westhoven erinnerte sich an geradezu bestialischen Gestank. Er erinnerte sich außerdem daran, wie sich der Geruch erst in seiner Nase festgesetzt und dann unweigerlich als Geschmack klebrig auf seine Zunge gelegt hatte, von den luftdurchtränkten Klamotten ganz zu schweigen. Westhoven stand augenblicklich wieder das Bild des verwesenden Leichnams vor Augen. Da war dieser durch das eigene Körpergewicht extrem lang gedehnte Hals. Mit Fliegenmaden übersäte Augenhöhlen, auf den Boden tropfende Fäulnisflüssigkeit. Bei jeder Annäherung an den Leichnam waren kleine schwarze und große Kaisergoldfliegen wirr umhergeschwirrt. An der Brust des Toten war ein Zettel mit nur einem Wort befestigt: *Nichtsnutz*! Ein trauriges Ende für ein so junges Leben.
Als sie die Leiche später zusammen mit dem Bestattungsunternehmen vom Strick abschnitten, ertönte aus deren Mund noch ein lautes gurgelndes Geräusch, das wie aus einer Geisterbahn klang. Als der Todesermittler später mit der Straßenbahn nach Hause gefahren war – damals nutzte er noch sein Jobticket –, hatte er viel Platz in der überfüllten Straßenbahn gehabt. Leute, die sich zunächst freudig auf den leeren Sitz neben ihn gesetzt hatten, waren kurz danach eilig

wieder aufgestanden. Bestimmt hatten sie ihn damals für einen ungewaschenen Obdachlosen gehalten, der in der klimatisierten Bahn ein wenig durch die Stadt fuhr. Was hätte er denn zu den Mitfahrenden sagen sollen, die ihre Nase rümpften und grimmig dreinschauten? *Entschuldigen Sie bitte, dass ich so stinke, aber ich bin Todesermittler und kann auch nichts dafür, dass der Geruch der verwesenden Leiche von heute Morgen so nachhaltig penetrant in meinen Klamotten sitzt?*

Nun stand Westhoven abermals in unmittelbarer Nähe des Fundortes einer verwesenden Leiche und schmeckte auch diesmal den Geruch auf der Zunge. Er war zwar nicht so penetrant wie damals, aber ihm reichte es. Trotzdem warf er noch einen Blick in den schwarzen Plastiksack, bevor er das Dickicht verließ. Neben dem Torso sah er deutlich sichtbar die Arme, beide ohne Hände, am oberen Ende die blanken Schultergelenkskugeln. Nachdem die Luft um ihn herum wieder frisch war, wünschte er Drees mit hämischem Zungenschlag viel Spaß bei der Arbeit. Was dieser in sich hineinmurmelte, konnte Westhoven nicht mehr hören, denn er war auf dem Weg zu Dember und Toni, die bereits die ersten Angaben des Finderpärchens aufnahmen. Die beiden wirkten immer noch wie gelähmt. Er stellte sich daneben und hörte zu, wie der junge Mann vom Fund des Sacks berichtete. Dember fragte nach: „Haben Sie während Ihres Aufenthalts hier im Park irgendwelche verdächtigen Fahrzeuge oder Personen gesehen?"
Der junge Mann schüttelte den Kopf. „Ehrlich gesagt, nicht. Und was ist eigentlich ein verdächtiges Fahrzeug?"
„Waren Sie gestern auch schon hier im Pyramidenpark?"
„Ja, aber nur kurz. Ich bin mit meiner Freundin nach dem Abendessen noch ein bisschen spazieren gewesen. Da sind wir auch durch den Park hier gegangen."
„Herr Dornhöfer, wir müssen Ihre Aussage nachher noch in einer Zeugenvernehmung zu Protokoll bringen. Bleiben Sie also bitte noch hier. Ich sage Ihnen dann Bescheid, okay?"
Tim Dornhöfer nickte, ging ein paar Schritte und setzte sich dann erschüttert auf die Picknickdecke. Seine Freundin Anni war noch im Gespräch mit Toni Krogmann.

Westhoven erteilte Dember den Auftrag, zusammen mit Drees und den anderen Kollegen des Erkennungsdienstes die Tatortaufnahme durchzuführen. Danach stellte er sich zur Befragung von Anni Holz und hörte zu. Er bekam im Grunde nur noch den Schluss mit und dieser deckte sich mit den Angaben von Tim Dornhöfer. Sie ergänzte lediglich, dass sie als Medizinerin schließlich sofort erkannt habe, dass es sich tatsächlich um einen menschlichen Torso handelte. Die junge Frau setzte sich danach zu ihrem Freund. Sie legten die Arme umeinander und spendeten sich auf diese Weise Trost. Zwischenzeitlich waren auch Prof. Dr. Dotzinger von der Rechtsmedizin und Staatsanwältin Sarah Steinmann eingetroffen. Westhoven informierte sie über den Fall und deutete dabei auf das Gebüsch, in dem Drees und Dember in weißen Anzügen und mit aufgezogenen Kapuzen miteinander sprachen. Sarah Steinmann, die noch immer relativ neu in der Kapitalabteilung war, kannte zerstückelte Leichen bisher nur aus den Altakten oder aus Horrorfilmen. Sie konnte es kaum erwarten, endlich den Spurensicherungsanzug und die blauen Schuhüberzieher anzuziehen und den schwarzen Plastiksack in Augenschein zu nehmen. Schnell streifte sie den Papieranzug über ihre helle Leinenhose und behielt ihre flachen Ballerinas dabei an. Noch während des Gehens zog sie die Schuhüberzieher an und verschwand zu Drees und Dember ins Gebüsch.
„Hallo, ihr beiden! Kann ich mal einen Blick in den Sack riskieren?“
Ihre Frage klang nicht wirklich wie eine Bitte, sondern vielmehr nach einem „Lasst mich mal gucken!“ Die beiden Ermittler hielten ihr die Tüte hin und Sarah Steinmann zog sie an ihrer Seite noch ein Stück weiter auf. „Puh, das ist ja sogar für mich eklig! Wer das wohl gemacht hat?“
Dember antwortete ihr: „Na, wer wohl, Sarah? Ein Perverser, wer sonst!“
„Wissen wir schon irgendetwas über das Opfer?“
Drees verneinte. „Einen Ausweis haben wir bislang nicht gefunden. Und ehrlich gesagt wird die Identifizierung auch schwierig werden: Immerhin fehlen alle Körperteile, die für uns sonst bei einer Identifikation hilfreich sind. Fingerabdrücke gibt´s keine und ein Zahnschema können wir auch vergessen.“

„Jetzt malt mal nicht den Teufel an die Wand, ihr zwei Hübschen. Vielleicht finden wir die fehlenden Körperteile ja noch. Die müssen ja schließlich auch noch irgendwo sein. Außerdem haben wir immer noch die Möglichkeit einer Identifizierung über die DAD[1]. Mit ein bisschen Glück hat das Bundeskriminalamt was über ihn. Was ist mit der Vermisstenstelle? Habt ihr da schon gefragt?"

Dember entgegnete: „Liebste Sarah, wir sind gerade mal 20 Minuten länger hier als du. Frage beantwortet?"

„Ja, ja. Hab verstanden. Ich geh dann mal, ihr macht das schon."

Beim Verlassen des Gebüschs drängte sie sich an Prof. Dr. Dotzinger vorbei, der ihr auf dem engen Trampelpfad entgegenkam.

„Ach, Herr Professor!?"

Dotzinger drehte sich um. „Ja?"

„Vielleicht könnten Sie mir gleich schon was zur Liegezeit sagen?" Sie bedachte ihn mit einem reizenden Augenaufschlag.

„Mittlerweile sollten Sie wissen, wie ich arbeite, Frau Staatsanwältin. Das fragen Sie mich jedes Mal und jedes Mal bekommen Sie die gleiche Antwort von mir."

Während er im Gebüsch verschwand, zog sie sich den Spurensicherungsanzug wieder aus und ging schnurstracks zu Westhoven. Dieser las sich gerade seine Notizen durch.

„Na, Paul, was denkst du über diesen Fall? Was sagt dir dein berühmtes Bauchgefühl?"

Westhoven holte tief Luft. „Auf jeden Fall haben wir so eine zerlegte Leiche nicht alle Tage in Köln, das steht mal fest. Und einen Menschen dermaßen in Einzelteile zu zerlegen, ist im wahrsten Sinne des Wortes echte Knochenarbeit. Ich habe mal gelesen, dass dieser Serienmörder Fritz Haarmann[2] seinerzeit mehrere Tage dafür gebraucht hat. Davon gehe ich hier aber nicht aus, das hier ist die Arbeit eines Profis. Du hast doch auch die sauberen Schnitte an den Handgelenken und die ausgelösten blanken Schultergelenke gesehen. Nee, ich bin mir sicher, dass hier jemand wusste, was er tat. Hoffen

---

1 DNA-Analyse-Datei

2 Friedrich „Fritz" Heinrich Karl Haarmann (1879 - 1925), wurde wegen Mordes an 24 Jungen und jungen Männern im Alter von 10 bis 22 Jahren vom Schwurgericht Hannover am 19. Dezember 1924 zum Tode verurteilt.

wir nur, dass dieser Jemand nicht Gefallen daran gefunden hat."
„Du meinst, ein Schlachter oder Metzger hat das gemacht?"
„Wieso nicht? Das hat jedenfalls keiner gemacht, der so was noch nie zuvor getan hat. Ich meine, ich selbst wüsste nicht einmal, wo ich da anfangen sollte, geschweige denn, welches Schneidwerkzeug ich nehmen müsste. Du etwa, Sarah?"
Sie zuckte mit den Schultern. „Ob das wirklich den Kreis der Tatverdächtigen eingrenzt, werden wir ja sehen. Das Wichtigste ist erstmal, zu klären, von wem die Überreste überhaupt sind. Und da fällt mir noch was ein. Ich weiß zwar nicht, wie viel Kilogramm die Teile da wiegen, aber ich halte es schon jetzt für ausgeschlossen, dass irgendwer den Plastiksack so mir nichts, dir nichts hierhergeschleppt hat. Der hätte auf dem Weg ja reißen können."
„Sehe ich auch so, Sarah. Und warum versteckt jemand den Sack hier im Park und schmeißt ihn nicht einfach in den Müll? Wenn alles einmal auf der Müllkippe liegt, ist die Rückverfolgung doch nahezu unmöglich. Kennen wir doch schon, wäre ja nicht das erste Mal."
Prof. Dr. Dotzinger näherte sich von hinten. „So, vorbehaltlich weiterer Untersuchungen und ohne Gewähr: Unter der Annahme, dass die Leichenteile nicht gekühlt gelagert wurden, bevor sie abgelegt worden sind, mutmaße ich, dass von einer maximalen Liegezeit von ein bis zwei Tagen auszugehen ist."
Die Staatsanwältin fragte: „Können Sie vielleicht auch was zum ungefähren Alter sagen?"
„Nun ja, auch das ohne Gewähr. Auf den ersten Blick würde ich mutmaßen, dass der Mann etwa zwischen 25 und 35 Jahre alt geworden ist. Seine Muskulatur, soweit ich das überhaupt im Stockdustern sehen konnte, ist ziemlich ausgeprägt. Nageln Sie mich aber jetzt nicht auf ein paar Jahre nach oben oder unten fest."
„Und die Todesursache?"
„Das ist ja jetzt wohl eine Scherzfrage?!" Der Professor schüttelte verständnislos den Kopf. „Bis um 09.00 Uhr dann in der Rechtsmedizin!"

***

Es war 09.00 Uhr, als die Kräfte der Einsatzhundertschaft eintrafen, um unter der Leitung von Heinz Dember den Pyramidenpark gründlich zu durchsuchen. Die Maßnahme wurde ohne weiteren Fund gegen 10.30 Uhr beendet. Die Kräfte der Hundertschaft machten sich wieder auf den Weg zu ihrem Standort in Brühl und die Absperrung im Park wurde aufgehoben.

***

Zeitgleich zum Beginn der Suchaktion parkten Westhoven und Krogmann auf dem Parkplatz der Rechtsmedizin.

„Mann, ist das heiß heute! Als ob man im Süden aus dem Flieger steigt." Im Grunde zog Westhoven Wärme Kälte vor, aber während der Arbeit fand er die Hitze dann doch nicht so toll. Die Büroräume waren nicht klimatisiert und der ständige Durchzug hatte ihm schon die eine oder andere Nackenverspannung und Kopfschmerzen eingebrockt.

„Musst ja auch nicht die Klimaanlage so herunterregeln, dass man sich fühlt wie in einem fahrenden Kühlschrank. So lang hat die Fahrt vom Park bis hierher auch nicht gedauert!" Toni grinste ihn an.

Sie gingen über den so genannten Lieferanteneingang, dessen Tür sperrangelweit offen stand, zum Sektionsraum.

Prof. Dr. Dotzinger, der Präparator Pahl und Sarah Steinmann waren auch schon da. Als hätte Pahl nur auf Westhoven gewartet, klopfte er zur Begrüßung gleich einen seiner berühmten Sprüche: „Hey, Paul, alte Säge! Hast du ein Glück heute. Kein Schädel da, den man öffnen müsste. Gut, was!?" Er blickte dabei auf den Sektionstisch, auf dem drei Leichenteile lagen: ein männlicher Rumpfanteil sowie zwei Arme ohne Hände. Er klopfte dem Rumpf auf die Schulter. „Na, mein Lieber, ganz schön kopflos, wie du hier rumliegst." Pahl beugte sich herunter und tat so, als ob er dem nicht vorhandenen Kopf ins Ohr flüstern würde: „Und noch was, mein kopfloser Reiter – lieber Arm dran als Arm ab." Nach seinem perfiden Spaß kicherte er in sich hinein.

„Herr Pahl! Also wirklich!" Prof. Dr. Dotzinger schüttelte den Kopf.

„Ein bisschen mehr Respekt bitte."
Nach seinem Rüffel schaltete er das über dem Tisch baumelnde Diktiergerät ein und fing mit der äußeren Besichtigung der Leichenteile an, während Pahl die Maße des Rumpftorsos auf dem Whiteboard notierte: Höhe 51 cm, Breite 39 cm und Länge 24 cm.
„Der Kopf fehlt vollständig. Er wurde im Halsansatzbereich abgetrennt, beide Arme im Schultergelenk exartikuliert. Die untere Begrenzung des Torsos bildet der Bereich seiner Bandscheibe."
Dotzinger beugte sich nun dicht über den Teil des Torsos, an dem ursprünglich der Kopf angesetzt hatte.
„Die Wundränder am Hals sind gar nicht oder nur minimal eingeblutet. Sowohl die Luft- und Speiseröhre als auch die Halsschlagader sind sauber durchtrennt."
Er ging nun auf die Längsseite des kalten stählernen Tisches und beugte sich abermals über den Torso.
„Unterhalb des Halses, ca. 2 cm rechts der Körpermittellinie, besteht eine schräg verlaufende, 2,9 cm lange und 1,2 cm klaffende Hautdurchtrennung. Mit lichtem Abstand darunter drei weitere gleichartige Stichkanäle, deren Wundränder sowie die darunterliegende Muskulatur gering eingeblutet sind. Der rechte Wundwinkel ist spitz, der linke mit einer gut sichtbaren Kerbenbildung."
„Heißt das, der Mann ist erstochen worden?", fragte Sarah Steinmann.
Dotzinger nickte und antwortete in seiner ihm unnachahmlichen Art: „Frau Steinmann, ich habe ja eben erst angefangen mit der Sektion, aber diese vier Stichkanäle sprechen augenscheinlich für nicht mit dem Leben zu vereinbarende Verletzungen."
„Also erstochen?"
„Wie schon gesagt." Dotzinger zuckte mit den Schultern und diktierte weiter. „Unter der linken Brustwarze ein auffälliger, im Durchmesser 5 mm großer, erhabener Leberfleck. Absatz, neue Nummer. Im Bereich des linken Oberarmansatzes freiliegende Muskulatur, beinahe ohne Einblutungen mit geradlinigen Wundrändern. Gleiches auf der rechten Seite. Der Blick auf die Schultergelenkspfannen ist frei. Gut sichtbar mehrere kleinere Einkerbungen, jedoch ohne größere Defektbildungen."

Der Professor drückte nun auf den Bereich des Rippenbogens. „Zwischen den 3. und 4. Rippen findet sich eine Durchtrennung der Zwischenrippenmuskulatur, das Knorpelfragment der 5. Rippen ist aus dem Verbund gelöst, ebenso bei allen weiteren Rippen. Mit Zentrum 10 cm unterhalb der rechten Brustwarze ist eine 2,9 cm lange glattrandige Haut- und Unterhautfettgewebsdurchtrennung, die sich bis in die Brusthöhle fortsetzt und sich bis auf die tiefe Rippenmuskulatur verfolgen lässt."
Nachdem der Rechtsmediziner alle weiteren Befunde diktiert hatte, bat er Pahl, den Torso in die Bauchlage zu drehen.
„Soll ich auch die Arme entsprechend dranpuzzeln? Wenn wir dann noch irgendwann die fehlenden Leichenteile bekommen, könnten wir das Ganze ja ‚Düxer Leichenpuzzle' nennen, oder was meint ihr? Sozusagen Körperwelten Deluxe."
Westhoven schüttelte aufgebracht den Kopf. „Mensch, Pahl! Geht's noch?! Hast du schlechten Shit geraucht, oder was ist heute mit dir los? So witzig find ich das irgendwie nicht! Immerhin ist hier jemand augenscheinlich erstochen und dann auch noch von irgendeinem geisteskranken Hirn wie ein Stück Vieh zerstückelt worden! Da kannst auch du dich mal zurückhalten!"
„Jetzt mach mal halblang, Paul. Freu dich lieber über das schöne Wetter, anstatt dich über meinen schwarzen Humor zu ärgern. Oder meinst du im Ernst, dass ihm das Zerstückeln noch wehgetan hat?" Pahl zwinkerte Westhoven zu.
Der Professor diktierte seine letzten Befunde zur äußeren Leichenschau und ging dann zur inneren Besichtigung des Torsos über. „Ab dem 3. Zwischenrippenraum finden sich insgesamt 4 Durchtrennungen des Rippenfells, die in der Zwischenrippenmuskulatur enden und eine Länge bis zu 14 mm haben. Eine Beurteilung der Wundwinkel ist nicht durchführbar. Das Brustfell ist ebenfalls mehrfach durchtrennt, in der rechten Brusthöhle liegt locker ein rot glänzender Knopf." Prof. Dr. Dotzinger übergab den Knopf zur Asservierung an Pahl. „Den Knopf können Sie gleich mitnehmen, Herr Westhoven. Da haben Sie schon mal einen ersten Hinweis auf das vermutlich getragene Hemd zur Tatzeit. Ist ja schon ein bisschen auffällig – so ein roter Knopf an einem Herrenhemd."

„Da haben Sie Recht, Herr Professor. Gut, dass Sie den im Blut überhaupt gesehen haben."
Nach einigen weiteren Untersuchungen schaltete der Obduzent schließlich das Diktiergerät aus und drehte sich um.
„Und? Wie lautet Ihr erster Befund, Herr Professor?" Sarah Steinmann blickte ihn erwartungsvoll an.
„Sie wissen ja, Frau Staatsanwältin, mein abschließendes Gutachten gibt es nur schriftlich. Also nageln Sie mich später nicht drauf fest, wenn es etwas anders ausfällt als das, was ich nun sage. Aber nun gut. Sie haben es ja selbst gesehen und auch gehört, was ich diktiert habe. So, wie es scheint, sind der Kopf, die Arme und der Unterkörper scharfkantig abgesetzt worden. Und zwar avital, was Sie an den Absetzungsrändern gut erkennen können. Dass auch die inneren Organe fehlen, ist auch nicht zu übersehen gewesen."
„Was ist denn mit den vier Stichen? Hat der Mann da noch gelebt?"
„Bei drei von vier Stichen würde ich zurzeit sagen, ja. Beim vierten ist es fraglich, ob dieser vital erfolgte oder ob der Mann da schon tot war."
„Wie schätzen Sie denn das Abtrennen der Körperteile ein? War das fachmännisch oder eher laienhaft?"
„Sowohl als auch wäre hier zurzeit die richtige Antwort. Die Gelenke wurden unter weitgehender Schonung der anatomischen Strukturen ausgelöst und die Brustorgane unter Belassung eines Teilstücks der Körperhauptschlagader komplett entfernt. Ich denke, hier wusste jemand ziemlich genau, was zu tun ist."
„Können Sie nun genauere Angaben zum Alter, zur Herkunft oder Liegezeit machen? Irgendwas, was uns weiterhelfen könnte?"
„Ich denke, der Mann war Europäer, bei dem ziemlich hellen Hautkolorit. Beim Lebensalter bleibe ich bei meiner ersten Einschätzung zwischen 25 und 35 Jahren plus minus. Und die Liegezeit, tja, im Grunde bleibe ich auch da bei meiner ersten Einschätzung. Unter normalen Lagerungsbedingungen, also ohne gekühlte Zwischenlagerung, maximal ein bis zwei Tage."
„Wie groß schätzen Sie das Opfer?"
„Die Körperlängenbestimmung müssen wir noch durchführen. Dazu habe ich ja den rechten Oberarmknochen in toto asserviert. Das dauert aber noch was."

„Vielen Dank, Herr Professor! Bitte machen Sie auf jeden Fall noch eine DNA-Analyse, eine Blutalkoholbestimmung und zur Sicherheit auch eine chemisch-toxikologische Untersuchung. Ich bin gespannt, wann wir uns wiedersehen. Irgendwie werde ich das Gefühl nicht los, dass wir noch die anderen Körperteile finden werden."

Pahl meldete sich zu Wort: „Das wäre ja prima. Dann wird das Puzzle vielleicht noch komplett."

Da klingelte Westhovens Mobiltelefon. Arndt Siebert, Leiter des KK 11, war am anderen Ende. „Guten Morgen, Paul. Wie weit seid ihr?"

„Wir sind quasi durch die Tür. Wieso fragst du?"

„Es gibt noch einen Fund. Spielende Kinder haben vorhin in Humboldt-Gremberg in der Burgenlandstraße, Ecke An der Pulvermühle einen schwarzen Müllsack mit Leichenteilen gefunden. Der Sack soll hinter dem Zaun im niedrigen Buschwerk zwischen den Bäumen stehen. Ich habe Dember direkt dorthin geschickt. Die Hundertschaft habe ich auch schon zurückbeordern lassen, und diesmal kommt auch ein Leichenspürhund."

„Das ist jetzt nicht dein Ernst!"

Alle Blicke richteten sich gespannt auf Westhoven, der nickte und bestätigte: „Wir beeilen uns." Er beendete den Anruf und informierte die Anwesenden über die neue Entwicklung. Pahl klatschte triumphierend in die Hände. „Dann bis gleich – zum Puzzlen!"

***

Auf der Fahrt von Ehrenfeld nach Humboldt-Gremberg hörten sie Radio Köln. Dort wurde schon den ganzen Vormittag in den Lokalnachrichten über den grausigen Leichenfund berichtet und so das alljährliche Sommerloch gefüllt. Der freie Journalist Frank Wilhelm hatte zudem blitzschnell recherchiert und seinen Beitrag um die früheren spektakulären, ähnlich gelagerten Fälle angereichert, die in Köln passiert waren. Er berichtete zunächst von Maria W., deren Körperteile Stück für Stück in den Jahren von 1987 bis 1994 gefunden worden waren. Erst als im Sommer 1994 der Torso der 53-jäh-

rigen Frau in einer Plastiktonne in Ehrenfeld aufgetaucht war, hatte die Kripo damals endlich eine heiße Spur gehabt.
Im Juni 1992 wurde die zersägte Leiche der 24-jährigen Afak B. am Rhein gefunden. Die Ermittlungen ergaben, dass ein Bekannter die Frau im Streit getötet und sich dann selbst vom Dach eines Hochhauses im Kölner Süden gestürzt hatte.
Im Dezember 1992 beschäftigte die Kripo der Fall der 48-jährigen Ursula W., deren Torso in einem Waldgelände in Brück von einem Jogger gefunden worden war. Sie war zwei Jahre zuvor von ihrem Ehemann getötet und zerstückelt worden. Die Leichenteile hatte der Mann mit der Straßenbahn transportiert und sie vergraben. Ein Fingerabdruck war damals der Schlüssel zu den erfolgreichen Ermittlungen gewesen.
Zum Ende des Radiobeitrags erzählte der Journalist, dass die Mordkommission auch im Fall von Maria S. hatte ermitteln müssen, einer 67-jährigen Rentnerin, die im Februar 1994 in Einzelteilen im Thurner Wald in Dellbrück gefunden worden war. Ihr psychisch kranker Sohn hatte sie aus Sorge vor der Einweisung in eine Klinik getötet und zerstückelt.
Im Vorbeifahren erblickte Westhoven in einem der Zeitungsverkaufskästen die nicht zu übersehende Schlagzeile im EXPRESS:

„Puzzlemord in Deutz – zerstückelte kopflose Leiche!“

***

Als Paul Westhoven, Toni Krogmann und Sarah Steinmann in Humboldt-Gremberg eintrafen, war das Gelände weiträumig abgesperrt. Der brusthohe Metallzaun am engeren Fundort war eine willkommene Eingrenzung, um Unberechtigte vom Fundort fernzuhalten. Dember kam ihnen entgegen und setzte sie über seine ersten Erkenntnisse ins Bild. „Ich glaube, wir haben hier die fehlenden Teile. Zumindest die Extremitäten.“
„Was heißt das konkret?“, fragte Westhoven. „Haben wir auch die Hände und den Kopf?“

Dember schüttelte bedauernd den Kopf. „Leider nicht. In dem Sack hier sind nur die fehlenden Beine, die auch in vier Teile zersägt sind, und das Hinterteil. Das war's. Die Organe fehlen wohl auch noch. Wer weiß, wo die abgelegt wurden."
Westhoven schöpfte Hoffnung. „Sind denn diesmal Kleidungsstücke oder Papiere mit im Sack?"
„Da ist was, aber ich kann echt nicht sagen, was das genau sein soll. Ich wollte ja nichts verändern, bevor Drees fertig ist. Der flippt sonst aus."
„Wonach sieht's denn aus?"
Dember zuckte mit den Schultern. „Wenn du mich fragst, nach einem blutverschmierten Tuch oder sowas, aber ich kann es echt nicht genau definieren! Das ist total eingetrocknet und verknüllt und teilweise unter den Leichenteilen eingeklemmt."
„Okay." Westhoven schaute Toni und Sarah Steinmann an. „Dann müssen wir, falls nötig, später mittels DNA-Vergleich feststellen, ob wir es mit Leichenteilen von der gleichen Person zu tun haben."
Dember hielt eine Hand hoch. „Vielleicht ist es doch möglich, in der Rechtsmedizin die Einzelteile zusammenzulegen, oder nicht? Da sieht man doch, ob die zusammenpassen. Wie bei einem Puzzle."
Augenblicklich blickte er in Westhovens finstere Miene. „Jetzt laberst du auch schon so einen Stuss wie Pahl. Habt ihr euch abgesprochen, oder was?"
Dember verstand Westhovens Reaktion nicht. „Häh, was…?"
Ohne eine Erklärung und noch bevor der Erkennungsdienst eintraf, nutzte Westhoven auch diesmal die Gelegenheit, sich allein an den Fundort des Plastiksacks zu stellen, die Augen zu schließen und die Umgebung auf sich wirken zu lassen. Dember blickte ihm ungläubig hinterher und Toni Krogmann sagte nur abwinkend: „Komm, vergiss es."
Westhoven war noch ganz in Gedanken versunken, als er plötzlich von hinten angesprochen wurde. Diese Stimme ließ ihm seine Nackenhaare zu Berge stehen. Gereizt drehte er sich um und blickte in das grinsende Gesicht von Dirk Holm. Er hatte es mal wieder geschafft, sich an der Absperrung vorbeizumogeln.
„Jetzt gucken Sie doch nicht so, Herr Kommissar. Langsam sollten

Sie sich daran gewöhnt haben, dass ich immer am Puls der Zeit bin. Sagen Sie doch mal, was in der Tüte ist. Sind das die fehlenden Körperteile?"
„Dreimal dürfen Sie raten, Herr Holm! Oder glauben Sie, das sei der berühmte Sack Reis aus China? Und jetzt machen Sie, dass Sie schleunigst hinter die Absperrung kommen! Genau wie Ihre Kolleginnen und Kollegen. Sonst ..."
Mit der Kamera im Anschlag machte Holm einen Schritt auf Westhoven zu. Nur der Zaun trennte die beiden Männer.
„Sonst was? Schon mal was von Pressefreiheit gehört? Sie können mir gar nichts, hören Sie, gar nichts! Was haben Sie eigentlich für ein Problem mit der Presse?"
Westhovens Blick durchbohrte Holm. „Erstens kann ich Sie in Gewahrsam nehmen, weil Sie eine Amtshandlung stören, und zweitens habe ich kein Problem mit der Presse. Um es aber mal vorsichtig zu formulieren: Es gibt solche und solche Journalisten. Zu welcher Kategorie Sie gehören, können Sie sich denken. Und jetzt gehen Sie!"
Gerade als Holm etwas erwidern wollte, tippte ihm ein uniformierter Beamter auf die Schulter und wies ihn an, umgehend hinter die Absperrung zu gehen. Da der Beamte rund einen halben Kopf größer als er war, verzichtete Holm auf jede weitere Diskussion und tat zähneknirschend, wie ihm befohlen.
Der Fundort in der Burgenlandstraße wurde abermals aufwändig aufgenommen und peinlich genau fotografiert. Die angrenzenden Straßenzüge wurden außerdem mit Kräften der Hundertschaft und diesmal auch mit ausgebildeten Leichenspürhunden abgesucht. Die Suche blieb aber ergebnislos.

***

Als Westhoven wieder im Polizeipräsidium eintraf, warteten schon die so genannten Kaderkräfte im Besprechungsraum. Er freute sich, dass es wieder Kriminaloberkommissarin (KOKin) Sigrid Stotzem-Randerath und KK Guido D'Angelo waren. Mit ihnen hatte er schon gute Erfahrungen bei den Ermittlungen in der „MK Beton"[3] gemacht.

---

[3] KRIMINAListenROMAN „Vingstblüten im Herbst", erschienen Oktober 2013 in der Edition Lempertz

„Hallo, ihr beiden! Lange nicht gesehen!" Er reichte ihnen zur Begrüßung die Hand. Als ihm der 1,95 m große Hüne D'Angelo die Hand drückte, fühlte Westhoven leichten Druckschmerz. Guido D'Angelo sah in seinem T-Shirt aus, als würde er demnächst um den Titel des Mister Universum kämpfen. Aus seiner ehemaligen Undercut-Frisur war ein flotter Kurzhaarschnitt geworden.
„Noch ein bisschen fester und ich gehe in die Knie, mein Lieber." Westhoven schüttelte seine immer noch schmerzende Hand. „Hast du mittlerweile eigentlich ein Umsetzungsgesuch zum KK 11 eingereicht? Das hattest du doch vor, oder?"
„Klar, habe ich doch gesagt! Mein Kommissariatsleiter war zwar nicht sonderlich begeistert, aber er hat auch gesagt, dass er mir keine Steine in den Weg legen würde. Wenn ihr also genug Stellen bekommt und mich wollt, dann bin ich in ein paar Wochen hier. Vielleicht kann ich ja sogar direkt hierbleiben, je nachdem, wie lange die Ermittlungen dauern."
„Da sagst du was. Bis jetzt haben wir leider noch keinen blassen Schimmer, wer der Tote ist. Das heißt, dass wir im Moment auch nicht wissen, wo genau wir ermitteln müssen, außer natürlich in dem Umfeld, wo die Leichenteile gefunden wurden. Aber das heißt für mich erst mal nicht so viel. Wir wissen ja noch nicht einmal, wie die dahin transportiert wurden."
„Das sieht bestimmt gruselig aus, so ein Sack mit Leichenteilen, oder?"
„Auf jeden Fall. So etwas sieht man nicht alle Tage. Du kannst dir ja später die Fotos angucken. Ihr müsst nämlich direkt loslegen und zwei Kinder anhören. Die haben die letzte Tüte gefunden."
Sigrid Stotzem-Randerath fragte nach: „Wie alt sind die denn?"
Westhoven schaute in seine Notizen. „Beide 13. Das dürfte für dich als KK12erin[4] ja sowieso kein Problem sein. Ihr hört doch bei der Sitte ständig Kinder an. Habt ihr nicht sogar einen entsprechenden Raum dafür?"
KOKin Stotzem-Randerath nickte. „Und was machen wir danach, Paul?"
„Es gibt noch weitere Vernehmungen. Aber lasst uns dann telefonie-

[4] Kriminalkommissariat 12 (KK12): Fachkommissariat für Sittendelikte

ren. Ich muss jetzt gleich mit Toni und der Staatsanwältin wieder zur Rechtsmedizin."

***

Sigrid Stotzem-Randerath saß mit dem 13-jährigen Max und dessen Mutter im Anhörungszimmer und machte sich bereit, die Anhörung des Jungen zur Auffindung der Leichenteile an der Burgenlandstraße zu protokollieren.

Um die Situation für den nervös wirkenden Schüler zu entspannen, stellte sie ihm zunächst ein paar Fragen zu seiner Person. Max erzählte, dass er leidenschaftlich gern *Grand Theft Auto V* und *Battlefield 4* auf der Spielekonsole Play Station 4 spiele. In beiden Spielen hätte er mittlerweile ein gutes Level erreicht und könne „mitreden". Seiner Mutter waren die Aussagen ihres Sohnes sichtlich peinlich, denn beide Spiele waren erst mit einer USK[5]-Alterseinstufung ab 18 Jahren freigegeben. Sigrid Stotzem-Randerath kommentierte dies nicht weiter, war doch die Einstufung der USK lediglich eine Orientierungshilfe für Eltern und nicht bindend. Max erzählte auch, dass er in die 8. Klasse des Friedrich-Wilhelm-Gymnasiums in der Severinstraße gehe und eine drei Jahre jüngere Schwester habe.

Nachdem bei ihm die anfängliche Nervosität verflogen war, lenkte die Ermittlerin das Gespräch in Richtung Burgenlandstraße. Max berichtete zunächst ohne zu stocken, dass er mit seinem Kumpel Pascal ein bisschen Fußball gespielt habe. Pascal sei ja auch heute bei der Polizei. Als dann der Ball ins Gebüsch gerollt sei, hätte er ihn holen wollen und habe neben dem Ball einen schwarzen Plastiksack stehen sehen. Dieser sei oben leicht zugeknotet und an den Baum angelehnt gewesen. Aus Neugierde habe er dann den Knoten gelöst und in den Sack hineingeguckt. Er habe dann den Pascal gerufen und ihm gesagt, dass er etwas Komisches gefunden habe. Beide hätten dann noch mal genauer in den Sack geguckt und zuerst gedacht, dass es sich um Teile von toten Tieren handeln würde, bis sie das Gesäß gesehen hätten. Alles habe fürchterlich gestunken. Mit seinem Handy habe er dann sofort die 110 angerufen und sich noch gewundert, dass der Polizist das mit der Tüte mit Leichenteilen sofort geglaubt habe.

---

[5] USK: Unterhaltungssoftware Selbstkontrolle

Am Ende der Anhörung malte Max noch eine Skizze von der Örtlichkeit. Die Stelle, an der der Plastiksack gestanden hatte, markierte er mit einem großen X. Die Ermittlerin dankte ihm für seinen Mut und seiner Mutter dafür, dass sie mit ihm ins Präsidium gekommen sei.

Etwa zur gleichen Zeit war auch Guido D'Angelo mit der Anhörung von Max' Freund Pascal fertig geworden. Laut schwärmend, wie cool das alles sei, stiegen die Jungs mit ihren Eltern in den Aufzug und verließen das Präsidium.

***

In der Rechtsmedizin hatte die äußere Besichtigung der zusätzlichen Leichenteile mittlerweile begonnen. Wie von Westhoven befürchtet, hatte Pahl wieder einen seiner grotesken Kommentare losgelassen. Nachdem der Plastiksack in der Rechtsmedizin vollständig geleert worden war, fielen neben dem Gesäß und den Beinteilen noch der abgetrennte Penis und der dazugehörige Hodensack auf den stählernen kühlen Tisch, in den am Kopfende ein Abfluss integriert war. Selbst Sarah Steinmann bekam bei diesem grausigen Anblick große Augen, nicht zuletzt weil Pahl den Penis mit zwei Fingern ein Stück in die Luft hob, rundherum betrachtete und dann wieder mit den Worten „Da war aber wohl jemand richtig sauer" auf den Tisch zurückfallen ließ. Prof. Dr. Dotzinger reagierte darauf ungewohnt lautstark: „Jetzt reicht es aber, Pahl! Halten Sie sich gefälligst mit Ihren unangebrachten Kommentaren zurück! Wenn das noch mal vorkommt, wird das Konsequenzen haben!"

Ohne dass der Rechtsmediziner dies weiter ausführen musste, zeigte dieser Satz die erhoffte Wirkung. Danach diktierte der Professor, welche Leichenteile sich auf dem Tisch befanden. Er bat Pahl, diese passend zusammenzulegen und zu messen. Anschließend beschrieb Dotzinger ausführlich den unmittelbar oberhalb der Beckenschaufeln vom Rumpf abgetrennten Unterkörpertorso. Er hielt weiter fest, dass keine Schamhaarbewachsung vorhanden war. Sämtliche festgestellten Wundränder waren auch hier ohne Unterblutung und

avital entstanden. Als er den abgeschnittenen Penis mit Hodensack beschrieb und dabei auch – ebenso wie zuvor im Afterbereich – zahlreiche Fliegeneier feststellte, fühlte Westhoven regelrechte „Schmerzen“ in seinem Genitalbereich und verzog das Gesicht.
Am Ende dieser Sektion wurde der schon zuvor gefundene Oberkörpertorso aus der Leichenkühlkammer geholt und auf Adaptierbarkeit mit dem Unterkörpertorso überprüft. Die Leichenteile passten zusammen, und der Professor diktierte dies auch fürs Protokoll. Nachdem er seinen Mundschutz entfernt und die Gummihandschuhe ausgezogen hatte, drehte er sich wieder zu Sarah Steinmann und Paul Westhoven. „So, Sie würden ja sowieso fragen, das sehe ich an Ihren Gesichtern. Deshalb mündlich vorab und ohne Gewähr: Wie schon bei der Sektion des Oberkörpertorsos konnte ich auch hier feststellen, dass es sich im Grunde um eine sachkundige Zerteilung handelt und die Wundränder vermutlich durch mindestens ein sehr scharfes Messer herbeigeführt wurden. Wenn es nicht in diesem Zusammenhang passiert wäre, dann würde ich sogar sagen, dass dies eine ‚gute Arbeit' war. Da hat jemand genau gewusst, was er macht und wo er das Messer ansetzen muss.“
Sarah Steinmann wollte noch etwas wissen: „Haben Sie auch eine Meinung zu den fehlenden Organen und dem abgeschnittenen Penis? Warum fehlt der nicht auch und wurde stattdessen mit in den Sack geworfen?“
„Nun ja, ich habe schon über so was gelesen. Der Täter oder die Täterin hat sich ja hier im Grunde nicht viel Mühe gemacht, die Leichenteile unbemerkt verschwinden zu lassen. Ich denke da zum Beispiel an Mülltonnen, in den Rhein werfen oder durch Verbrennen. Vielleicht wollte dieser Jemand, dass diese grausige Tat bekannt wird, aber ohne dass jemand herausfinden kann, wie das Opfer heißt. Die Adressaten würden es auch so wissen und die Botschaft verstehen. Für mich trägt diese Tat die Handschrift der Mafia. Das Opfer sollte wohl selbst im Tod noch erniedrigt werden.“
Westhoven hakte nach: „Wie meinen Sie das denn? Da muss ich ausnahmsweise Pahl mal Recht geben, das Zerstückeln hat das Opfer ja offensichtlich nicht mehr mitbekommen. “

„Herr Westhoven, ich wurde nach meiner Meinung gefragt und die ist eben diese, dass hier wohl gegenüber Dritten ein abschreckendes Zeichen gesetzt werden sollte, um was auch immer zu bezwecken. Was das sein könnte – tja, das ist eindeutig Ihr Part." Entgegen seiner sonstigen eher steifen Mimik zeichnete sich ein leichtes Grinsen im Gesicht des Professors ab.

„Eine Frage habe ich aber trotzdem noch", meinte Sarah Steinmann. „Was hat es Ihrer Einschätzung nach mit dem abgeschnittenen Penis auf sich? Steckt möglicherweise ein sexuelles Motiv dahinter?"

„Wenn Sie mich fragen, dann scheidet hier ein sexueller Hintergrund aus. Ich kann das zwar nicht erklären, aber meine innere Stimme sagt mir, dass sexuelle Motive keinerlei Rolle spielen. Aber noch mal, das ist meine persönliche Einschätzung. Es kann sich ganz anders zugetragen haben. Am besten fragen Sie dazu mal einen Kriminalpsychologen. Jedenfalls ist das ein sehr spannender und selbst für Köln ein ungewöhnlicher Fall von enormer Brutalität und Grausamkeit."

„Da haben Sie wohl Recht. So eine Stückelei kenne ich sonst nur von Bahnleichen."

Während Paul Westhoven und Sarah Steinmann die Rechtsmedizin verließen, war Pahl gerade dabei, sämtliche Leichenteile wieder in die Kühlkammer zu schieben.

„Und Paul, was hältst du von Dotzingers Einschätzung?", fragte die Staatsanwältin.

Westhoven wiegte nachdenklich den Kopf. „Zumindest wäre das mit der Mafia eine denkbare Variante. Das sind halt Profis und hier wurden neben dem Kopf und den Händen auch sämtliche anderen Identifizierungsmerkmale entfernt. Aber ich werde ganz sicher nicht die Ermittlungen allein darauf richten, einem Mafiagespenst nachzulaufen. Ich sehe zurzeit noch alles offen."

„Ganz meine Meinung, Paul. Eine solche Tat hat mal richtig Zeit gekostet, und Kopf und Arme abzutrennen hätte ja wohl auch ausgereicht, um die Identifizierung zu verhindern. Es gibt ja sonst nichts, keine Tattoos, gar nichts. Warum also hätten sich ‚Mafia-Killer' eine solche sinnfreie Arbeit machen und den Leichnam derart zerstückeln sollen? Nur um andere abzuschrecken? Ich denke, der Professor liegt

hier falsch. Da hätte doch ein Kopfschuss viel mehr Wirkung und Wiedererkennungswert für die Adressaten."
„Wie gesagt, Sarah, das ist nur eine denkbare Alternative. Aber ich stimme dir zu, eine sinnlose Arbeit in diesem Zusammenhang."

***

Als Heinz Dember am Abend nach einem langen Arbeitstag zur Tür seiner Wohnung hereinkam, stand ihm bereits Doris mit dem quengelnden Klein-Dember auf dem Arm gegenüber. Ohne zu zögern reichte sie ihm das Baby. „Hier! Jetzt bist du mal dran. Dein Sohn hält mich seit Stunden auf Trab. Meine Nerven sind langsam am Ende und meine Ohren tun mir weh!"
Völlig perplex nahm Dember seinen Sohn auf den Arm. „Was soll ich denn sagen? Ich war mehr als 12 Stunden im Dienst. Darf ich vielleicht auch mal die Füße hochlegen? DU bist schließlich den ganzen Tag zuhause."
Dember hatte es mit seiner letzten Bemerkung geschafft – Doris sprang völlig gereizt und aggressiv darauf an. „Na toll! Noch so ein Spruch und ab morgen kannst du zuhause bleiben. DIR hat bestimmt niemand seit Stunden permanent in die Ohren gejammert, oder?!"
„Was hat er denn? Macht ihm einfach nur die Hitze zu schaffen oder hat er wieder Bauchweh?"
„Was weiß ich! Bin ich Hellseherin?"
„Du bist doch Ärztin, gehört denn so was nicht zum Grundstudium?"
„Heinz, ich sage es zum letzten Mal!" Ihr sonst so lieblicher Blick verfinsterte sich und ihre Augen sahen aus wie schmale leuchtende Schlitze. „Lass deine dummen Bemerkungen und kümmere dich jetzt verdammt noch mal um Leon! Ich brauche wirklich mal eine Verschnaufpause. War das jetzt deutlich genug?!" Sie drehte sich um und ging.
So, wie es aussah, stand ihm wieder einmal eine schlaflose Nacht bevor.

***

Im Hause Westhoven freute sich Anne, als ihr Mann nach Hause kam. Sie war noch auf der Terrasse im Garten und hatte es sich auf einer Liege bequem gemacht. Auf dem kleinen Beistelltisch neben ihr stand ein großes Glas Orangensaft, in dem fast geschmolzene Eiswürfel schwammen.

„Hallo, mein Schatz.“ Sie stand auf und küsste ihren Mann. „Schön, dass du da bist.“

„Haben wir vielleicht ein kaltes Bier im Kühlschrank? Meine Kehle ist dermaßen trocken.“

Einen Moment später kam er mit einer Flasche Bier aus der Küche, legte sich auf die andere Liege und setzte die kalte Flasche an. Mit einem Zug trank er sie halb leer. Dann hielt er sich die kühle, feuchte Außenwand der Flasche an den Hals und erfrischte seine Haut.

„Ahh, das tat jetzt gut. Danke! Hast du schon eine Idee fürs Abendessen?“

„Worauf hättest du denn Appetit? Salat, belegte Brote, Bockwürstchen …?“

Bei dem Gedanken an Bockwürstchen wurde Westhoven ein wenig flau im Magen. Schlagartig ging ihm das Bild von dem abgetrennten Penis durch den Kopf.

„Was ist los? Du guckst so angewidert.“ Anne hatte sofort gemerkt, dass mal wieder mit ihrem Mann etwas nicht stimmte. Es wäre ja auch nicht das erste Mal, dass ihm durch den Anblick von Toten der Appetit vergangen wäre.

„Ach nichts, Schatz – es ist nur…! Vergiss es. Frag nicht, aber Bockwürstchen möchte ich heute jedenfalls nicht essen. So viel Hunger hab ich eh nicht.“

„Hmmm, lass mal grad überlegen. Hähnchen habe ich da, Eisbergsalat und Erdbeeren.“ Sie stand auf und ging zum Kühlschrank.

„Du bist ein Engel. Hähnchen ist toll. Soll ich dir helfen?“

„Ach, lass mal, mach es dir bequem und genieß dein kühles Bier.“

Mittwoch, ein weiterer heißer Sommertag in Köln

Nachdem Arndt Siebert in der Frühbesprechung zunächst die allgemeinen Informationen über Ausschreibungen auf Ermittlungsgruppenleiterstellen und aktuelle Umsetzungen gegeben hatte, befragte er die jeweiligen Leiter der Mordkommissionen 1 bis 6 zum aktuellen Sachstand ihrer Ermittlungen. Als Westhoven berichtet hatte, nickte Siebert. „Wird es denn nun wegen der aktuellen MK ‚Pyramide' ein Problem, die Gerichtstermine wegen des Doppelmordes in Leverkusen wahrzunehmen?"

„Für mich nicht", entgegnete Westhoven. „Toni und Heinz sind ja da und zur Not kannst du mich ja auch in Entscheidungen vertreten. Das wird schon. Aber ich bin gespannt, wie es Jochen[6] gefällt, dass er nun deswegen nach Köln anreisen muss. Immerhin hat er ja hier keine Wohnung mehr und mal eben zurück nach Hamburg ist auch keine Option."

„Dann besorg ihm doch ein schönes Hotelzimmer oder lass ihn bei dir übernachten."

„Hotel ist wohl die bessere Variante. Du kennst doch unseren lieben Jochen. So gern ich ihn hab, aber wenn er mehrere Tage bei mir wohnen würde, wäre ich bald Kunde hier. Seine unnachahmliche Art bringt mich irgendwann auf die Palme. Oder wen kennst du noch, der sogar seine Unterhosen und Socken bügelt? Und das ist noch das Harmloseste. Nee, lass mal. Das Risiko ist mir zu groß."

Ein jüngerer Kollege rief dazwischen: „Du kannst ihm doch auch ein Zimmer im B & B Hotel buchen, das ist doch ganz in der Nähe."

Westhoven runzelte die Stirn. „B und B? Ist das nicht diese berühmte Kondensmilch aus den 80ern? ‚Droepje voor droepje – kwaliteit?' Seit wann vermieten die Zimmer?"

Als Antwort bekam er lapidar aus der Runde zugerufen, dass er doch einfach mal im Internet nachgucken solle. Dann würde er schon sehen, dass das nichts mit der Kaffeesahne zu tun hätte. Nachdem

---

[6] Kriminalhauptkommissar Jochen Gerber, ehemals KK 11, wurde im Band II, „Eiskalt in Nippes", nach Hamburg versetzt.

dieses Thema erledigt war, hakte Toni nach: „Was war das für ein Doppelmord? Klingt interessant."
„Das war letztes Jahr in Leverkusen. Ein Doppelmord an einem Rentnerpärchen in einer Villa in der Waldsiedlung", erklärte Westhoven.
Siebert ergänzte: „Sogar die Hauskatze wurde getötet. Völlig irrsinnig! Die lag aufgeschlitzt in der Küche."
Toni wollte mehr wissen. „Wer hat denn die Leute umgebracht, und wie? Und wieso wurde die Katze getötet?"
Westhoven antwortete: „Das Motiv kennen wir bis heute nicht genau. Der Tatverdächtige schweigt beziehungsweise sagt nur, dass er es nicht gewesen sei. Alles sei ein großer Irrtum und das würde das Gericht auch erkennen. Er freue sich schon darauf, uns alle zu verklagen und Schadensersatz zu verlangen. In seinem Buch über das alles würden wir auch lobend erwähnt. Ein richtig arrogantes Bürschchen."
„Wie alt ist der denn?"
„25. Aber glaub mir, an dem haben wir uns die Zähne ausgebissen. Es gibt kein Geständnis. Ich hoffe, dass das Schwurgericht ihm kein Wort glaubt. Für mich ist er eindeutig der Täter. Es gibt immer ein Motiv und früher oder später kommt es ans Licht."
„Jetzt erzähl doch mal. Wie war das damals?"
Arndt Siebert hob wie ein Moderator in einem Rededuell die Hand, erklärte den offiziellen Teil der Frühbesprechung für beendet und schloss das Treffen mit seinem üblichen Spruch – „Wenn sonst nichts mehr ist, alle zurück an die Werkbank" – ab.
Westhoven und Toni holten sich auf dem Weg zum Büro einen Kaffee aus der Teeküche. Toni meinte: „Es kommt auch immer alles zusammen. Leichenteile im Park und dann noch die Verhandlung zu so einem spektakulären Doppelmord! Da wirst du ja wieder beschäftigt sein! Kannst du mir noch etwas ausführlicher von dem Fall damals erzählen?"
Westhoven nickte. „Das war damals einer von Gerbers letzten Fällen, also weit vor dem Fall mit dem so genannten Mörderhasen.[7] Es war

---

[7] „Mörderischer Fastelovend", Band I der KRIMINALlistenROMANE , erschienen April 2010

mittags, am 03. Oktober, als damals ein Anruf auf der Leitstelle einging. Der Enkel der Getöteten wollte seine Großeltern besuchen. Als er gerade klingeln wollte, bemerkte er, dass die Haustür nicht richtig zu war, und schob sie vorsichtig auf."
Zum Weitererzählen kam er nicht, denn Sigrid Stotzem-Randerath und Guido D'Angelo kamen ihnen entgegen.
„Morgen, ihr beiden", grüßte D'Angelo sie. „Welchen Spuren sollen wir heute nachgehen?"
Mittlerweile war es 8.30 Uhr und der einzige, der mal wieder nicht da war, war Heinz Dember.

***

Als Dembers Mobiltelefon klingelte, schreckte er hoch. Eigentlich hatte er nur kurz seinen Kopf auf seine Arme legen wollen, war dann aber am Schreibtisch eingenickt. Völlig tranig nahm er den Anruf entgegen und meldete sich mit lahmer Stimme.
„Heinz? Hier ist Paul! Wo steckst du? Liegst du noch in der Kiste, oder was?"
„Hä? Was?" Wie hätte Dember ihm sagen sollen, dass er kurz nach Beginn der Frühbesprechung schon eingetroffen, dann aber im Büro eingeschlafen war? Hektisch rieb er mit der Hand durch sein Gesicht, um mögliche Liegefalten auszubügeln.
„Wann können wir mit dir rechnen?"
Dember hastete sofort rüber zu Westhovens Büro und stellte sich in den Türrahmen. „Ich bin schon mindestens eine Stunde hier und habe auf euch gewartet."
Westhoven und auch die übrigen Ermittler musterten ihn von oben bis unten. Seine geröteten Augen waren nicht zu übersehen.
„Ja, nee, ist klar. Hast du mal in den Spiegel geschaut? Du siehst ja noch kaputter aus als gestern Morgen. Was ist nur mit dir los?"
Dember fühlte sich ertappt und antwortete kleinlaut: „Nichts ist los. Leon hat immer noch seine verfluchten Blähungen und gönnt uns keine Ruhe, geschweige denn Schlaf. Als ich gestern nach Hause kam, hat Doris mir den Kleinen übergeben. Tja, und täglich grüßt

das Murmeltier – wieder kaum Schlaf. Aber es geht schon."
Westhoven war etwas erstaunt. „Wieso übernimmt Doris das denn nicht? Sie weiß doch, dass du mitten in den Ermittlungen steckst, und außerdem hat sie Erziehungszeit."
„Das kannst du ja gern mit ihr ausdiskutieren, Paul. Aber setz dir vorher einen Helm auf und tu dir Ohropax in die Ohren. Sie ist im Moment nicht gut drauf."
Sigrid warf ein: „Das ist meist nur eine kurze Phase bei Kleinkindern. Ich kenne das von meinen zwei Neffen. Deren Mutter – meine Schwester – hat auch oft ausgesehen wie eine Leiche."
„Da hörst du es, Dember. Halt durch, es wird schon." Toni grinste ihn an. „Trink dir mal ein paar Tassen Kaffee, das wirkt immer."
Westhoven verteilte nach diesem amüsanten Auftritt die Ermittlungsaufträge für den heutigen Tag. „Sigrid, Guido: Ihr beginnt im Bereich der Fundorte mit den Hausbefragungen. Stichhaltige Hinweise nehmt ihr bitte nur in einer ordentlichen Vernehmung auf. Vergesst dazu das Diktiergerät und das entsprechende Formular für Vernehmung mittels Tonträger nicht! Alle Hinweise, die zunächst unspektakulär erscheinen, schreibt ihr in einen Aktenvermerk – und zwar heute noch. Dember, du schreibst deinen Tatortbefundbericht. Toni, du setzt dich mit der Vermisstenstelle in Verbindung. Es könnte ja durchaus sein, dass jemand eine Person vermisst, auf die die Beschreibung des zerstückelten Leichnams passt."
Als alle anderen weg waren, blieb Toni noch sitzen. „Und, erzählst du mir noch ein paar Details zu dem Doppelmord in Leverkusen?"
Westhoven nickte und nahm den Faden wieder auf: „Du kannst dir ja mal den Notruf dazu anhören, der ist natürlich aufgenommen worden. Da kriegst du vom Zuhören eine Gänsehaut. Der Enkel bekam verständlicherweise keinen klaren Satz mehr zustande, wiederholte immer wieder hysterisch: ‚Hier sind alle tot, die Katze ist auch tot.' Auf Nachfrage der Leitstelle hat er damals wenigstens noch die Anschrift durchgeben können.
Als dann der erste Streifenwagen eintraf, haben die direkt hinter der Eingangstür den blutverschmierten Leichnam der 73-jährigen Adelheid Steinbüchel entdeckt. Ein paar Schritte weiter lag dann der leblose Körper ihres 78-jährigen Mannes Hubert. So wie der lag, war er

wohl aus der ersten Etage heruntergeeilt und wurde ebenfalls erstochen, genau wie seine Frau. Du kannst dir nicht vorstellen, wie viel Blut aus einem Körper herauslaufen kann. So was kannst du keinem beschreiben, der es nicht selbst schon mal gesehen hat. Und wer hat das schon außer uns und der Feuerwehr?"

Toni schauderte. „Die armen Leute, schrecklich sowas! Und was war mit der Katze? Du hast gesagt, die war auch tot?"

„Die weiße Siamkatze lag aufgeschlitzt in der Küche auf dem hellen Fliesenboden, die Gedärme hingen aus ihr heraus. Hat sich noch ein paar Meter im Todeskampf über den Boden geschleppt. Auf jeden Fall war sie wohl das letzte Opfer des Täters. Blutige Tatzenspuren führten durch beide Blutlachen in die Küche, bis sie dann selbst erwischt wurde."

„Und hat der Täter gesagt, warum er das getan hat?"

„Schön wär's. Leider hat er gar nichts gesagt. Das wird ein reiner Indizienprozess. Es ist auch nicht ganz klar, in welcher Verbindung er eigentlich zu den Opfern stand. Er hat wohl mal ein paar Gelegenheitsarbeiten für sie verrichtet." Westhovens Gesichtsausdruck war grimmig.

„Was für Indizien gibt's denn?"

„Wir haben seine DNA-Spur an einer Champagnerflasche und unter zwei Fingernägeln von Hubert Steinbüchel finden können. Aber dieser Typ schweigt und erzählt stattdessen immer die gleiche Leier, dass er es nicht gewesen sei. Er sei zwar dort gewesen, aber da hätte sich das Ehepaar noch bester Gesundheit erfreut."

„Und was glaubst du, Paul?" Toni sah ihn gespannt an.

„Ganz ehrlich, dieser gelackte Schnösel verarscht uns! Aber als Beschuldigter darf er es ja auch, darf lügen, dass sich die Balken biegen. Ich hoffe nur, dass die Richter und Schöffen ihm seine Geschichte nicht abkaufen, eben dass er nur dort war, um ein Geschenk zu überreichen. Schwachsinn! Für mich persönlich steht fest, dass das Ehepaar nicht mehr lebte, als er das Haus verließ."

***

Toni holte sich noch eine Tasse Kaffee, suchte sich dann die Durchwahl der Vermisstenstelle heraus und rief dort an. Nach wenigen Sätzen war ihr jedoch klar, dass es zumindest in Köln derzeit keine passende Vermisstenanzeige gab. Allerdings fehlten ihr für konkrete Suchparameter ja auch einige Details. Es gab schließlich keinen Kopf, nur ein ungefähres Alter, keine sichere Nationalität und keine Körpergröße. Noch nicht einmal zur letzten Bekleidung ließ sich viel sagen, es gab nur diesen roten Knopf. Nach dem Telefonat fertigte sie für die Ermittlungsakte hierzu einen Vermerk und legte diesen ins so genannte Eingangskörbchen, in dem im Laufe der Ermittlungen noch einiges an Vermerken landen würde. Bis Dember mit seinen beiden Tatortbefundberichten fertig sein würde, übernahm Westhoven neben der Leitung der MK „Pyramide" persönlich die Aktenführung.

***

Als Westhoven die 040er Vorwahl sah, ahnte er schon, wer ihn anrufen würde. Außer Jochen Gerber hatte er nämlich keinerlei Kontakte in der Hansestadt an der Elbe und für Toni würde dieser Anruf sicher auch nicht sein. Mittlerweile hatten all ihre Bekannten, Verwandten, Tanten und Freunde Tonis eigene Durchwahl. Immerhin war sie ja nun schon länger als ein Jahr in Köln.
„Westhoven, Mordkommission!", meldete er sich.
„Gerber, Landeskriminalamt Hamburg, Abteilung für Innere Angelegenheiten." Danach lachte der Ermittler in den Hörer. „Paul, schön, deine Stimme zu hören! Du hast doch bestimmt auch die Vorladungstermine zum Gericht bekommen, oder?"
„Na klar! Hab mich schon gefragt, wann du anrufen würdest. Wann kommst du nach Kölle?"
„Morgen! Übermorgen geht es ja schon los vor Gericht. Sag mal, kannst du mir ein günstiges Zimmer in einem Hotel besorgen?"
Westhoven war sichtlich erleichtert, dass sein spießiger Kollege nicht gefragt hatte, ob er denn nicht bei ihm wohnen könnte. „Da hast du Glück, Jochen. Gleich hier gegenüber vom Präsidium ist ein neues

Hotel mit über 100 Zimmern gebaut worden. Ich habe mich schon erkundigt, eine Übernachtung kostet 52 € plus 7,50 € fürs Frühstücksbuffet. Außerdem hast du kostenfreies WLAN und kannst kostenlos Sky gucken. Ach ja! Und du kannst richtig die Sau rauslassen, denn die Zimmer sind schallisoliert", lachte Westhoven.
„Paul, so laut guck ich nun auch wieder nicht Fernsehen und habe auch nicht vor, Feten in meinem Zimmer zu feiern."
Westhoven erwiderte darauf nicht, was er eigentlich gemeint hatte. Für solche Scherze hatte Gerber schon damals nicht viel übriggehabt. Und schon gar nicht wäre ihm jemals in den Sinn gekommen, mit einer unbekannten Frau einen One-Night-Stand im Hotel zu haben. Das überließ er anderen.
„Was ist das denn für ein Hotel? Kann ich mir das im Internet mal anschauen?"
„B & B, vielleicht hast du schon von denen gehört. Die soll es schon in zig Städten geben."
„Kenne ich. In Hamburg haben wir davon auch drei Stück und in einem davon bringt die Kripo schon mal Zeugen unter. Ist auf jeden Fall okay. Kannst du mir da ein Zimmer reservieren? Danke!"
Westhoven und Gerber verabredeten, sich zunächst im Präsidium zu treffen. Gerber bat auch darum, dass Westhoven ihm noch mal die Akte zur Verfügung stellen sollte, damit er sich einlesen konnte. „Ich habe nicht mehr alle Einzelheiten parat, will aber auf jede eventuelle Frage des Anwalts oder natürlich auch der Kammer vorbereitet sein und nicht immer sagen müssen: ‚Wenn das da so steht mit meiner Unterschrift, dann war es auch so.' Gerade mit dem Ommer[8], diesem schmierigen Strafverteidiger, hab ich schon schlechte Erfahrungen gemacht."
Ommer, der vor Gericht als so genannter Konfliktverteidiger bekannt war, hatte seinerzeit einen der Hauptverdächtigen vertreten und war großkotzig aufgetreten. Schon nach der Belehrung hatte er mit seinen taktischen Spielchen angefangen. Wie vom Tonband abgespult sagte er immer wieder: „Mein Mandant ist unschuldig. Wenn Sie nichts Konkretes vorzubringen haben, dann hat diese Vernehmung ja wohl ihren Sinn verfehlt."

---

8 Band I „Mörderischer Fastelovend"

Und eben dieser „Strafvereiteler“, wie Gerber ihn immer wieder genannt hatte, vertrat jetzt den 25-jährigen Jonas Brückner, der wegen des vorsätzlichen Doppelmordes an dem Rentnerehepaar angeklagt war. Ommer hatte seinerzeit immer wieder versucht, den damaligen Kapitaldezernenten der Abteilung IX der Staatsanwaltschaft Köln, Staatsanwalt Asmus, zum Kleinbeigeben zu bringen. Aber jeder, der Asmus kannte, wusste genau, dass dieser nicht ohne Grund den Spitznamen „Terrier“ bekommen hatte.
Ob Ommer es mit Sarah Steinmann leichter haben würde, blieb nun abzuwarten. Ihr war der Fall übertragen worden. Schon mehr als einmal hatte Westhoven sie in dieser Angelegenheit angerufen und ihr Fragen gestellt. Steinmann und er teilten nun das gleiche Schicksal – Sitzungstermine und parallel Ermittlungen in der MK „Pyramide“.
Westhoven schüttelte resigniert den Kopf und erzählte Gerber von den gefundenen Körperteilen. „Es ist doch immer das Gleiche. Eigentlich müssten wir uns voll auf die laufenden Ermittlungen konzentrieren. Aber stattdessen hetzen wir zwischen Tatorten, Zeugenbefragungen und endlosen Gerichtsterminen hin und her.“
Gerber stimmte ihm zu, meinte aber: „Sieh’s doch mal so, Paul: So kriegen die Täter immerhin endlich ihre Strafe.“

***

Guido D’Angelo und Sigrid Stotzem-Randerath hatten bis zur Mittagszeit zwei der Mehrfamilienhäuser, die unmittelbar an den Park angrenzten, abgeklappert. Das Klinkenputzen war eben nicht nur den Vertretern vorbehalten, sondern auch den Ermittlern. Zwar hatten einige der befragten Mieter einen direkten Blick auf das Gebüsch unterhalb der Rasenpyramide, aber leider hatte niemand etwas Tatrelevantes beobachtet. D’Angelo hakte den nächsten Namen auf dem Auszug des Melderegisters ab. Seine Kollegin warf einen Blick über seine Schulter. „Uih, wir haben ja noch nicht einmal die Hälfte angetroffen. Das kann ja noch dauern.“
D’Angelo nickte. „Wenn wir so nicht weiterkommen, dann müssen wir eben mal ein paar Spätschichten einlegen.“

„Da hast du wohl Recht." Sie klingelte an der nächsten Tür. Ein älterer Herr öffnete und starrte die beiden Ermittler an. Er wirkte übertrieben aggressiv: In angespannter Körperhaltung und mit hängenden Armen, aber geballten Fäusten stand er vor ihnen. „Ihr verdammtes Pack! Wie oft soll ich es noch sagen? Ich kaufe keine Zeitungsabos an der Tür. Verschwindet! Aber ganz schnell! Sonst rufe ich die Polizei!" Um seinem Ansinnen mehr Nachdruck zu verleihen, drohte er D'Angelo nachdrücklich mit dem Zeigefinger. Sigrid Stotzem-Randerath grinste in sich hinein, denn es sah aus wie David gegen Goliath. Ihr Kollege war gut einen Kopf größer als der Mann und brachte mindestens 50 kg mehr Muskelmasse auf die Waage. Sie schaute aufs Türschild und sprach ihn an: „Entschuldigung, Herr Blumenstein, wir sind keine Zeitungsbande!"

Als der Mann nicht reagierte und ihren Kollegen weiterhin unverwandt drohend ansah, setzte sie etwas lauter nach: „Herr Blumenstein! Wir sind von der Kriminalpolizei." Sie zog zusätzlich ihre ovale Kriminalmarke hervor und hielt sie ihm hin.

Der Hausbewohner stand da wie vom Donner gerührt. Sein Verhalten schien ihm sehr peinlich zu sein. „Bitte entschuldigen Sie!", brachte er zögernd heraus. „Ich hatte ja keine Ahnung, dass Sie ..."

Sie fiel ihm ins Wort: „Herr Blumenstein, Sie brauchen sich nicht zu entschuldigen. Wir müssen uns entschuldigen, dass wir nicht sofort unseren Ausweis gezeigt haben."

„Worum geht es denn?"

„Unten im Pyramidenpark wurden Leichenteile gefunden und wir befragen die Anwohner."

„Waaas? In meinem schönen Park? Wer macht denn so was?"

„Das wollen wir herausfinden. Haben Sie etwas Verdächtiges gesehen oder gehört? Vermissen Sie jemanden oder wissen Sie, ob jemand anderes jemanden vermisst?"

„Wie heißt denn das Opfer?"

„Das wissen wir leider nicht", antwortete D'Angelo. „Wie die Kollegin vorhin schon gesagt hat, wurden nur Teile gefunden. Deshalb ist die Identifizierung ja auch so schwierig."

„Zeigen Sie mir mal ein Foto. Vielleicht kann ich ja irgendwie helfen." Erwartungsvoll blickte der Mann die Ermittler an.

Sigrid räusperte sich. „Glauben Sie uns, Herr Blumenstein, anhand der Bilder würden Sie noch nicht mal Ihre eigene Großmutter erkennen, wenn sie es wäre. Außerdem möchte ich Ihnen das nicht zumuten. Aber vielen Dank, dass Sie uns zugehört haben. Falls Ihnen doch noch was einfällt, dann rufen Sie bitte bei der Polizei an. Wir sind von der Mordkommission, Sie würden dann zu uns durchgestellt."
Wortlos schob der alte Mann den Ärmel hoch und wies auf die eintätowierten Zahlen auf seinem Unterarm. „Sie haben keine Ahnung, was ich schon alles gesehen habe. Ich wünsche Ihnen noch einen schönen Tag."
Guido D'Angelo war sichtlich berührt. „Das tut mir leid. Ich wusste ja nicht ...", entgegnete er leise. Als die Wohnungstür wieder verschlossen war und von innen deutlich hörbar die Schließkette einrastete, atmete der junge Kommissar tief durch. „Ich glaube, ich brauche jetzt mal eine kurze Pause." Er wandte sich an seine Kollegin: „Hast du denn eigentlich gar keinen Hunger, Sigrid?"
„Geht so, bei dieser Hitze habe ich eher Durst. Was willst du denn essen?"
„Ach, da hinten ist doch 'ne Dönerbude. Da hätte ich jetzt echt Bock drauf."
„Wo soll die sein?"
„Gegenüber der U-Bahn-Haltestelle an der Fachhochschule. Habe ich im Vorbeifahren gesehen. Vielleicht kann die ja was. Und Wasser haben die bestimmt auch für dich. Sollen wir?"
„Von mir aus, aber ich sage eben noch Paul Bescheid. Nicht, dass der hier aufkreuzt und uns nirgends findet."
Nach dem Telefonat gingen die beiden gemütlich in Richtung Dönerbude. Auch ohne schnelle Bewegungen gerieten sie bei der sengenden Hitze ins Schwitzen. Die Temperaturen lagen schon deutlich über 30°C. An Hitzefrei war jedoch nicht zu denken.

***

Nach weiteren langen Stunden des Klinkenputzens saßen die Mitglieder der MK „Pyramide“ im Besprechungsraum des KK 11 und hielten ein kaltes Mineralwasser, eine eiskalte Fassbrause oder eine gekühlte Flasche alkoholfreies Kölsch in der Hand. Dember, der sich mit einer Fassbrause mit Orangengeschmack begnügte, berichtete: „Mit meinen Berichten bin ich so gut wie fertig. Es fehlen nur noch der Feinschliff und ein paar Eckdaten, wie zum Beispiel die genaue Bezeichnung der Hundeführer und die Funkrufnamen der Einsatzhundertschaft. Dummerweise hab ich mir das nicht direkt aufgeschrieben.“

Westhoven nickte. „Okay, Heinz. Dann kannst du ab morgen mit Toni ein Team bilden und mit ihr Sigrid und Guido bei der Hausbefragung unterstützen. Das sind so viele Leute, die zwei können das unmöglich allein machen. Und noch mehr Unterstützung aus anderen Kommissariaten kriegen wir nicht, jedenfalls noch nicht.“

„Noch nicht?“ Toni warf ihm einen fragenden Blick zu.

„Ist doch wie immer, Toni. Mal sehen, wie die Presse den Fall aufbauscht. Wenn das grad ins große Sommerloch passt, dann machen die daraus eine richtig blutige Geschichte. Was sie ja sogar ist. Wir haben schließlich nicht alle Tage eine zerstückelte Leiche. Jeden Tag stehen wir dann in fetten Lettern auf der Titelseite. Spätestens dann könnte ich mir vorstellen, dass wir noch ein Team bekommen. Abwarten.“ Westhoven nahm einen kühlen Schluck aus seiner Flasche und seufzte. „Morgen habe ich um 09.00 Uhr meinen ersten Zeugentermin im Doppelmordprozess. Ich gehe mal davon aus, dass ich direkt an der Reihe bin. Jedenfalls hat Sarah es so gesagt und wenn das Gericht nicht plötzlich etwas anderes entscheidet, wird es auch so sein. Und morgen irgendwann kommt noch Jochen aus Hamburg angereist. Da er sich aber hier auskennt, muss ihn auch niemand am Bahnhof abholen. Ihr vier solltet morgen versetzten Dienst machen. So haben wir die besten Chancen, alle anzutreffen. Sigrid und Guido haben festgestellt, dass die meisten Hausbewohner wohl einer Arbeit nachgehen und tagsüber nicht da sind. Okay?“

Dember meldete sich zu Wort: „Wie versetzt soll das denn sein? Doris hat nämlich auch Termine und irgendwer muss auf Leon aufpassen.“

„Sei doch froh, Heinz! Das wird morgen der erste Tag, an dem du wieder ausgeschlafen zum Dienst erscheinen wirst. Damit es nicht allzu spät wird, solltet ihr nämlich alle um 12.00 Uhr anfangen. Es ist ja nicht so, dass gar keiner von den Hausbewohnern da sein wird."

***

Als Dember nach Hause kam, wiederholte sich das Spiel vom Vorabend. Doris streckte ihm entnervt Leon entgegen. Klein-Dember schrie zwar gerade nicht, aber sein quengeliges Gejammer war auch nicht beruhigender. Bevor seine Gattin diesmal wieder verschwinden konnte, hielt Dember sie mit der Information auf, dass er morgen erst um 12.00 Uhr im Büro sein müsse.

„Na, das hast du dir aber fein ausgedacht, mein Lieber. Ich sage nur: Eigentor! Rate mal, wer heute die Nachtschicht übernimmt? DU! Kannst schließlich ausschlafen."

„Was soll denn das, Doris? Weder du noch ich noch unser Kleiner können bei dieser Hitze richtig schlafen. Und schon gar nicht morgens, wenn die Sonne ins Schlafzimmer knallt."

„Stell dich nicht so an, du Weichei!"

Dember verstand die Welt nicht mehr. Er erkannte seine Doris, die er erst kürzlich geheiratet hatte, nicht wieder. Zwar hatte er schon von Depressionen bei Müttern gehört, aber so richtig anfangen konnte er damit bisher nichts. Aber eine Sache belastete ihn sehr: Tief in seinem Inneren schlummerte noch immer der testosterongesteuerte Höhlenmensch, der sich nach Sex sehnte. Eigentlich fand Doris das immer reizvoll und erfüllend, aber seit Wochen lief bei den beiden nichts anderes als Kind, Kind und nochmals Kind. Noch heute in der Polizeikantine hatte er sich dabei ertappt, wie er eine junge Kollegin mit dunklen Locken regelrecht angeschmachtet hatte und seine Fantasie mit ihm durchging. Aber Dember wollte standhaft bleiben. Niemals würde er seine geliebte Doris betrügen. Zumindest eine Zeit lang würde er es noch aushalten können.

Als Leon eingeschlafen war und Heinz auch die Augen schließen konnte, kreisten seine Gedanken plötzlich um die Zeugin aus dem Fall mit der Lebensmittelerpressung, Andrea Kasupke[9]. Unverblümt hatte sie seinerzeit ausgesagt, dass sie einfach nur Spaß haben wollte,

---

[9] Romanfigur aus Band V der KRIMINAListenROMANE, „Melaten Macchiato"

das sei doch nicht verboten. Diese Einstellung war vor Doris' Zeiten genau die seine gewesen. Jetzt hörte er die Stimme des kleinen imaginären Männleins in seinem rechten Ohr: „Doch, Heinz, es ist verboten. Für dich auf jeden Fall!"
Trotzdem schlief er mit dem Gedanken an die üppigen Brüste von Andrea Kasupke ein, die ihm damals bei der Befragung beinahe entgegengepurzelt wären.

***

In Hamburg war Jochen Gerber gerade dabei, seinen Reisekoffer zu schließen. Voller Hingabe hatte er vorher seine Unterhosen, Socken und Hemden gebügelt, die er für die paar Tage in Köln mitnehmen wollte. Auf dem Küchentisch, gleich neben seinem bereits eingedeckten Platz fürs Frühstück, lagen die Vorladung vom Kölner Gericht und das Online-Reiseticket der Deutschen Bahn. Gerber gehörte nicht zu den Leuten, die erst morgens alle Siebensachen zusammensuchten. Bei ihm musste alles seine Ordnung haben. Seine pedantische Ader hatte sich mit seinem Wegzug aus Köln sogar noch verstärkt. Mittlerweile ging auch er stramm auf die 50 zu, und weit und breit war kein weibliches Wesen in Sicht, das sich längerfristig für ihn interessiert hätte. In Kollegenkreisen hatte man sogar schon gemunkelt, dass er gar nicht auf Frauen stünde und doch besser in Köln geblieben wäre, da wäre es für ihn sicher leichter und so. Gerber hatte dies nie dementiert. Für ihn war es reiner Schwachsinn. In den letzten Monaten war schließlich kaum ein Wochenende vergangen, an dem er kein Date gehabt hatte. Doch das Glück schien ihm nicht hold zu sein. Abgesehen von Floskeln wie „Ich rufe dich an" oder „Wir sehen uns" waren die Treffen im Sande verlaufen. Aber er wollte die Hoffnung nicht aufgeben, dass es die Eine noch irgendwo für ihn geben würde. Schließlich sagten seine Eltern immer, dass es für jeden Topf einen passenden Deckel gäbe. Trotzdem hielt sich Gerber eher für einen Wok. Der Vergleich gefiel ihm.

***

Westhoven konnte nicht einschlafen. Zum einen lag das an den schwülen, schweißtreibenden Temperaturen, zum anderen musste er immer wieder an die bevorstehende Gerichtsverhandlung denken. Zwar war er ein regelrechter Berufszeuge, aber in diesem Indizienprozess war alles möglich, von Freispruch bis lebenslang mit Sicherheitsverwahrung. Und mit einem eventuellen Freispruch, das wusste er bereits jetzt, würde er gar nicht gut umgehen können. Außerdem rätselte er, warum er gleich zum Prozessauftakt erscheinen sollte. Immerhin gab es zahlreiche andere Personen, die zunächst in der Hauptverhandlung aussagen sollten: die Verwandten und Bekannten der Ermordeten, der Enkel als Entdecker des Tatorts und Dr. Zimmermann, ein Gerichtsmediziner. Und ganz besonders Thomas Beck, ein Gefängnisinsasse. Seine Aussage würde essentiell sein. Er war ein Mithäftling des mutmaßlichen Täters Jonas Brückner. Einige Monate nach der Tat hatte er sich an die Leitung des Gefängnisses gewandt und berichtet, dass Brückner ihm die grausamen Details seiner Bluttat gestanden habe. Die Gefängnisleitung hatte daraufhin den Kontakt zur Mordkommission hergestellt. Gerber und ein Kollege aus einem anderen Kommissariat, der die Ermittlungen unterstützte, hatten damals den 47-jährigen Thomas Beck im Gefängnis vernommen. Westhoven runzelte die Stirn. Dass Jonas Brückner so blöd gewesen war, sich seinem „Kumpel" anzuvertrauen! Thomas Beck hatte damals Einzelheiten zu Protokoll gegeben, die nur der Täter oder die Ermittler wissen konnten. Trotzdem war Westhoven skeptisch. Er traute Beck nicht über den Weg.

Donnerstag, ca. 08.00 Uhr

Westhoven fuhr übermüdet mit seinem Ford Kuga aus der Märchensiedlung heraus über die Bergisch Gladbacher Straße in Richtung Stadtmitte. Er hatte schlecht geträumt und außerdem so laut und viel geschnarcht, dass Anne ihn ständig hatte anstupsen müssen. Westhoven fühlte sich wie gerädert. Auch die zwei Tassen Kaffee hatten bis jetzt nichts an seiner Verfassung geändert.

Als er nach knapp 45 Minuten in Köln-Sülz ankam, fuhr er von der Luxemburger Straße nach rechts durch die Unterführung in die Hans-Carl-Nipperdey-Straße, bog dann nach links auf die Rudolf-Amelunxen-Straße ab und parkte seinen Wagen im kostenfreien Parkhaus der Justiz. Eilig ging er über den Verbindungsweg zwischen Staatsanwaltschaft und Gerichtsgebäude zur Drehtür am Seiteneingang. Obwohl es dort in der Regel immer sehr windig war, waberten dichte Rauchschwaden um die zahlreichen dort stehenden Raucherinnen und Raucher herum. Als er im Gebäude war, schaute er noch einmal auf seine Ladung, um die richtige Kontrollstelle zu passieren. Saal 211. Nachdem er die richtige Sicherheitsschleuse passiert hatte, ging er in die zweite Etage und setzte sich dort auf einen der festgeschraubten, unbequemen Holzstühle. Ein einziger Platz war noch frei, und als er sich hingesetzt hatte, wusste er auch warum: Der Herr neben ihm schwitzte sehr stark, was man auch deutlich roch. Westhoven ließ sich nichts anmerken, er war schließlich ganz andere Gerüche gewohnt. Trotzdem sah er auf seine Uhr und sehnte den Beginn der Verhandlung herbei, damit dieser Mann endlich aufstand und seine Duftglocke mitnahm.

Um die Sitzreihe herum standen etliche Leute, die den Prozess beobachten wollten. Bestimmt waren viele von ihnen Bewohner der Waldsiedlung in Leverkusen, die das Ehepaar gekannt hatten, Nachbarn und Freunde. Einige Gesichter erkannte Westhoven zwar wieder, aber er konnte sich nicht mehr daran erinnern, wer jetzt eigentlich wer war. Dafür war es schon zu lange her und seitdem hatte er etliche Fälle mit ähnlichen Schicksalen bearbeitet.

Um 09.00 Uhr ertönte aus der krächzenden Lautsprecheranlage der

Aufruf für alle Zeugen in der Sache Brückner. Erst beim Hineingehen sah Westhoven, dass auch der Rechtsmediziner Dr. Zimmermann schon anwesend war. Er saß auf einem Stuhl auf der Seite der Staatsanwaltschaft. Zimmermann, den er sonst nur im Sektionskittel kannte, hatte sich der sengenden Hitze angepasst. Er trug eine helle Leinenhose, ein weites weißes Leinenhemd und an den Füßen Sandalen ohne Socken.

Durch den Vorsitzenden Richter der 11. Großen Strafkammer erfolgte die Abfrage der Anwesenheit und dann die pauschale Vorwegbelehrung, in der die Zeugen an ihre Pflicht erinnert wurden, die Wahrheit zu sagen. Dann mussten alle Zeugen den Saal wieder verlassen. Zur Aussage würden sie einzeln aufgerufen. Dieses Prozedere kannte Westhoven aus unzähligen anderen Verhandlungen.

Als alle anderen Zeugen den Gerichtssaal verlassen hatten, die Türen zum Flur geschlossen waren und auch die Zuschauer und Pressevertreter ihren Platz endlich eingenommen hatten, begann der Prozess mit der Anhörung des Rechtsmediziners Dr. Zimmermann.

Nachdem dieser eindringlich als Zeuge belehrt und über seine Rechte und Pflichten aufgeklärt worden war, gab er sein Alter an und dass er mit dem Angeklagten nicht verwandt oder verschwägert sei. Als er die Ergebnisse zur Obduktion der Opfer bildhaft schilderte, war es mucksmäuschenstill im Saal. Die sprichwörtliche Nadel hätte man fallen hören können. Die Journalisten notierten die wichtigsten Details auf ihren Blöcken.

Mit einer stechenden Handbewegung von oben nach unten demonstrierte er, mit welcher heftigen Wucht Adelheid und Hubert Steinbüchel erstochen worden sein mussten. Einige der Zuschauer hielten sich erschrocken die Hand vor den Mund, schüttelten fassungslos den Kopf oder tuschelten aufgeregt miteinander.

„Beide Opfer waren wahrscheinlich nicht sofort tot“, erklärte er. Zumindest für das 78-jährige männliche Opfer kann ich das mit Gewissheit sagen, und so steht es auch in meinem Gutachten.“

Auf Nachfrage des Gerichts schilderte er, dass der Mann einen minutenlangen Todeskampf ausgetragen haben musste, dem er letztlich leidvoll erlegen war.

„Im Gesicht und rund um den Mund waren Blutspritzer, die nicht

von den Stichen an sich stammten, sondern vielmehr durch Aushusten von eingeatmetem Blut entstanden sein müssen. Außerdem hat das männliche Opfer auch ganz offensichtlich versucht, den Angreifer abzuwehren. Bei der äußeren Besichtigung des Leichnams habe ich einen Messerstich festgestellt, der von innen durch die Handfläche gestochen und am Handrücken ausgetreten war.
Bei der Sektion haben sich definitiv keine anderen Ursachen feststellen lassen, die zum Tod geführt haben. Das Verbluten nach innen und außen mit zentralem Regulationsversagen, ursächlich bedingt durch die vielen Messerstiche, war eindeutig der Grund für den Tod der Opfer."
Nach diesen Ausführungen ergriff Staatsanwältin Sarah Steinmann das Wort: „Was können Sie uns zu der DNA-Spur des Verdächtigen sagen, die an zwei eingerissenen Fingernägeln des Opfers gefunden wurde? Immerhin haben genau diese beiden Spurenträger zum Haftbefehl beigetragen."
Dr. Zimmermann erläuterte, dass es sich mit einer Wahrscheinlichkeit von 1 Milliarde:1 um die DNA des Angeklagten gehandelt hätte. „Ich kann allerdings keine Angaben dazu machen, wie diese dahin gekommen und ob sie tatrelevant ist. Aber objektiv waren diese beiden Fingernägel eingerissen und die anderen acht Nägel eben nicht."
Als das Gericht nach dem Obduktionsergebnis des zweiten Opfers fragte, referierte Zimmermann, dass offenbar versucht worden war, die 73-jährige Frau zunächst mit einem Elektroschocker zu betäuben. „Auf der rechten Halsseite waren zwei kleine eingetrocknete rote Punkte, die sehr typisch dafür sind, mit absoluter Gewissheit kann ich das aber nicht sagen. Schließlich ist kein Elektroschocker gefunden worden, den ich zu Vergleichszwecken hätte heranziehen können. Dennoch gehe ich davon aus, dass, welches Gerät auch immer es war, eine Art lähmende Wirkung auf das Opfer gehabt haben muss, denn an der Frau habe ich überhaupt keine Abwehrverletzungen festgestellt. Ob die Seniorin direkt tot gewesen ist, kann ich hier nicht mit Sicherheit sagen, aber so viele Blutaushustungsspuren wie bei dem anderen Opfer hat es bei ihr nicht gegeben. Ihr Tod dürfte schneller eingetreten sein."

Genau zu diesem Punkt hakte der Richter nach: „Würden Sie bitte aus medizinischer Sicht Stellung zu der Frage beziehen, ob sich anhand der Stichverletzungen Rückschlüsse auf das beim Angeklagten gefundene Buch *21 Techniques of Silent Killing* finden lassen? Immerhin gibt es zwischen den Inhalten und dem Muster der Stichverletzungen Parallelen. Insbesondere geht es hier um die Stiche in die Augen der Opfer."
„Nun ja, es gibt Indizien, die dafür sprechen, und gleichermaßen Anhaltspunkte, die dagegen sprechen ..."
Bevor der Mediziner weiterreden konnte, bat der Verteidiger um das Wort und durfte seine Frage stellen, da er versicherte, dass diese lediglich ergänzend zur Frage des Gerichts sei.
„Herr Dr. Zimmermann, der Autor dieses ominösen Buches in englischer Sprache – darauf komme ich später noch zu sprechen – stellt auf 104 Seiten mit Texten und Illustrationen 21 Techniken des lautlosen Tötens vor. Angeblich sollen Mörder hier lernen, wie sie ihre Opfer mit kalter Effizienz exekutieren. Er verspricht sogar bei genauer Ausführung einen minimalen Zeitaufwand und schnelle Resultate. Da frage ich Sie, wieso mein Mandant dann überhaupt einen Elektroschocker einsetzen sollte. Und haben Sie nicht auch gesagt, dass zumindest der Mann noch mehrere Minuten gelebt haben soll? Deshalb ist Ihre Aussage von großer Bedeutung, ob hier wirklich ein Muster vorliegt, welches mein Mandant angeblich aus dem Buch abgeguckt haben soll. Für mich passt da nämlich nichts richtig zusammen mit dem, was ich bislang Ihren Ausführungen entnehmen konnte!" Rechtsanwalt Ommer blickte Dr. Zimmermann derart durchdringend an, dass dieser den Blick abwandte und hilfesuchend zu Sarah Steinmann schaute. Mit deutlich weniger Elan als bei seinen bisherigen Ausführungen antwortete er zurückhaltend: „Nun ja, dieses Buch ist aus medizinischer Sicht sowieso nicht haltbar und ..."
Weiter kam der Rechtsmediziner nicht, sondern wurde vom Verteidiger schroff unterbrochen: „Danke, Herr Dr. Zimmermann! Keine weiteren Fragen!"
Sarah Steinmann hakte nach: „Aber ich habe noch Klärungsbedarf! Dass dem Herrn Verteidiger das ausreicht, wundert hier niemanden. Mich interessiert aber, was Sie eben noch ergänzen wollten, Dr. Zim-

mermann. Bitte teilen Sie es mir, dem Gericht und dem Verteidiger mit."

Rechtsanwalt Ommer warf ihr einen abschätzigen Blick zu, den sie provokant erwiderte.

Der Gerichtsmediziner räusperte sich. „Also, allein weil dort ein Stich ins Auge beschrieben wird, heißt das für mich gar nichts. Das wollte ich sagen."

Steinmann gefiel diese Antwort nicht. „Wie meinen Sie das? Erklären Sie uns das bitte!"

„Ich meine, ein Auge zu treffen, erfordert sicherlich jahrelanges Training mit einem Messer. Es sei denn, das Opfer schläft. Will sagen, ich halte es für keinen Zufall, dass wir bei der Frau einen Stich ins Auge gefunden haben und bei dem Mann nicht. Ich persönlich gehe ja davon aus, dass die Frau mit einem Gerät gelähmt wurde. Beim männlichen Opfer haben wir derartige rote Punkte nicht gefunden."

Steinmann reichte diese Aussage nicht. „Was heißt das jetzt? Spielte das Buch eine Rolle bei dieser schrecklichen Tat oder nicht?"

Dr. Zimmermann zuckte mit den Schultern. „Ich kann Ihnen keine andere Antwort geben, aber in meiner langjährigen Praxis als Gerichtsmediziner habe ich schon häufiger Stiche im Gesicht gesehen."

Rechtsanwalt Ommer erhielt wieder das Wort: „Mein Mandant hatte äußerst schlechte Schulnoten im Fach Englisch und hat nach Abgang von der Schule auch nie wieder Englisch gesprochen."

Sarah Steinmann kommentierte dies trocken: „Er wird doch wohl zumindest in der Lage gewesen sein, sich die Bilder anzugucken. Diese sind schließlich aufschlussreich genug und selbst mit rudimentären Englischkenntnissen wäre damit alles verständlich."

Nach gut zwei Stunden im Zeugenstand wurde Dr. Zimmermann ohne Vereidigung vorerst entlassen.

***

Im Fall der MK „Pyramide" arbeiteten sich Sigrid Stotzem-Randerath und ihr Kollege D'Angelo zeitgleich wieder durch das Mehrparteienhaus neben dem Pyramidenpark, während Krogmann und

Dember sich durch die Häuser an der Burgenlandstraße fragten. Überall bekamen die Ermittler dasselbe zu hören. Niemand hatte etwas beobachtet und nahezu alle Befragten erkundigten sich nach einem Foto.

Dember kam auf dem Weg zum nächsten Haus auf die Idee, dass man es durchaus mal in Betracht ziehen könnte, mit einem Mantrailer[10] vom Ablageort der Leichenteile den Weg zurückzuverfolgen.

„Oh, damit habe ich in Hamburg keine Erfahrungen gesammelt und hier in Köln auch noch nicht. Können die denn nach so langer Zeit noch was erschnüffeln, diese angeblichen Superspürnasen?“ Toni war skeptisch, denn immerhin lag allein schon zwischen dem Auffinden und heute eine beträchtliche Zeitspanne.

„Da hast du natürlich nicht Unrecht. Aber anders als bei der normalen Fährtensuche werden bei dieser Methode die Duftmoleküle der Zielperson gesucht. Und die nehmen in der Regel je nach Witterung erst nach knapp 36 Stunden richtig ab. Man könnte doch den Hund eine Zeit lang an den Leichenteilen schnuppern lassen. Vielleicht kann er den Weg zurückverfolgen.“

„Aha, verstehe. Dann hat es aber hier wenig Sinn. Immerhin waren die Leichenteile im Pyramidenpark gut verpackt und die Teile hier in der Burgenlandstraße lagen auch in einer Plastiktüte, die zumindest zugedreht war. Wie sollen da großartig Düfte nach außen gelangt sein? Außerdem ist es sowieso schon zu lange her. Und jetzt komm, Heinz. Wir klingeln beim Nächsten.“ Toni ging voran und Dember ertappte sich dabei, wie er ihr auf den Hintern guckte.

***

Seit ein paar Tagen hatte Sibylle Peffgen ihren Bruder Stefan nicht mehr erreichen können, weder auf seinem Mobiltelefon noch per WhatsApp oder auf Facebook. Sie machte sich große Sorgen, denn seit Stefan und Julia sich vor einem halben Jahr getrennt hatten, war ihr Bruder regelrecht versumpft. Er ließ seine Arbeit schleifen, meldete sich oft krank und sie hatte auch den Verdacht, dass er Drogen nahm.

---

[10] Mantrailer sind speziell trainierte Suchhunde, die Menschenspuren verfolgen, um zum Beispiel vermisste Personen aufzufinden.

Unter dem Vorwand, es sei eine wichtige Familienangelegenheit, erkundigte sich Sibylle auf seiner Arbeitsstelle. Dort bekam sie zu hören, dass man ihn auch gern sprechen würde. So ginge das nicht, einfach grundlos nicht zur Arbeit zu erscheinen. Das würde Konsequenzen haben, das könne sie ihm ruhig sagen.
Sibylle Peffgen machte sich nun ernsthaft Sorgen. Als sie erneut seinen Facebook-Account aufrief, stand da nur, dass er das letzte Mal vor fünf Tagen online gewesen war. Das war am letzten Sonntag gewesen, da hatte sie sich selbst mit ihm noch tagsüber im Chat unterhalten und ihm einen schönen Start in die Woche gewünscht. Er wiederum hatte nur von einer Frau geschrieben, die er vor kurzem kennengelernt hätte und mit der er sich heute noch treffen würde. Mehr hatte er ihr nicht verraten wollen und sie hatte auch nicht gefragt.
Sie nahm sich vor, die Polizei in Köln einzuschalten, wenn er bis heute Abend nicht antwortete, damit die vielleicht mal bei ihm vorbeigucken könnten. Köln lag blöderweise nun mal in Luftlinie knappe 800 Kilometer von ihr entfernt. Seit Sibylle ihr Medizinstudium beendet hatte, war die Schweiz ihre neue Heimat geworden. Jeden Tag fuhr sie mit dem Vesparoller von ihrem Haus in Magliaso aus zur Arbeit ins Cardio Centro nach Lugano. Sie fühlte sich hier wohl und hatte keinerlei Ambitionen, jemals in ihre Geburtsstadt Köln zurückzukehren. Das hatte sich auch nach dem Unfalltod ihres Mannes nicht geändert.

***

Auf dem Klingelschild stand der Name Paola. Nachdem Toni den Klingelknopf gedrückt hatte, ertönte von drinnen die Melodie einer Filmmusik, deren Name ihr aber nicht einfallen wollte. Fast zeitgleich kläffte hinter der Tür ein offenbar kleiner Hund und schabte hektisch mit seinen Krallen auf dem Boden. Um den Vierbeiner nicht noch weiter aufzuscheuchen, warteten die beiden Ermittler geduldig, ohne noch mal zu klingeln oder zu klopfen. Einen Moment später öffnete eine junge Frau die Tür. Den kleinen Pinscher hatte sie auf

den Arm genommen. Mit italienischem Akzent fragte sie nach dem Grund des Anklingelns.
„Mein Name ist Krogmann und das ist mein Kollege Dember. Wir sind von der Kölner Polizei und ermitteln in einem Mordfall. Bestimmt haben Sie gelesen oder davon gehört, dass unweit des Hauses Leichenteile gefunden wurden."
„Ja, das habe ich gelesen. Mir tun die Kinder leid, die so etwas gesehen haben. Schrecklich!"
„Frau Paola, haben Sie vielleicht etwas beobachtet, was uns weiterhelfen könnte? Jede Kleinigkeit könnte wichtig sein!"
Sie schüttelte den Kopf. „Nein, tut mir leid. Ich habe Schichtdienst und wenn ich nach Hause komme, dann sehe und höre ich nichts mehr."
„Arbeiten Sie im Krankenhaus oder was machen Sie, wenn ich fragen darf?"
„Muss ich das sagen?" Die junge Frau wirkte plötzlich distanziert. Die Frage nach ihrem Beruf schien ihr nicht zu gefallen.
„Natürlich nicht! Dann entschuldigen Sie bitte die Störung. Wir wünschen Ihnen noch einen schönen Tag", entgegnete Toni, nun sehr förmlich.
„Ich Ihnen auch!" Die Frau setzte den Pinscher wieder auf den Boden und schloss rasch die Tür.

***

Zur gleichen Zeit wurde im Landgericht die frühere Haushälterin der Steinbüchels aufgerufen. Die 66-jährige Maria Keuthage betrat sichtlich nervös den vollbesetzten Gerichtssaal. Unsicher blieb sie an der Tür stehen und blickte zum Richtertisch. Der Vorsitzende wies ihr mit einer Handbewegung und einem freundlichen „Bitte" den Weg zum Zeugenplatz. Verunsichert schaute sich die Seniorin um und gab stotternd die Daten zu ihrer Person an. Auch sie war nicht verwandt oder verschwägert mit dem Angeklagten.
In den nächsten zehn Minuten erzählte die Zeugin, dass sie insgesamt 15 Jahre für die Steinbüchels als Haushälterin gearbeitet habe.

Sie seien immer sehr nett gewesen und sie könne noch immer nicht fassen, dass sie getötet wurden.
Auf die Frage, ob sie denn den Angeklagten schon mal gesehen hätte, antwortete sie mit einem Kopfnicken. „Ich habe ihn schon ein paar Mal im Haus gesehen, aber ich weiß nicht, in welcher Beziehung der junge Mann zu den beiden stand. Aus persönlichen Dingen halte ich mich prinzipiell immer heraus."
Sarah Steinmann befragte nun die Zeugin. „Frau Keuthage, können Sie uns etwas über die Gewohnheiten der Steinbüchels sagen? Ich meine so was wie zum Beispiel zu bestimmten Zeiten die Haustür abzuschließen oder keinen Besuch mehr zu empfangen."
Frau Keuthage antwortete wie aus der Pistole geschossen: „Ach, da waren die beiden immer sehr genau. Um Punkt 19.00 Uhr wurde die Haustür abgeschlossen, dann wurde zu Abend gegessen. Das musste ich ja stets vorbereiten. Einmal hatte ich mein Telefon im Haus liegen lassen. Tja, mein Pech, auf Klingeln und Klopfen reagierten die beiden nämlich nicht. Nach der Meinung der Steinbüchels konnte es nicht so wichtig sein, wenn jemand nach 19.00 Uhr an der Tür war. Den ganzen Tag über hätte es ja genügend Zeit gegeben, sie zu besuchen. Ihre Gewohnheiten waren nun mal so und damit kam ich zurecht. Für mich hieß es ja auch im Umkehrschluss, dass ich Feierabend hatte. Zu keiner Zeit ist es vorgekommen, dass mich die Steinbüchels nach Feierabend noch mal angerufen haben. Niemals! Wie schon gesagt, das waren richtige Gewohnheitsmenschen, man wusste immer, wo man bei denen dran war."
„Sie glauben also nicht, dass die Steinbüchels noch jemand Fremden ins Haus gelassen hätten – nach 19.00 Uhr?"
„Bestimmt nicht! Niemals! Das hätten die nie gemacht!"
Ihre Antwort kam direkt und ließ keinen Zweifel an ihrer Glaubhaftigkeit aufkommen. Rechtsanwalt Ommer kommentierte ihre Aussage leise, aber hörbar: „Das heißt aber nicht zwangsläufig, dass mein Mandant der Täter ist! Die Staatsanwältin versucht, durch ihre Äußerungen die Zeugin in eine bestimmte Richtung zu drängen!"
Sarah Steinmann bedachte ihn mit einem strafenden Blick. „Hohes Gericht, offenbar hat der Verteidiger noch einen relevanten Beitrag. Vielleicht könnte er ihn freundlicherweise für uns alle wiederholen?"

Rechtsanwalt Ommer winkte ab und der Vorsitzende ermahnte ihn: „Unterlassen Sie bitte Ihre Zwischenbemerkungen. Das ist nicht prozessführend und in meinem Gerichtssaal dulde ich so etwas auch nicht."
Sarah Steinmann befragte die Zeugin weiter: „Kam es denn in der Vergangenheit schon mal vor, dass der Angeklagte den Steinbüchels Geschenke gebracht hat?"
„Das weiß ich leider nicht. Als Haushälterin bin ich dahingehend geschult worden, dass ich meine Nase nicht in Dinge stecken soll, die mich nichts angehen. Ich habe mit dem Ehepaar Steinbüchel darüber nie geredet und sie haben mir das auch nicht erzählt. Die beiden waren sehr zugeknöpft, eigentlich in allem."
Rechtsanwalt Ommer meldete sich erneut ungefragt zu Wort: „Mein Mandant hat auch nie behauptet, dass er immerzu dort Geschenke abgegeben hat. Zumindest nicht ohne entsprechenden Anlass."
Die Zeugin wurde nach gut eineinhalb Stunden wieder entlassen. Allgemein wurde auf eine Vereidigung verzichtet.

Westhoven begann, langsam ungeduldig zu werden. So sehr er dazu beitragen wollte, dass Jonas Brückner überführt wurde, so sehr ärgerte es ihn doch, nicht an seinem laufenden Fall weiterarbeiten zu können. Das war kaum jemandem klar: Polizeiarbeit bestand eben auch darin, zwischen völlig voneinander unabhängigen Fällen hin- und herzuspringen, sich Abläufe in Erinnerung zu rufen, die vor Monaten passiert waren, und kurz darauf schon wieder ganz in der Gegenwart zu agieren. Kurz bevor der Prozess unterbrochen und eine Mittagspause eingelegt wurde, fragte er daher, ob es denn nicht möglich sei, ihn auf dem Mobiltelefon anzurufen, wenn er an der Reihe war, am besten mit einer halben Stunde Vorlaufzeit. Er erklärte, dass er einen neuen Fall zu bearbeiten habe und auf der Dienststelle erreichbar sei. Seinem Wunsch wurde entsprochen.

***

Als Westhoven keine dreißig Minuten später sein Büro betrat, stand dort ein schwarzer Rollkoffer. Dies konnte nur bedeuten, dass Jochen Gerber angekommen war. Westhoven suchte ihn auf der Etage und fand ihn schließlich mit einer Tasse Kaffee in der Hand und fröhlich mit Arndt Siebert plaudernd in dessen Büro. Westhoven und Gerber umarmten sich herzlich. Westhoven klopfte seinem alten Kollegen auf die Schulter. „Jochen, altes Haus! Wie war die Fahrt? Bist du jetzt mit dem Zug gekommen oder doch mit dem Wagen?"

„Schön dich zu sehen, Paul! Mit dem Zug. Da hatte ich endlich mal Zeit zum Lesen. Im Internet habe ich dann auch gleich von deinem neuesten Fall gelesen. Ganz schön brutal. Arndt und ich haben eben schon darüber gesprochen. Die Mafia ist dein großer Favorit?"

Westhoven runzelte die Stirn. „Ich lege mich da noch nicht so fest." Er warf dem Leiter des KK 11 einen bösen Blick zu. „Mir scheint alles möglich zu sein. Nur in eine bestimmte Richtung zu ermitteln und alles andere außer Acht zu lassen – nee, das ist nicht mein Ding. Dieses Mafiagespenst hat der Dotzinger aufgeworfen und nun glauben alle, das kann ja nur so sein und verrennen sich in diese fixe Idee."

„Recht hast du, Paul. Vielleicht darf ich ja mal die Akte lesen? Ich bleibe ja noch ein paar Tage länger hier in Köln und muss ein paar private Dinge regeln. Da hätte ich Zeit."

Westhoven zuckte mit den Schultern. „Von mir aus! Hast als interner Ermittler wahrscheinlich nur noch eintönigen Alltagskram zu bearbeiten, was?" Er konnte sich ein süffisantes Lächeln nicht verkneifen.

Gerber seufzte. „Wenn du wüsstest. Neben den üblichen Strafanzeigen wegen Körperverletzung im Amt, Freiheitsberaubung und Beleidigung habe ich noch eine ganze Latte anderer Ermittlungsverfahren. Und das ist alles andere als langweilig oder eintönig. Aber ich darf natürlich nicht darüber reden."

Westhoven nickte. „Wie auch immer, mein Freund. Lies die Akte und wenn du noch eine zündende Idee hast, bitte! Bis jetzt haben wir noch nicht viel, aber sobald wir wissen, um wen es sich beim Opfer eigentlich handelt, können wir richtig loslegen. Dann ist es wie bei den meisten Tötungsdelikten nur noch eine Frage der Zeit. Kennst ja das Prozedere."

Gerber verabschiedete sich von den beiden und wollte dann erstmal ins Hotel, um sich ein wenig frisch zu machen, den Koffer auszupacken und zuhause anzurufen.

***

In Westhovens Postfach im Geschäftszimmer lagen als Faxe das wissenschaftliche Gutachten zur chemisch-toxikologischen Untersuchung sowie der Alkohol-Befund, den das Institut für Rechtsmedizin der Universität zu Köln erhoben hatte. Wie immer überflog er die Vorbemerkungen und die Darstellung der Untersuchungsmethoden und blätterte zum Ergebnis und der Beurteilung. Im Resultat waren durch die immunchemischen Analysen der Blutprobe Amphetamine, Kokain und Opiate zwar negativ, jedoch Cannabinoide positiv festgestellt worden. Das hieß also, dass beim Opfer ein akuter Haschisch- oder Marihuanakonsum vorlag, denn laut Gutachten konnten sowohl die Wirksubstanz THC als auch die charakteristischen Metaboliten OH-THC und THC-COOH nachgewiesen werden. Erläuternd zur Wirkung führte das Gutachten aus, dass insbesondere in den ersten Stunden nach Cannabiskonsum verschiedene Symptome auftreten konnten, als da wären Verwirrung, Reizbarkeit, verzerrte Zeit- und Raumwahrnehmung, Halluzinationen und so weiter.
Danach las sich Westhoven den wesentlich kürzer gefassten Alkohol-Befund durch. Sein Blick fiel unmittelbar auf das Feld mit dem forensisch relevanten Mittelwert von 0,5 Promille. Dieser Wert spiegelte immer den Blutalkoholwert für den Zeitpunkt der Blutentnahme wider. Westhoven war sich nicht sicher, ob Sarah Steinmann ein weitergehendes Gutachten in Auftrag geben würde, um einen noch genaueren Wert für die angenommene Tatzeit zu erhalten. Im Grunde spielte das doch auch hier überhaupt keine Rolle, denn nach dem Zerstückeln würde der Alkoholgehalt sicher nicht mehr vom Körper abgebaut worden sein. Ihm schoss der Gedanke durch den Kopf, dass das Opfer wegen des Drogenkonsums und der daraus resultierenden Symptome sowie dem Alkoholpegel den Tod vielleicht als gar nicht so schlimm empfunden haben könnte, sozusagen als weichen

Übergang vom Leben in den Tod. Bei diesem Gedanken hatte er plötzlich wieder das Bild der blutverschmierten Kreissäge vor Augen, die er gesehen hatte, als er Anfang des Jahres zu einem Suizid gerufen worden war. So etwas hatte er noch nie gesehen. An den Zacken der Kreissäge hatten Hautfetzen und Knochenteile gehangen, vermengt mit eingedicktem Blut. Während der Befundaufnahme stellte sich heraus, dass der Selbstmörder, ein angehender Elektriker, die Kreissäge mit einer Zeitschaltuhr versehen hatte. Seinen Hals hatte der junge Mann genau in der Schneidefurche fixiert. Nachdem die Zeitschaltuhr dann die entsprechende Zeit erreicht hatte, sprang die Säge an und der Kopf des Mannes fiel auf die eine und der Oberkörper auf die andere Seite. Allein das Warten schien für Westhoven ein unvorstellbarer Todeskampf gewesen zu sein. Und wie schon so oft war das Motiv eines der ältesten: Liebeskummer.

Jedenfalls konnte der Professor bei der Sektion der Leichenteile keine Hinweise mehr auf die Dauer der so genannten Agoniephase finden. Es würde also vorerst ein Rätsel bleiben, ob die Zeitphase vor dem Tod des Opfers lethargisch, euphorisch oder qualvoll gewesen war. An diesen Fall würde sich Westhoven jedenfalls selbst nach Jahren noch erinnern.

***

Die weiteren Ermittlungen am Donnerstag verliefen leider relativ erfolglos und ergaben keine weiterführenden Hinweise. Beide Teams berichteten von ihren Erlebnissen und den teils schrägen Mietern. Keiner der Befragten hatte etwas Tatrelevantes beobachtet, selbst die nicht, die ein Fenster oder einen Balkon zum Pyramidenpark und somit direkten Blick auf den Fundort hatten. Noch nicht mal diejenigen, die abends noch eine Runde Gassi mit ihrem treuen Vierbeiner gegangen waren, wollten etwas gesehen oder bemerkt haben.

Freitag – ein weiterer Prozesstag

Am Freitagmorgen musste Jochen Gerber seine Aussage im Prozess machen. Nachdem er in den Zeugenstand gerufen worden war und die üblichen Formalitäten erledigt waren, berichtete der Ermittler über eine Stunde von seinen Eindrücken und Feststellungen im Haus der Steinbüchels. Er war seinerzeit als Tatortbeamter für die Aufnahme des Tatortes zuständig gewesen. Detailliert schilderte er, in welchem Zustand sich die Leichen befunden und wo sie genau gelegen hatten. Er erzählte außerdem, wie ekelhaft die Sache mit der aufgeschlitzten Katze gewesen war.

Gerber bestätigte auf Nachfrage der Staatsanwältin, dass an keinem Türschloss des Hauses Einbruchsspuren gefunden worden waren. Darüber hinaus erzählte er von dem manipulierten Verbindungsstück der Gasleitung im Keller des Hauses. „Laut Feuerwehr war es eigentlich nur ein Zufall, dass es zu keiner Explosion gekommen ist, obwohl die Gaskonzentration bereits knapp unterhalb der Explosionsgrenze von 60 Prozent lag. Ganz offensichtlich war die Kerze, die in einer Kiste vor dem Keller stand, früher ausgegangen, als es an Zeit brauchte, um den Raum mit der explosiven Mischung zu füllen. Zum Glück stand ein kleines Kellerfenster auf Kipp, durch das genügend Gas entweichen konnte."

Rechtsanwalt Ommer versuchte durch seine üblichen Grimassen, Gerber aus dem Konzept zu bringen. Doch sein ständiges Augenrollen und leichtes Kopfschütteln konnten den erfahrenen Ermittler nicht beeindrucken. Schließlich wandte sich der Rechtsanwalt direkt an den Zeugen: „Herr Gerber, Sie haben uns eben bildhaft geschildert, dass es glücklicherweise nicht zur Explosion gekommen ist, weil eine Kerze ausgegangen war. Wie kommen Sie denn zu der Schlussfolgerung, dass das Verbindungsstück der Gasleitung von meinem Mandanten manipuliert worden sein soll und diese Kerze damit überhaupt in Zusammenhang steht? In meinem Aktendoppel findet sich nämlich darauf überhaupt kein Hinweis."

Gerber rückte seine Kleidung zurecht und antwortete dann: „Ich weiß ja nicht, was Sie eben gehört haben oder gehört haben wollen,

Herr Anwalt. Ich habe mit keinem Wort gesagt, dass der Angeklagte das Leck in der Gasleitung mittels Manipulation eines Verbindungsstücks verursacht hat. Wir haben aber nun einmal das Leck und die Manipulation eines Verbindungsstücks festgestellt und dies auch dokumentiert. Ebenso wenig habe ich ausgesagt, dass er die Kerze angezündet hat. Wenn Sie wollen, kann ich meine Angaben aber gern noch mal wiederholen oder haben Sie jetzt noch eine zielführende Frage?"

Ein Raunen ging durch den Saal. Einige Zuhörer zischten ihren Sitznachbarn ins Ohr: „Gut so"; „Endlich mal jemand, der dem Paroli bietet"; „Dass der überhaupt so einen Mörder vertritt!"

„Herr Gerber, glauben Sie persönlich, dass mein Mandant eine solche Manipulation vornehmen könnte und zu solch einem perfiden Plan in der Lage wäre, nur weil er mal als Praktikant bei einem Sanitärbetrieb gearbeitet hat?" Rechtsanwalt Ommer durchbohrte den Zeugen förmlich mit seinem Blick, während Jonas Brückner auf einem Zettel herumkritzelte und so tat, als ob ihn die ganze Sache überhaupt nichts anginge.

Gerber lief zur Höchstform auf. „Sagen Sie es uns, Herr Anwalt. Mit Ihnen spricht der Angeklagte ja bestimmt."

Diese Antwort passte Ommer überhaupt nicht und er entgegnete aggressiv: „Das ist nicht die Antwort auf meine Frage, Herr Gerber!"

Staatsanwältin Steinmann ergriff das Wort: „Das war die einzig mögliche Antwort. Wenn Sie Glaubensfragen stellen wollen, sind Sie hier falsch, Herr Ommer."

Ommer schaute zum Richtertisch und brabbelte das Wort „Revisionsgrund" vor sich hin.

Sarah Steinmann rollte nun ebenfalls mit den Augen. „Soll das jetzt wirklich die ganze Zeit so weitergehen, Herr Verteidiger?"

Der Vorsitzende Richter stellte Rechtsanwalt Ommer die Frage, ob er im Moment noch weitere Fragen an den Zeugen habe, was dieser missmutig verneinte. An Gerbers Glaubwürdigkeit bestanden am Ende seiner Befragung keinerlei Zweifel und es wurde auch allgemein auf dessen Vereidigung verzichtet.

***

Der nächste Zeuge war der Gas- und Wasserinstallateur Arno Schlott. Er war derjenige, der regelmäßig die Heizungsanlage der Steinbüchels gewartet hatte.
„Können Sie sich erklären, warum der Gasanschluss im Keller ein Leck hatte?“, fragte der Vorsitzende Richter.
Arno Schlott holte seinen Prüfbericht vom letzten Sommer hervor. „Bei der letzten jährlichen Kontrolle war alles in Ordnung. Ich habe weder eine Materialschwäche festgestellt noch gab es undichte Stellen an Verbindungsstücken oder an der Anlage selbst. Das ist auch völlig ausgeschlossen. Ich habe die Anlage immer sehr gewissenhaft geprüft und Herr Steinbüchel hat dabei immer neben mir gestanden. Der hätte sicher keine Kompromisse gemacht.“
„Könnte es denn sein, dass Herr Steinbüchel selbst diesen Schaden verursacht haben könnte?“, fragte der Verteidiger.
Der Handwerker antwortete mit leicht patzigem Unterton: „Jeder ist ja wohl in der Lage, Dinge zu beschädigen!“
Sarah Steinmann wandte sich wieder an den Rechtsanwalt: „Herr Ommer, nur damit ich das eben von Ihnen Gesagte richtig verstanden habe: Sie wollen darauf hinaus, dass Herr Steinbüchel die Gasleitung selbst manipuliert und die brennende Kerze aufgestellt hat? Danach hat er dann seine Frau erstochen, die Katze aufgeschlitzt und sich selbst durch mehrere Stiche in Gesicht und Oberkörper getötet. Reihenfolge beliebig?“ Sie legte den Kopf zur Seite und musterte ihn mit erhobenen Augenbrauen. Jeder, der Ommer kannte, wusste, dass er mit seinen Anspielungen immer ein Ziel vor Augen hatte. Er spielte den Gelangweilten und tat so, als ob er einen Kaugummi kauen würde.
Nachdem auch Arno Schlott unvereidigt blieb, nahm dieser noch seinen Auslagenzettel entgegen, verabschiedete sich und machte sich auf den Weg zur Gerichtskasse, um sein Fahrtgeld und die ausgefallenen Arbeitsstunden ausbezahlt zu bekommen. Der nächste Verhandlungstag wurde für den kommenden Mittwoch, Beginn 12.30 Uhr, festgesetzt. An diesem Tag sollte Thomas Beck, Brückners ehemaliger Mitinsasse, angehört worden.

***

Es war mittlerweile Freitagnachmittag. Sibylle Peffgen starrte wie gebannt auf den Facebook-Account ihres Bruders. Immer noch offline! Auch auf seinem Mobiltelefon war er seit nunmehr sechs Tagen nicht zu erreichen. Noch bevor es klingelte, sprang die Mailbox an und bei WhatsApp verhielt es sich nicht anders als auf Facebook.
Sie wollte Gewissheit; das flaue Gefühl in ihrem Magen ging einfach nicht mehr weg. Diese Ungewissheit, dass etwas Schlimmes passiert sein könnte, hatte sie vollends ergriffen. Hastig und nervös suchte sie im Internet nach der Rufnummer der Polizei in Köln und tippte die 0221-229-0 auf ihrem Telefon ein. Die drei Klingelzeichen kamen ihr vor wie eine Ewigkeit, dann wurde endlich das Gespräch angenommen. Nachdem sie der freundlichen Telefonistin erklärt hatte, dass sie ihren Bruder seit mehreren Tage vermisste, wurde sie mit der Kriminalwache verbunden. Eine junge Kriminalkommissarin übernahm das Gespräch und notierte sich anhand einer Checkliste die erforderlichen Eckdaten, welche die Vermisstenstelle für die spätere Bearbeitung dringend benötigte. Sibylle Peffgen konnte keine weiteren Anlaufadressen benennen, an denen sich ihr Bruder möglicherweise aufhalten könnte. „Es ist einfach nicht seine Art, nicht erreichbar zu sein. Das kenne ich nicht von ihm, da kann nur etwas passiert sein!" Unvermittelt kullerten ihr Tränen übers Gesicht und sie schniefte mehrfach hörbar in den Hörer.
Die junge Beamtin versicherte ihr, dass sie alles notiert habe und die Sache an die Fachdienststelle weitergeben würde. Nachdem das Gespräch beendet war, veranlasste die Beamtin als erste Maßnahme über die Leitstelle, dass eine Streife zum Wohnort des Vermissten an der Hospeltstraße in Ehrenfeld fahren sollte.

***

Gegen 19.00 Uhr meldete sich die Streifenwagenbesatzung der Polizeiinspektion Ehrenfeld telefonisch auf der Kriminalwache: „Im Briefkasten des Vermissten sind mehrere verschlossene Umschläge. Allerdings kommt man da nicht dran. Es sieht schon so aus, als wäre der tagelang nicht geleert worden."

„Riecht es aus der Wohnung denn komisch?", fragte die Kollegin von der Kriminalwache.
„Nein, Gott sei Dank nicht. Eine direkte Nachbarin von Stefan Peffgen hat aber erzählt, dass sie ihn auch schon seit Tagen nicht gesehen und auch keine Musik aus seiner Wohnung gehört hat. Herr Peffgen habe nämlich leider die schlimme Angewohnheit, sehr laut Musik zu hören. Daran könne sie es auch definitiv festmachen, dass er nicht zu Hause sei. Etwas Ungewöhnliches ist ihr aber nicht aufgefallen. Zuletzt hat sie ihn am Sonntagnachmittag gesehen. Da hat sie durch den Spion geschaut, nachdem er wieder mal die Tür mit einem lauten Knall zugeschlagen hatte, als er ging. Sie sprach davon, dass er wieder dieses knallrote Hemd angehabt hätte, das sei ja nun wirklich nichts für einen Mann, deshalb sei sie sicher, dass es Herr Peffgen war, den sie da gesehen hat."
Die Beamten kündigten zu den Feststellungen einen kurzen Bericht an, den sie vorab per Fax an die Kriminalwache senden würden. Auf eine Öffnung der Wohnungstür wurde verzichtet. Dazu gab es im Moment nicht genügend Anlass, eine akute Gefährdungslage in der Wohnung lag offenbar nicht vor.

Samstag – endlich Wochenende

Die Mordkommission 6 hatte sich bei Westhoven und Anne zum Grillen verabredet. Klein-Dember lag nur mit einer Windel bekleidet auf einer Decke im Gras im Schatten des Walnussbaums. Die Temperaturen hatten an diesem Samstag mal wieder die 30-Grad-Marke erklommen. Passend dazu prangten die Worte *Köln schwitzt* als Schlagzeile auf der Titelseite des EXPRESS.

Dember lehnte sich entspannt mit seinem Bier an den Baumstamm. „Paul, fahrt ihr denn auch dieses Jahr wieder am ersten August-Wochenende nach Berlin, um euch dieses Traberderby anzugucken?"

Schon seit Jahren fuhren Anne und Westhoven zum Traberderby, um sich die hochklassigen Pferderennen anzusehen und zu wetten.

Westhoven grinste. „Na klar, ich hoffe doch sehr, dass es auch dieses Jahr klappt! Wir buchen unser Zimmer schon immer sehr frühzeitig. Dieses Wochenende ist ein fester Bestandteil unserer Ehe. Weißt du, Anne muss sowieso schon ständig auf mich verzichten und viel allein unternehmen. Aber Berlin ist Pflicht, da muss ich mit. Will ich aber auch."

Dember warf ihm einen skeptischen Blick zu. „Ich mein ja nur, das wäre ja schon nächstes Wochenende und wir stehen ja noch am Anfang der Ermittlungen. Bislang wissen wir ja noch nicht viel bis gar nichts."

„Ach, Heinz! Egal, was sich bis nächsten Freitag ergibt, ihr müsst es ohne mich machen. Arndt weiß Bescheid und unser werter KI-Leiter[11] wird wohl auch nichts dagegen haben. Hauptsache, der Fall wird geklärt und die Bevölkerung ist beruhigt. Du hast ja gelesen, was dieser Holm wieder für einen Scheiß geschrieben hat: *Köln – Kopflose Leiche zerstückelt – war es ein Mord im Milieu oder treibt ein Killer sein Unwesen?* So ein Schwachkopf."

„Fahr du ruhig nach Berlin, Paul", meinte Gerber. „Wenn du willst, kann ich ja noch ein paar Tage bleiben und dich vertreten."

---

[11] KI-Leiter: Kriminalinspektionsleiter und somit Vorgesetzter der Kommissariatsleiter in seiner Inspektion, hier: Vorgesetzter von Arndt Siebert (Leiter des KK 11)

Westhoven hatte nicht das Gefühl, dass Gerber scherzte. „Du bist hier aber nicht mehr zuständig, mein Freund! Habt ihr in Hamburg so wenig Fälle, dass du für so was hier Zeit hast?"
Bevor Gerber antworten konnte, sprang ihm Toni Krogmann grinsend bei. „Eyh! Ick schmiet die lieks mit een Pantuffel, do![12] Sag jetzt nichts Falsches über Hamburg. Das ist schließlich meine alte Heimat."
Westhoven und Gerber sahen sich an und prosteten sich zu.

***

[12] Pass bloß auf!

Eine neue Woche – Montag

Um 9 Uhr morgens meldete sich der Sachbearbeiter der Vermisstenstelle, mit dem Toni Krogmann letzte Woche gesprochen hatte, bei ihr.

„Hallo, Kollegin! Wisst ihr mittlerweile, wie euer Toter im Park heißt?"

„Nein, leider immer noch nicht. Wieso?"

„Vielleicht hätte ich was. Ich habe hier einen Bericht von der K-Wache. Eine Sibylle Peffgen aus der Schweiz vermisst seit Sonntag letzter Woche ihren Bruder. Der hat eine Wohnung in der Hospeltstraße in Ehrenfeld."

„Und?"

„Die Kollegen der Wache Ehrenfeld haben einen Bericht geschrieben und da steht drin, dass der Mann ein knallrotes Hemd angehabt haben soll, als er zuletzt gesehen wurde. Du hast mir doch was von einem roten Knopf erzählt. Vielleicht passt ja eins und eins zusammen. Willst du dir von dem Vorgang nicht mal eine Kopie machen?"

„Da sagst du was! Klar, mache ich direkt. Das könnte ja unser Mann sein. Ich stiefele sofort los. Aber vorher sag ich noch eben Paul Bescheid." Mit einem triumphierenden Gefühl und einem fetten Grinsen im Gesicht ging sie zu Westhovens Büro, Dember folgte ihr.

Westhoven sah von seinem Schreibtisch auf. „Was grinst du so, Toni? Bist du frisch verliebt?"

„Besser! Viel besser! Der Kollege von der Vermisstenstelle hat sich eben gemeldet und mir von einem neuen Fall erzählt, den er bekommen hat."

Nachdem sie die volle Aufmerksamkeit von Westhoven und Heinz hatte, fuhr sie fort: „Und jetzt kommt's: Der Mann hat ein knallrotes Hemd getragen, als er das letzte Mal gesehen wurde. Na, ist das was?"

Westhoven klatschte in die Hände. „Was stehst du noch hier rum? Zack, zack, geh bitte sofort rüber und besorg die Vorgangskopie! Bin gespannt, wer derjenige ist und ob wir Erkenntnisse zu ihm haben."

Toni nickte begeistert. „Hoffentlich passt das mit unseren Eckdaten. Dann kommen wir endlich ein Stück weiter. Wir treten jetzt schon so lange auf der Stelle.“

***

Keine zehn Minuten später war Toni mit dem Vermisstenvorgang zurück. Die komplette Belegschaft der MK „Pyramide“ saß nun im Besprechungsraum und lauschte gespannt Tonis Worten. „Sibylle Peffgen hat ihren Bruder Stefan bis Freitag nicht erreichen können, was sehr ungewöhnlich sei, wie sie sagt. Außerdem hat eine Nachbarin ihn letztmalig vergangenen Sonntag, also gestern vor einer Woche, gesehen“, schloss sie ihren Bericht.
„Wie alt ist denn dieser Stefan Peffgen?“, fragte Guido D'Angelo.
„31 Jahre.“
„Liegen denn über den Vermissten polizeiliche Erkenntnisse vor?“, wollte Sigrid Stotzem-Randerath wissen. Toni quittierte das mit einem Schulterzucken.
„Okay“, meinte Westhoven, „das klingt zumindest vielversprechender als die bisherige Spurenlage, die ja ziemlich schwach ist. Ich schlage vor, dass Toni und Heinz in der nächsten Stunde alles über diesen Stefan Peffgen herausfinden, was möglich ist. Und sprecht auf jeden Fall mit seiner Schwester. Nicht dass der am Wochenende wieder aufgetaucht ist und wir jagen hier einem Phantom hinterher.
Und ihr beiden“, Westhoven blickte die Kaderkräfte an, „ihr macht weiter mit der Hausbefragung. Nehmt euch heute zunächst bitte die Wohnhäuser in der Gummersbacher Straße vor, die vis à vis des Ablageortes am Pyramidenpark liegen.“
„Sollen wir auch in dem Fitness-Studio ermitteln? Das liegt ja auch direkt gegenüber.“ Guido D'Angelo hatte schon öfters in diesem Studio am Dienstsportkurs „Indoor-Cycling“ teilgenommen. Diesen Mittwoch würde er wohl nicht dabei sein können.
„Das ist eine gute Idee, Guido. Wir sollten nichts unversucht lassen. Aber bitte erst die Wohnhäuser abklappern.“

***

Sarah Steinmann nahm den Hörer ab und meldete sich wie immer kurz und knapp mit „Steinmann, Staatsanwaltschaft Köln".

„Hallo Sarah, hier ist Paul. Ich wollte mich nur mal melden und dir den Zwischenstand zu den Ermittlungen in Sachen Torso geben, falls dich das überhaupt zurzeit interessiert. Du bist ja grad vollends mit der Verhandlung in dem Fall mit dem Rentnermord beschäftigt."

„Ach, geht schon. Es gibt auch noch ein Leben nach oder besser gesagt neben der Verhandlung, und der nächste Verhandlungstag ist doch erst am Mittwoch. Was gibt's denn Neues? Wisst ihr inzwischen, wer der Tote ist?"

„Nicht direkt, aber es gibt eine lauwarme Spur. Wir klären grad noch ein paar Eckdaten, und wer weiß, vielleicht ist die Spur dann heiß."

„Jetzt mach es nicht so spannend, erzähl schon."

„Es gibt eine neue Vermisstenanzeige, die zumindest im Ansatz auf unser Opfer passen könnte. Dember und Toni prüfen das zurzeit. Im Grunde ist das keineswegs spruchreif, aber ich kenne dich ja gut genug, um zu wissen, dass du dich auch für sowas schon interessierst. Jedenfalls ist der Vermisste 31 Jahre alt, wurde zuletzt Sonntag vor einer Woche gesehen und war zu diesem Zeitpunkt bekleidet mit einem knallroten Hemd."

„Hmmh! Das klingt in der Tat gut. Und du weißt ja, falls ihr Beschlüsse für eine strafprozessuale Maßnahme braucht – meldet euch."

„Sowieso. Aber sag doch mal, wie läuft es eigentlich im Doppelmordprozess? Mein damaliger Mitstreiter Gerber hat ja schon ausgesagt und mir ein bisschen was erzählt. Ich hab auch ein wenig in der Zeitung gelesen. Am Mittwoch soll der ehemalige Zellengenosse von Brückner aussagen, oder?"

„Ja, Thomas Beck. Aber erzählen darf ich dir nichts, mein Lieber. Du musst schließlich auch noch in den Zeugenstand. Und stell dir mal das Szenario vor, wenn Ommer spitzkriegen würde, dass ich mit dir über Verhandlungsinhalte gesprochen habe. Er braucht dich doch nur zu fragen und du müsstest wahrheitsgemäß antworten. Lass dich also lieber überraschen. Du kennst doch den Fall sowieso besser als jeder andere."

„Okay, Sarah. Dann erzähle ich dir jetzt nicht, was Gerber mir erzählt hat. Und mit dem Beck wünsche ich euch viel Vergnügen. Ich traue diesem verurteilten Betrüger nicht."

„Wieso? Immerhin hat er euch seinerzeit Dinge erzählt, die nur der Täter wissen konnte."
„Trotzdem, diesem Schmierlappen traue ich nicht von hier bis zur Tür. Bauchgefühl."
„Das glaub ich gern. Bei deeeem Bauch."
„Ja, ja. Wir sprechen uns wieder, wenn du mal in mein Alter kommst. Außerdem findet Anne meinen Bauchansatz überhaupt nicht schlimm und sagt, dass Männer in meinem Alter ohne selbigen sogar eher seltsam sind."
„Man kann sich natürlich alles schönreden. Ciao, Paul. Lass dich nicht ärgern."
„Ich wünsche dir all das, was du mir wünschst, Sarah."
„Bist du gemein." Sarah Steinmann lachte noch in den Hörer und legte dann auf.

***

Getrieben von Neugierde machte Westhoven sich auf den Weg zum Büro von Toni und Dember.
„Und? Habt ihr schon was Interessantes über Peffgen herausgefunden?"
Toni nickte. „Stefan Peffgen, geboren am 06.01.1984 in Köln. Ledig. Wohnt seit drei Jahren in der Hospeltstraße in Ehrenfeld. Im Melderegister kein Hinweis auf Waffen oder sonstiges."
„Hmh! Und du, Heinz, was hast du für mich?"
„Im Fahndungssystem ist er negativ. Es gibt also keine erkennungsdienstliche Behandlung, geschweige denn Fotos von ihm in unserem Computer. Aber es gibt eine Meldung im Vorgangsprogramm, die noch gar nicht so alt ist. In der Karnevalszeit ist er mal in Gewahrsam genommen worden, weil er in der Altstadt nach Wildpinkeln gegenüber den Ordnungskräften dermaßen die Sau rausgelassen und eine Gefahr für sich und andere dargestellt hat. Er hat die beiden Städter nach allen Regeln der Kunst von oben bis unten durchbeleidigt und hätte obendrein mit seinen 1,09 Promille Atemalkohol gerade in der Innenstadt ein leichtes Raubopfer abgegeben."

„Wie sieht es mit Fahrzeugen aus? Hat er ein Motorrad oder Auto?"
„Auf ihn ist seit 2012 ein VW Golf 6 zugelassen. Kennzeichen K-SP 1984, Farbe schwarz", antwortete Toni.
„Dann besorg bitte über das Einwohnermeldeamt ein Foto. Ich will wissen, wie der aussieht. Das könnte auch für die Hausbefragung hilfreich sein."
„Ich wollte sowieso jetzt als Nächstes die Schwester von ihm anrufen. Die kann uns doch ein Foto schicken, besser noch mailen", schlug Dember vor.
Westhoven wandte sich an Toni: „Besorg du bitte das Bild. Was wir haben, haben wir. Und du, Heinz, ruf die Schwester mal an und gib mir Bescheid, wenn du mit ihr gesprochen hast. Ich muss mal eben zu unserem Inspektionsleiter. Ach ja, fragt in Ehrenfeld auf der Wache nach, ob die mal eben im Rahmen ihrer Streifenfahrt nach dem Golf gucken können. Ich will wissen, ob der Wagen noch da ist. Das wäre ja auch ein Indiz."
Toni hakte nach, als Westhoven eigentlich schon durch die Tür war: „Was machen wir, wenn der Wagen nicht da ist? Fahndung?"
Der MK-Leiter überlegte einen Moment. „Noch nicht, erst klären wir ausführlich die Situation. Wir müssen niemanden zur Fahndung ausschreiben, der eventuell einfach nur ein paar Tage nicht nach Hause gekommen ist." Westhoven verließ das Büro.
Dember war ein wenig perplex über diese Entscheidung. „Toni, was ist denn mit Paul los? Er ist doch sonst nicht so pingelig."
Von seiner Kollegin erntete er nur ein Schulterzucken, während sie schon dabei war, telefonisch beim Einwohnermeldeamt das Foto und auch sämtliche anderen Daten von Stefan Peffgen anzufordern.

***

Kaum hatte Westhoven in Edgar Stengelmanns Büro Platz genommen, als sein Puls auch schon merklich stieg. Der Inspektionsleiter wollte ihm den dienstfreien Tag kommenden Freitag für seine Reise nach Berlin nicht genehmigen.

„Wollen Sie den Fall klären oder nicht? Ich habe den Eindruck, dass Ihnen Ihre Freizeit wichtiger ist als Ihre Arbeit. Wir haben hier ein medienwirksames Tötungsdelikt – und Sie wollen frei haben? Ich frage mich noch immer, warum ausgerechnet Sie zu A12 befördert werden mussten. Mit so einer Arbeitseinstellung ist das nicht vereinbar."

Westhoven überlegte für einen kurzen Moment, ob er lautstark Kontra geben sollte, entschied sich jedoch dagegen. „Herr Stengelmann, möchten Sie vielleicht die Leitung der MK ‚Pyramide' übernehmen? Ich habe nämlich gerade den Eindruck, dass Sie mit mir als Leiter dieser Kommission nicht zufrieden sind. Bestimmt haben Sie tolle Ideen, wie Sie den Fall schnellstmöglich lösen können, oder?"

„Passen Sie bloß auf, Herr Westhoven." Die Aussprache von Stengelmann wurde ein wenig feucht und seine Stimme klang zittrig erregt.

„Ich bin ganz Ohr. Worauf soll ich denn aufpassen? Ich verstehe nicht, worauf Sie hinauswollen. Und noch etwas: Seit wann sind Sie zuständig, wenn ich dienstfrei haben möchte? Oder sind Sie jetzt der neue Leiter des KK 11?"

„Wenn Sie weiter so unverschämt und respektlos sind, sind Sie die längste Zeit MK-Leiter gewesen!"

Noch immer blieb Westhoven ruhig. „Ich weiß ja nicht, was dieses Theater eigentlich soll, aber wenn Sie mir noch mal drohen, dann dürfen Sie sicher sein, dass ich das nicht einfach so hinnehmen werde. Auch Sie haben noch einen Vorgesetzten und im PP Köln haben wir einen Personalrat."

Stengelmann kochte sichtlich vor Wut.

„Aber nur, um Ihre Laune ein wenig zu verbessern: Mit etwas Glück wissen wir vielleicht bald, wer der Tote ist. Falls Sie das interessiert."

Stengelmanns Laune schien sich tatsächlich schlagartig zu bessern. „Warum sagen Sie das denn nicht gleich? Was heißt Glück?"

„Wir haben einen Vermisstenfall, bei dem auf den ersten Blick die Eckdaten passen. Stefan Peffgen, 31 Jahre, zuletzt Sonntag vor einer Woche mit einem knallroten Hemd gesehen. Seine Schwester vermisst ihn. Wir gehen der Sache gerade nach."

„Okay, danke. Halten Sie mich auf dem Laufenden. Sie können sich sicher vorstellen, dass mich unser Direktionsleiter jeden Morgen

fragt, wie weit die Aufklärung des Falles fortgeschritten ist."
Jetzt wusste Westhoven, woher der Wind wehte und dachte sich seinen Teil. „Was ist mit dem Freitag? Der ist mir wirklich sehr wichtig und wir haben auch schon ein Hotel gebucht."
„Klären Sie das mit Arndt." Nichts anderes hatte Westhoven vorhin gesagt – sein Kommissariatsleiter war zuständig. *Angst essen Seele auf*, dachte sich Westhoven und verließ Stengelmanns Büro.

***

Dember telefonierte gerade mit Sibylle Peffgen, als Westhoven hereinkam.
„Okay, Frau Peffgen. Und es gibt wirklich niemanden in Köln, der einen Schlüssel zur Wohnung haben könnte?" Dember drückte die Lautsprechertaste. „Frau Peffgen, ich habe unser Gespräch auf Lautsprecher geschaltet. Mein Chef steht nämlich hier und hört nun mit, okay?"
„Das ist kein Problem", stimmte Sibylle Peffgen zu. „Nein, mir fällt niemand ein, der einen Schlüssel haben könnte. Stefan ist nicht gerade ein vertrauensseliger Mensch, wissen Sie. Ich bin die Einzige, die einen Zweitschlüssel hat. Das ist zwar nicht sehr sinnvoll, weil ich zu weit weg wohne im Falle eines Falles, aber so ist er nun mal."
„Hat Ihr Bruder eine Garage für seinen Wagen, wissen Sie das?"
„Nein, es gibt keine Garage. Stefan wollte immer eine mieten, aber da, wo er wohnt, ist wohl keine frei."
Westhoven fragte Dember flüsternd: „Hast du schon gefragt, ob sie noch mal Kontakt zu ihrem Bruder hatte?"
„Frau Peffgen, hat sich Ihr Bruder noch mal bei Ihnen gemeldet in der Zwischenzeit?"
„Nein, das hätte ich Ihnen aber auch sofort gesagt. Ich möchte Ihnen ja keine Umstände machen, wenn es keine gibt. Aber ich habe jetzt auch eine Frage. Mir war das eben gar nicht so bewusst, aber haben Sie gesagt, dass Sie von der Mordkommission sind? Werden alle Vermisstenanzeigen von der Mordkommission bearbeitet?" In ihrer Stimme schwang nun leichte Panik mit. Dember biss sich auf die Lippen und blickte ratlos in Richtung Westhoven.

„Herr Dember, was ist los?", wiederholte sie. „Ist was mit meinem Bruder? Jetzt sagen Sie schon!"
„Das kann ich Ihnen noch nicht mit Gewissheit sagen. Wir bearbeiten seit letzter Woche einen neuen Fall und die Vermisstensache um Ihren Bruder könnte eine erste Spur für uns sein." Dember antwortete ganz bewusst so nichtssagend wie möglich, hatte aber nicht mit der Hartnäckigkeit seiner Gesprächspartnerin gerechnet.
„Halten Sie mich bitte nicht für naiv, Herr Dember!", entgegnete sie anklagend. „Ich kann eins und eins zusammenzählen. Jetzt sagen Sie mir bitte endlich die Wahrheit!"
Wieder sah Dember hilfesuchend zu Westhoven, der sich an Sibylle Peffgen wandte und sich vorstellte. „Wir wollten Sie nicht beunruhigen. Leider haben wir letzte Woche einen männlichen Torso im Pyramidenpark in Köln gefunden. Das ist auch kein Geheimnis, es stand nämlich in sämtlichen Zeitungen. Wir wissen bislang noch nicht, wer der Tote ist. Aber es gibt halt einige Eckdaten in Ihrer Vermisstenanzeige, denen wir gern nachgehen möchten und …"
Sibylle Peffgen unterbrach Westhoven: „Welche Eckdaten? Ich verstehe nicht!"
„Nun ja, bitte haben Sie Verständnis dafür, dass ich Ihnen keine Ergebnisse aus den laufenden Ermittlungen verraten kann und auch nicht darf. Sollte es sich bei Ihrem Bruder tatsächlich um unser Opfer handeln, verspreche ich Ihnen, dass Sie mehr erfahren werden. Einverstanden?"
Sibylle Peffgen atmete tief durch. „Okay, wie kann ich Ihnen helfen? Ich will natürlich wissen, ob mein Bruder derjenige ist, den Sie gefunden haben. Soll ich vorbeikommen und Ihnen die Wohnung aufschließen?"
„Das wäre natürlich optimal. Aber wie lange brauchen Sie denn, bis Sie in Köln sind? Magliaso ist doch in der Schweiz am Luganer See und nicht gerade um die Ecke."
„Mit dem Auto wäre ich in gut acht Stunden in Köln, also gegen 17.00 Uhr. Aber ich versuche, einen Flieger zu kriegen. Ich melde mich gleich bei Ihnen, ich kläre das jetzt sofort, ob ein Flieger geht."
Als sie aufgelegt hatte, sprach Dember Westhoven zögernd an: „Du, Paul, ich …"

„Schon gut, Heinz. Ich muss mal eben zu Arndt wegen Freitag, da muss ich frei haben. Unser KI-Leiter stellt sich da ein bisschen quer. Sag Bescheid, wenn sie sich gemeldet hat."

***

Als Westhoven Arndt Sieberts Büro betrat, sah er in dessen Gesicht ein breites Grinsen. Vor ihm auf dem Tisch lagen Reiseprospekte von Buenos Aires. Dort lebte Carlos Alvarez, ein hochdekorierter Polizeibeamter, den Siebert aus seiner Zeit bei der Organisierten Kriminalitätsbekämpfung kannte. Offenbar hatte er endlich seine Reise nach Argentinien gebucht, über die er sich in den letzten Wochen häufiger mit Westhoven unterhalten hatte. Da musste er doch jetzt guter Laune sein!
„Na, da komme ich wohl genau zum richtigen Zeitpunkt, um meinen dienstfreien Tag für kommenden Freitag zu beantragen. Ich habe zwar nicht wie du vor, mit einem Jeep die Pampas zu durchqueren, aber Berlin ist auch immer eine Reise wert."
Arndt Siebert schaute auf. „Berlin? Jetzt am Freitag?" Sein breites Lächeln schmälerte sich. „Muss das sein? Du hast grad die laufende MK mit dem Torso."
Westhoven atmete tief durch. „Fängst du jetzt auch noch an wie unser KI-Leiter? Ich habe dir doch schon vor Wochen erzählt, als wir uns über deine Argentinienreise unterhalten haben, dass ich auch dieses Jahr am ersten August-Wochenende wieder mit Anne nach Berlin fahren möchte."
„Ich kann mich schwach daran erinnern. Was war da noch mal? Wieder irgendwas mit Pferden, oder?"
„Im Grunde ist das doch egal, oder nicht? Außerdem habe ich dir das schon erzählt. In Berlin findet jedes Jahr am ersten Wochenende im August das Deutsche Traber-Derby statt, das größte und bedeutendste Rennen für 3-jährige Trabrennpferde in Deutschland. Das ist quasi *das* Highlight des Jahres im Trabrennsport und da möchte ich mit Anne hin. Ein Hotelzimmer haben wir auch schon längst gebucht. Ich konnte ja nicht ahnen, dass das so problematisch werden könnte."

„Kann Anne denn nicht allein fahren? Ich meine, wie sieht das denn aus, wenn der MK-Leiter frei macht und wir hier Fremdkräfte im KK 11 haben? Das kommt nicht gut gegenüber den anderen Kommissariatsleitern. Die fordern doch dann sofort ihre Leute zurück, das weißt du doch selbst."

Westhovens Stimmung war nun vollends gekippt. Bevor er lautstark antwortete, schloss er die Bürotür. „Jetzt reicht's mir aber langsam. Geht's noch?! Würdest du deiner Frau etwa sagen, dass sie das seltene gemeinsam geplante Wochenende allein verbringen soll? Hast du dich jetzt mit Stengelmann verbrüdert, oder was?"

„Paul, jetzt komm mal wieder runter. Das war nur eine Frage und du weißt genauso gut wie ich, dass ich Recht habe. Aber von mir aus mach den Freitag frei. Ich verlasse mich darauf, dass die MK trotzdem ordentlich weiterläuft. Klar?!"

„Weißt du was, Arndt? Ich werde vielleicht doch noch mal darüber nachdenken, ob ich mich auf eine andere Stelle bewerbe. Auf solche Schwachsinnsdiskussionen habe ich keinen Bock! Ich bin immer erreichbar, ich komme zu jeder Tages- und Nachtzeit, ich komme sogar, wenn ich keine Bereitschaft habe. Ich breche sogar meinen Urlaub vorzeitig ab, wenn es sein muss und jetzt muss ich hier zu Kreuze kriechen wegen *eines* verschissenen dienstfreien Tages, weil sich jemand anderes darüber mokieren könnte. Ihr könnt euren Scheiß hier demnächst alleine machen!"

„Was heißt das jetzt, willst du jetzt am Freitag frei haben oder nicht?"

„Was denkst du wohl?!" Westhoven drehte sich um, riss die Tür auf und ging wutschnaubend in sein Büro zurück. Um sich ein wenig zu beruhigen, aß er zwei seiner Schokoladenriegel, die er immer im Schreibtisch hatte.

***

Sigrid Stotzem-Randerath und Guido D'Angelo hatten sich schon bis zur 3. Etage im Mehrparteienhaus in der Gummersbacher Straße durchgefragt, ohne allerdings brauchbare Hinweise der Bewohner

erhalten zu haben. Der junge Kommissar war ein wenig unzufrieden.
„Mann, wir rennen uns hier bei der Hitze die Hacken ab und bislang sind wir genauso schlau wie vorher. Wenn hier einer aus dem Haus was wüsste oder was gesehen hätte, dann hätte er sich doch schon längst bei uns gemeldet, oder meinst du nicht?"
„Glaube ich nicht, Kollege. Ich habe die Erfahrung gemacht, dass sich viele Leute einfach zu unsicher sind, ob ihre Beobachtungen tatsächlich wichtig sind, und sich deshalb nicht trauen, sich von allein zu melden. Mir ist auch heiß, aber unsere Arbeit hier ist echt wichtig und muss gemacht werden. Klinkenputzen gehört eben auch zur MK-Arbeit, auch wenn sich das die wenigsten Leute vorstellen können. Kaum einer glaubt einem, dass es wochenlang dauern kann, eine einzige hilfreiche Spur zu finden!"
„Ja, ich weiß. Das sollte auch keine Beschwerde sein. Komm, weiter."
Auf der nächsten Klingel stand *Kira Kölsch-Keppler*.
„Das glaub ich jetzt nicht! Wetten, dass die ein T-Shirt hat, wo drauf steht: *Stolz, ´ne Kölsche zo sin*? Ich bin gespannt, wie die aussieht. Kira klingt jedenfalls nach einer jungen Frau." D'Angelos Augen funkelten.
Sigrid kommentierte das nur mit einem Kopfschütteln und einem belustigten „Männer!"
Erwartungsvoll drückte D'Angelo den Klingelknopf. Im gleichen Moment war aus der Wohnung Vogelgezwitscher zu hören.
„Na, wenn du dich mal nicht täuschst, mein Lieber. So ´ne Klingel hatte nämlich meine Oma. Scheußlich."
Auch nach einem weiteren Drücken auf den Klingelknopf ertönte dasselbe Gezwitscher, aber die Tür blieb verschlossen. Die beiden Ermittler gingen eine Tür weiter. Mit schwarzem Filzstift auf einen Klebezettel geschrieben stand dort der Name *Dimitros Maximos*. Als die Wohnungstür geöffnet wurde, stand ein völlig verschlafener älterer Mann mit gelocktem ergrautem Haar vor ihnen und fragte die beiden Ermittler, was sie denn von ihm wollten. Sigrid Stotzem-Randerath spulte ihren Spruch ab und in radebrechendem Deutsch gab der Mann zu verstehen, dass er nichts wisse. Da dies die letzte Woh-

nung in der dritten Etage war, schlug die Ermittlerin vor, dass man den Flur auf der zweiten Etage noch mal abgehen sollte.
Ein weiteres Mal klingelten sie bei Adele Lützenkirchen, die diesmal prompt die Tür öffnete. Vor den Ermittlern stand eine offenbar ziemlich fitte Seniorin, die die Ermittler neugierig musterte.

***

Im Präsidium klingelte zur gleichen Zeit gerade Dembers Telefon. Im Display sah er die Vorwahl der Schweiz.
„Hallo, Frau Peffgen. Das ging ja schnell. Haben Sie noch einen Flug bekommen?"
„Ja, es waren noch einige Plätze frei. Ich muss mich jetzt beeilen. Der Flieger geht in einer Stunde, so dass ich gegen 13.30 Uhr in Köln landen werde. Wie lange brauche ich vom Flughafen bis zum Präsidium?"
„Da fährt eine S-Bahn und die hält an der Trimbornstraße. Die Haltestelle ist direkt gegenüber vom Präsidium. Ich vermute mal, dass Sie dann spätestens gegen 14.15 Uhr hier sein werden, wenn alles glatt läuft."
„Wo muss ich denn genau hin?"
„Wir sind von der Haltestelle aus gesehen im letzten Gebäude, Walter-Pauli-Ring 6. Sagen Sie dem Pförtner, dass Sie zu mir wollen, Kommissar Dember vom KK 11. Der ruft mich dann und ich hole Sie unten im Foyer ab."
„Okay, danke! Also bis später."

***

„Möchten Sie vielleicht was Kaltes zu trinken? Sie sehen so durstig aus. Es ist ja wieder unerträglich heiß heute. Diese Hitze macht einem echt zu schaffen, kein Auge kriegt man zu."
Adele Lützenkirchen hatte die zwei Ermittler kurzerhand in ihre Wohnung gebeten. Bevor einer der beiden ja oder nein sagen konnte, stand auch schon je ein Glas kaltes Mineralwasser vor ihnen. „Und

jetzt sagen Sie mir noch, was ich für Sie tun kann. Das mit dem Leichenfund gegenüber im Park habe ich natürlich gelesen. Ich wüsste aber nicht, wie ich da helfen kann. Gesehen habe ich nichts."
Sigrid Stotzem-Randerath fragte trotzdem routinemäßig nach: „Frau Lützenkirchen, haben Sie denn sonst irgendwelche Beobachtungen oder Feststellungen gemacht? Wir machen ganz oft die Erfahrung, dass die Leute, mit denen wir sprechen, ganz unbewusst Dinge wahrgenommen haben, die für unsere Ermittlungen von Bedeutung sein könnten. Vielleicht haben Sie von draußen irgendwas gehört, was möglicherweise normal geklungen hat, aber dennoch ungewöhnlich war?"
„Das Einzige, was ich gehört habe, war, dass es über mir in der Wohnung mal wieder rundging. Wissen Sie, dieses junge Ding bekommt ständig Männerbesuch und dann ... Sie wissen schon. Mich geht das ja nichts an, aber taub bin ich auch nicht." Die ältere Dame errötete ein wenig.
„Wer wohnt denn hier drüber?"
„Eine junge Frau, Kira. Kira Kölsch-Keppler. Das ist so eine von denen, die immer in schwarzen Klamotten rumlaufen. Macht einen auf gruselig. Zu mir ist sie aber immer sehr nett und grüßt freundlich."
„Sie meinen, sie ist eine Gothic?" Guido D'Angelo schaute sie fragend an.
„Kenne ich nicht. Nee, die heißt Kölsch-Keppler. Da bin ich ganz sicher. Das steht auch auf dem Briefkasten."
Der junge Kommissar fragte weiter: „War denn oben in der Wohnung irgendetwas anders als sonst? Es geht uns vor allem um das vorletzte Wochenende."
„Nun ja, ich will ja nicht, dass Sie jetzt schlecht von mir denken oder dass ich meinen Nachbarn nachspioniere. So was mache ich nicht. Dass es bei Frau Kölsch-Keppler richtig laut wird, ich meine, dass sie richtig laut wird, daran habe ich mich schon gewöhnt. Ich stelle dann einfach die Lautstärke an meinem Fernseher höher. Aber letzten Sonntag klang das für mich doch anders als ... na ja, eben anders als sonst ..." Frau Lützenkirchen redete nicht weiter.
Sigrid Stotzem-Randerath hakte nach: „Wie meinen Sie das? Was klang anders?"

„Hmmh, nun ja. Diesmal hat sie richtig geschrien, also nicht so wie sonst. Das war mehr so eine Art Schmerzensschrei, so richtig wütend. Wenige Momente später hörte ich dann, wie etwas auf den Boden fiel. So ein richtiger *Rumms.*“

„Was hat sie geschrien? Konnten Sie das verstehen? Haben Sie noch eine andere laute Stimme gehört?“

„Ich konnte das nicht verstehen, das klingt durch die Decke so gedämpft. Aber es hatte was Panikartiges. Eine männliche Stimme, so wie sonst auch ... Sie wissen schon ... die habe ich aber diesmal gar nicht gehört.“

Die beiden Ermittler schauten sich an. Sigrid Stotzem-Randerath wandte sich wieder an Frau Lützenkirchen: „Das klingt auf jeden Fall interessant. Ob das was mit unserem Fall zu tun hat, weiß ich natürlich nicht. Wie spät war es denn, als das passiert ist?“

***

Dember und Krogmann hatten sich bei Westhoven abgemeldet und waren in die Kantine gegangen. Sie hatten auf dem Speiseplan gelesen, dass es heute Möhrengemüse bürgerlicher Art mit Mettenden geben sollte. Plötzlich grinste Toni Krogmann Dember unvermittelt an. Dieser schaute nur irritiert zurück. „Was grinst du denn so? Habe ich was im Gesicht oder sitzt mir ein Äffchen auf der Schulter?“

Toni fing regelrecht an zu gackern. „Da draußen stöckelte eben eine Frau vorbei, mit ‚Bergheimer Palme‘. Auf den ersten Blick habe ich gedacht, dass sei wieder deine Oehmchen und gleich donnert sie gegen die Scheibe oder kommt schnatternd hier rein.“

„Da brauche ich gar nicht hinzugucken. Die ist zurzeit nicht in Köln, sondern vergnügt sich auf Ibiza.“

„Echt jetzt? Allein?“

„Nee, die hat vor ein paar Wochen einen Taxigast kennengelernt und der hat sie in ein Fünf-Sterne-Hotel in Santa Eularia eingeladen.“

„Ist nicht wahr jetzt, oder? Wie hält der das denn aus? Soviel Ohropax gibt’s doch gar nicht.“

„Keine Ahnung, ich hab den auch noch nie gesehen, aber sie ist hin und weg von ihm. Redet von nichts anderem mehr als von Rolf und diesem Urlaub. Die Ansichtskarte aus Ibiza sprach Bände. Oehmchen auf Wolke sieben."

„Dann bist du wohl jetzt abgemeldet! Traurig?"

„Sehe ich traurig aus? Quatsch! Sie ist zwar anstrengend, aber ich mag sie. Nach dem ganzen Scheiß mit dem Zoll und dem Ärger freue ich mich für sie, dass sie mal rauskommt aus Köln. Ich weiß gar nicht, ob sie Köln überhaupt schon mal verlassen hat."

***

Als die beiden nach dem Essen wieder zurück ins Büro kamen, wartete Westhoven schon auf sie und wollte wissen: „Heinz, wie lange dauert es denn noch, bis klar ist, ob die Videokameras am Trainingscenter der Kölner Haie was aufgezeichnet haben, das uns weiterhelfen könnte?"

„Oh, sorry, Paul. Das hatte ich ganz vergessen, dir zu sagen. Die Zufahrt zum Parkplatz, also rechts vom Gebäude der Haie, ist zwar mit Kameras ausgerüstet, aber die Anlage ist seit Monaten defekt und außer Betrieb. Das hätte meines Erachtens aber sowieso nichts anderes als Arbeit gebracht. Der Bereich rund um den Ablageort hinten am Parkplatz wäre eh nicht aufgenommen gewesen. Datenschutz!"

„Da sieht man mal wieder, dass du echt noch grün hinter den Ohren bist, Dember. Schon mal auf die Idee gekommen, dass wir dann wenigstens Kennzeichen gehabt hätten, die man hätte überprüfen können? Vielleicht ist sogar jemand mit einem Einkaufswagen oder Trolley mit schwarzen Säcken da langgegangen. Und nächstes Mal sagst du mir das sofort und nicht erst auf Nachfrage, klar?!"

„Äh, Paul, entschuldige, das …"

„Komm, ist gut. Vergiss es! Sag mir gleich sofort Bescheid, wenn Frau Peffgen in eurem Büro ist. Und mit sofort meine ich sofort!" Westhoven bedachte Dember mit einem durchdringenden Blick und ging aus dem Zimmer.

Als Toni und Dember allein waren, platzte es aus ihm heraus: „Sag mal, Toni, ist der bescheuert? Was hat der denn für Probleme? *Grün hinter den Ohren* … So ein Arsch!"

„Mensch, Dember, reg dich ab. Eigentlich habe ich gedacht, dass du die Suche nach den Fettnäpfchen drangegeben hättest, aber das mit der Videoüberwachung war mal wieder ein richtiger Dember. Das weißt du aber auch selbst, oder?“
„Ja, ja, ja!“

***

Sigrid Stotzem-Randerath und Guido D’Angelo waren ganz Ohr, als Adele Lützenkirchen weitererzählte.
„Das muss auf jeden Fall nach 20.15 Uhr gewesen sein. Wissen Sie, ich gucke jede Woche den Tatort oder Polizeiruf 110. Ich schätze, das war so gegen 20.45 Uhr, weil ich noch nicht wusste, wer der Täter war. Bei den meisten Krimis weiß ich immer schon nach der Hälfte, wer es gewesen ist. Und da wusste ich es noch nicht.“
Der junge Kommissar fragte weiter: „Was ist denn nach dem *Rumms* passiert?“
Adele Lützenkirchen zuckte mit den Schultern. „Keine Ahnung. Ich habe den Krimi weitergeschaut. Es war ja dann erstmal ruhig.“
„Erstmal? Und dann?“

***

Dember hatte sich nach dem Anruf des Pförtners sofort auf den Weg gemacht, um Sibylle Peffgen im Foyer abzuholen. Er geriet ein wenig ins Stottern, als er ihr zur Begrüßung die Hand gab. Sibylle Peffgen war gut 170 cm groß und ihre gesamte Erscheinung erinnerte ihn trotz der blonden Haare spontan an Andrea Kasupke. Jetzt erwischte er sich dabei, wie er der jungen Frau immer wieder aufs Dekolleté starrte und deshalb ziemlich gedankenverloren wirkte. Kaum merklich hielt er ihre Hand länger als üblich fest. Danach führte er sie in die erste Etage und fragte: „Möchten Sie ein kalte
Mineralwasser oder lieber einen Kaffee?“
„Oh, gerne. Das ist aber nett. Auch wenn es so he
lieber einen Kaffee haben.“

„Schwarz, Zucker, Milch?"
„Schwarz bitte."
Nachdem Frau Peffgen einen Schluck getrunken hatte, kam auch Westhoven dazu. Er sah ihr trotz des aufgesetzten Lächelns an, wie angespannt sie war.
„Guten Tag, Frau Peffgen. Zunächst mal vielen Dank dafür, dass Sie den weiten Weg hierher gemacht haben."
Sie unterbrach ihn: „Entschuldigung, Herr Westhoven. Ich habe den weiten Weg auch gemacht, weil ich etwas erfahren möchte. Ich kenne meinen Bruder. Wenn der sich nicht meldet, dann stimmt was nicht. Das spüre ich. Also, warum Mordkommission?"
Westhoven blickte in ihre feuchten Augen und reichte ihr ein Taschentuch. „Ich kann im Augenblick wirklich nicht mehr sagen, als das, was ich Ihnen schon am Telefon gesagt habe. Was unseren Leichenfund angeht, treffen einige Eckdaten auf Ihren Bruder zu, und im schlimmsten Fall könnte sich herausstellen, dass er der Getötete ist. Wissen Sie denn, mit wem sich Ihr Bruder in letzter Zeit getroffen hat? Hat er vielleicht Feinde oder ist er in krumme Geschäfte verwickelt?"
Sibylle Peffgen schien entsetzt. „Feinde? Nicht, dass ich wüsste. Davon hat er nie was gesagt. Ich weiß, dass er kein einfacher Mensch ist, aber Feinde? Nein! Dass ihn mal einer nicht leiden kann, schon eher. Vielleicht fragen Sie mal auf seiner Arbeitsstelle nach. Er hat mir gesagt, dass es dort nicht so rund läuft, aber mehr wollte er nicht sagen. Und krumme Geschäfte? Meinen Sie Rauschgift oder so was? Nee, glaub ich nicht." Sie schwieg für einen Moment. „Warum zeigen Sie mir nicht den Leichnam, den Sie gefunden haben? Er wird ja wohl nicht so schlimm aussehen, dass ich meinen Bruder nicht erkenne, oder?"
„Nun ja, ich hatte Ihnen ja am Telefon schon gesagt, dass es sich um einen Torso handelt. Es fehlen der Kopf und auch noch ein paar andere Körperteile. Diesen Anblick möchte ich Ihnen ersparen." Plötzlich hatte Westhoven eine Idee. „Wissen Sie vielleicht, ob Ihr Bruder an irgendeiner Stelle des Körpers besondere Merkmale hat? Tätowierungen zum Beispiel oder ein Feuermal oder sowas?"
„Warum, haben Sie sowas gefunden? Dann kann ich ausschließen,

dass es sich um meinen Bruder handelt. Stefan hätte sich niemals im Leben tätowieren lassen. Er hatte viel zu viel Angst vor Nadeln. Schon als Kind hatte er davor immer Panik."
„Ich muss Ihnen leider sagen, dass der Torso und auch kein anderes Körperteil Tätowierungen aufweisen. Das hilft uns leider nicht dabei weiter, Ihren Bruder als potentielles Opfer auszuschließen."
Sibylle Peffgen schaute hilflos in Dembers Richtung und bat um ein Glas Wasser. Tränen liefen ihr über die Wangen, während sie das Glas nahezu vollständig mit einigen Schlucken leerte.
„Frau Peffgen, wäre es okay, wenn Sie mit meinen Kollegen zur Wohnanschrift fahren und sich Herr Dember und Frau Krogmann dort umschauen? Parallel dazu schicke ich ein Team zur Arbeitsstelle Ihres Bruders. Vielleicht erfahren wir dort etwas, das uns weiterhelfen könnte. Einverstanden?"
Wenige Minuten später war Westhoven allein im Büro, rief Sigrid Stotzem-Randerath an und bat sie um Ermittlungen beim Arbeitgeber des Vermissten im Gewerbegebiet Köln-Ossendorf, nachdem er ihr alle bisherigen Informationen mitgeteilt hatte.

***

Sigrid Stotzem-Randerath und ihr Kollege D'Angelo brachen ihre weitere Hausbefragung ab und fuhren an diesem herrlichen Sommernachmittag zur Arbeitsstelle von Stefan Peffgen. Seine Schwester hatte Westhoven und Dember erzählt, dass er sich nach seinem BWL-Studium als freiberuflicher Wirtschaftsberater selbstständig gemacht hatte. Allerdings hatte er die Angewohnheit, alles besser zu wissen und das war bei den meisten Firmeninhabern überhaupt nicht gut angekommen. Die Aufträge waren ausgeblieben und die erhoffte Mund-zu-Mund-Propaganda war ins Gegenteil umgeschlagen. Nach ein paar Monaten Sozialleistungen hatte er sich dann nach diesem Misserfolg wieder psychisch gefangen und arbeitete seitdem bei einer großen Versicherungsgesellschaft im Außendienst.

Die beiden Ermittler stellten den Dienstwagen auf den mit „Vorstand" markierten Firmenparkplatz direkt vor dem Gebäude. Die

Angestellte am Empfang begrüßte sie freundlich. „Herr Wimmer hat noch einen Termin, ich werde aber dafür sorgen, dass er Sie danach empfängt.“ Sie bat sie, auf der pompösen rot-schwarzen Chesterfield Couch Platz zu nehmen, und fragte, ob sie ihnen einen Kaffee anbieten dürfe. Die beiden winkten ab. Guido D'Angelo flüsterte seiner Kollegin ins Ohr: „So ein Sofa hätte ich für zuhause auch gern, aber dafür wäre meine Wohnung einfach nicht groß genug.“
Keine zehn Minuten später stellte sich ihnen Horst Wimmer als Regionalleiter und Chef von Stefan Peffgen vor. „Warum ermittelt denn die Kripo? Herr Peffgen würde zwar nicht unbedingt einen Preis für den beliebtesten Mitarbeiter des Monats bekommen, aber so schlimm ist es nun auch wieder nicht.“
Die beiden Ermittler wechselten einen verwunderten Blick.
„Was wollen Sie uns damit genau sagen, Herr Wimmer?“, fragte Sigrid Stotzem-Randerath. „Wir sind nicht wegen interner Querelen hier, sondern ermitteln in einem Mordfall. Möglicherweise ist Stefan Peffgen das Opfer.“
Herr Wimmer sah sie erschrocken an. Er führte sie in sein Büro und bat sie, Platz zu nehmen. Hier erzählte er nun etwas offenherziger über seinen Mitarbeiter. „Er hat immer den Eindruck vermittelt, als ob er permanent unter Strom stehen würde. Man konnte das auch mitunter schnell als Provokation verstehen. Es ist schwer, mit ihm mehrere Sätze zu wechseln oder einen Smalltalk zu halten, ohne dass er schnell ungehalten wird, wenn man anderer Ansicht ist. Peffgen will einen immer überzeugen, auf Biegen und Brechen. Daher ist er nicht gut angesehen in der Kollegenschaft, aber immerhin liefert er zahlreiche gute Abschlüsse. Aber jetzt sagen Sie doch mal: Wenn Sie von der Mordkommission sind, darf ich fragen, was eigentlich passiert ist? Sie haben ja angedeutet, dass Herr Peffgen derjenige welche sein könnte, der …“
Sigrid übernahm das weitere Reden: „Bestimmt haben Sie gelesen oder gehört, dass in Deutz und Humboldt Leichenteile gefunden worden sind. Es besteht zumindest ein vager Verdacht, dass es sich hierbei um Herrn Peffgen handeln könnte. Seine Schwester kann ihn seit Tagen nicht erreichen. Deshalb hat sie nun ganz offiziell Vermisstenanzeige erstattet und ist sogar extra heute aus dem Ausland nach

Köln gekommen. Und jetzt wäre es natürlich interessant zu erfahren, ob er in den letzten Tagen gearbeitet hat." Die Kommissarin sah Herrn Wimmer erwartungsvoll an.

„Sie glauben, dass Herr Peffgen …? Nun, ich brauche nirgendwo nachzugucken, denn ich kann Ihre Frage auch so beantworten: Er ist seit Tagen unentschuldigt nicht zur Arbeit erschienen. Eine Abmahnung ist schon geschrieben und sollte heute in die Post." Wimmer kramte in seinen Unterlagen und hielt den beiden Ermittlern das Schreiben hin:

Sehr geehrter Herr Peffgen,

zum wiederholten Male sind Sie ohne ärztliches Attest der Arbeit ferngeblieben. Seit nunmehr einer Woche fehlen Sie unentschuldigt und ohne jede Rückmeldung Ihrerseits. Wir fordern Sie daher unmissverständlich auf, sich binnen drei Tagen nach Erhalt des Schreibens zu melden. Nur so können Sie eine ernstliche Überprüfung Ihres Beschäftigungsverhältnisses vermeiden.

Darüber hinaus sind uns in den vergangenen Wochen immer wieder Klagen über beleidigendes Verhalten gegenüber unserer weiblichen Belegschaft bekannt geworden. Sie sollen sich insbesondere gegenüber den Telefonistinnen obszön und mit zweideutigen Bemerkungen geäußert haben. In einem Fall sollen Sie sogar eine Praktikantin absichtlich am Gesäß berührt haben.

Ebenso ist dies die letzte Möglichkeit, Ihre provokative Art und Weise gegenüber der männlichen Mitarbeiterschaft zu unterlassen. Vulgäre Ausdrücke wie „Pisser", „Wichser" und sexistische Anspielungen gegenüber unseren Mitarbeiterinnen werden nicht geduldet. Dies ist die letzte Abmahnung, weitere Auffälligkeiten führen zur sofortigen Beendigung des Arbeitsverhältnisses.

Guido D'Angelo pfiff leise durch die Zähne. „Das scheint mir ja ein ganz schönes Früchtchen zu sein, dieser Herr Peffgen. Und wenn ich das richtig verstanden habe, war das auch nicht die erste Abmahnung, oder?"

„Keineswegs! Das ist nun die zweite und auch letzte. Als Nächstes folgt die fristlose Kündigung."

„Hat er denn in der Firma überhaupt Freunde?"

Der Regionalleiter schüttelte den Kopf. „Nicht mehr, mit seinen Eskapaden hat er es sich selbst verscherzt und sich das Leben unnötig

schwer gemacht. Schade, denn wir legen hier sehr viel Wert auf ein gesundes Klima. Dabei hat alles so gut angefangen."
„Haben Sie eine Vorstellung, warum er sich verändert haben könnte?"
Herbert Wimmer druckste ein wenig herum. „Ich will niemanden zu Unrecht beschuldigen, aber mir ist zu Ohren gekommen, dass er seit geraumer Zeit Drogen konsumieren soll. Marihuana. Aber wie gesagt, gesehen hat das wohl niemand, trotzdem hält sich dieses Gerücht hartnäckig."

***

Wieder im Auto rief Sigrid Stotzem-Randerath Westhoven an und fragte, ob das chemisch-toxikologische Gutachten etwas ergeben habe. Auf dessen erstaunte Nachfrage erläuterte sie ihm den Inhalt des Gesprächs mit dem Regionalleiter.
„Hatte ich das nicht schon erzählt? Das vorläufige Gutachten spricht von Marihuanakonsum und 0,5 Promille Alkohol im Blut. Das ist ja höchst interessant, diese Information auch von anderer Seite zu hören. Da zeichnet sich gerade ein völlig anderes Bild ab, als das, was Frau Peffgen von ihrem Bruder hat."
„Hast du was anderes erwartet, Paul?"
„Vielleicht weiß sie ja wirklich nicht, wie sich ihr Bruder gegenüber Dritten benimmt oder dass er Probleme auf der Arbeit hat – oder hatte. Auf jeden Fall ist die Arme ziemlich durch den Wind."
„Können wir zur Dienststelle kommen und einen Bericht über die Erkenntnisse in der Firma schreiben oder sollen wir noch weitermachen mit der Hausbefragung?"
„Fahrt bitte wieder zur Gummersbacher Straße und macht weiter. Um diese Uhrzeit sind vielleicht mehr Leute wieder zurück. Ist ja schon 16.30 Uhr. Viel Glück."
„Wann ist denn die Besprechung heute?"
„Mal sehen. Toni und Heinz sind ja noch mit der Schwester in der Wohnung von Peffgen. Ich bin gespannt wie ein Flitzebogen, ob die was finden oder ob wir tatsächlich die Identität von unserem Toten klären können."

***

In der Wohnung von Stefan Peffgen roch es ziemlich muffig. Hier war offensichtlich seit Tagen nicht gelüftet worden. Sibylle Peffgen öffnete zwei Fenster in Kipphaltung.

Dember zog sämtliche Schubladen in dem modern eingerichteten Wohnzimmer auf. Er war wenig verwundert über die zahlreichen Porno-DVDs, die er dabei fand. Irgendwie war es an der Tagesordnung, dass bei Durchsuchungen regelmäßig Pornofilme gefunden wurden. Oftmals war es dann auch so, dass sich darüber hinaus diverses Sexspielzeug in den Nachttischen befand. Jedes Mal machten sie sich darüber lustig. Allerdings würde er heute kein einziges Wort darüber verlieren. Er schob die Schublade wieder zu und schaute sich weiter um.

Die Fernsehzeitung war auf Samstag letzter Woche aufgeschlagen. Das passte zu dem, was die Nachbarin beobachtet hatte. Prima! Einerseits freute er sich, wenn das Opfer endlich identifiziert wäre, andererseits würde ihm Sibylle Peffgen unendlich leidtun, wenn er mit seiner Vermutung Recht behalten würde.

Sibylle Peffgen schaltete gerade den Laptop ein, kam aber leider nur bis zur Anmeldemaske, da ein Passwort verlangt wurde. Toni sah ihr über die Schulter. „Versuchen Sie doch mal ein paar Kombinationen. Geburtstage, Lieblingstier, vielleicht passt ja was." Toni hoffte, dass Stefan Peffgen sich ein sprichwörtliches Allerweltspasswort ausgesucht hatte. Und so war es auch. Nachdem Sibylle Peffgen den Vornamen ihres Bruders geschrieben und dann Enter gedrückt hatte, öffnete sich der Bildschirm. Toni traute ihren Augen nicht.

***

Dember war derweil dabei, die Kleidungsstücke im Schlafzimmerschrank Stück für Stück durchzuschauen. Sein besonderes Augenmerk galt den Hemden. Ein rotes Hemd war nicht dabei. Daher nahm er sich den Inhalt des Wäschekorbs vor und durchwühlte diesen. Aber auch hier war kein rotes Hemd, und die Waschmaschine im Bad war leer. Er freute sich trotz des Nichtauffindens, dass gerade dies ein weiteres Identifizierungsmerkmal sein könnte.

Plötzlich rief Toni, er solle mal sofort in die Küche kommen. Dember eilte schnellen Schrittes vom Bad zur Küche und erkannte auf dem Bildschirm eine geöffnete Facebook-Seite mit dem Profil von „KiKö“.
Toni deutete auf den Computer. „Guck dir das mal an.“
Sie wechselte in die Nachrichtenansicht und zu dritt lasen sie den Verlauf des Gesprächsprotokolls von Sonntag vor einer Woche:

Stefan:
14:30 Uhr - Hi, alles klar bei dir?

KiKö:
14:31 Uhr - Oh, hi, ja, alles prima ☺

Stefan:
14:31 Uhr - Sehen wir uns heute? Ich würde dich gern mal persönlich kennenlernen.
Was meinst du? ☺

Stefan:
14:39 Uhr - Huhu…noch da?

KiKö:
14:41 Uhr - Sorry. Es hatte jemand angerufen. Weiß nicht. Meinst du, das ist eine gute Idee?

Stefan:
14:41 Uhr - Ich fänd's suuuuper ☺☺☺

KiKö:
14:44 Uhr - Ich mein, ich finde dich ja auch nett. Aber du bist kein Gothictyp. Versteh mich nicht falsch.

Stefan:
14:44 Uhr - Noch nicht!!! Was nicht ist, kann ja noch werden!!! ☺ *Du bist doch eine begnadete Fotografin, wenn ich mir die tollen Bilder in deiner Galerie so ansehe. Und heute ist doch super Wetter. Wir könnten auf Motivsuche gehen. Okay?* ☺☺☺

KiKö:
14:45 Uhr - hmmmh

Stefan:
14:45 Uhr - Ich werte das jetzt mal als Ja. ☺☺☺

KiKö:
14:47 Uhr - Meinetwegen. Wo sollen wir uns denn treffen?

Stefan:
14:47 Uhr - Das ist mir total egal. Ich bin flexibel und fahr sowieso mit meinem Auto. Wo wohnst du denn?

KiKö:
14:48 Uhr - In Deutz

Stefan:
14:48 Uhr - Ich könnte dich abholen und du sagst mir, wohin ich mit dir fahren soll?

KiKö:
14:49 Uhr - Na gut. Kannst du mich um halb Vier an der Lanxess-Arena abholen?

Stefan:
14:49 Uhr - Äh, wo denn genau? Ich will dich ja nicht verpassen ☺

KiKö:
14:50 Uhr - Kennst du das Trainingscenter der Kölner Haie?

Stefan:
14:51 Uhr – Ja, klar

KiKö:
14:51 Uhr - Das ist bei mir ganz in der Nähe. Ich warte dann davor, okay?

Stefan:
14:52 Uhr - Ich eile. Wie erkenne ich dich?

KiKö:
14:53 Uhr - Du kennst doch mein Profilbild. Das bin ich wirklich. Du wirst mich erkennen.

Stefan:
14:54 Uhr - Ich bin schon so gut wie da. Übrigens, ich fahre einen schwarzen VW Golf 6. Bis gleich. Ich freu mich so, dass es heute klappt. ☺☺☺

KiKö:
14:54 Uhr - Die Farbe ist schon mal gut ;-)

Sibylle Peffgen ging in den Nachrichten ein paar Tage zurück. So wie es auf den ersten Blick aussah, hatte ihr Bruder schon länger versucht, sich mit dieser „KiKö" zu verabreden. Fast täglich hatte er versucht, sie zu einem Treffen zu überreden.
Allerdings war „KiKö" keineswegs die einzige Frau, mit der er einen nahezu identischen Nachrichtenverlauf hatte. Die Liste schien unendlich lang und die Frauentypen waren dabei sehr unterschiedlich. Dember dachte sich seinen Teil, denn diese Vorgehensweise war ihm aus der Vergangenheit nicht fremd. Toni bat Frau Peffgen darum, zunächst nur das Profilfoto von „KiKö" auszudrucken und es ihr per E-Mail-Anhang an ihre dienstliche Mailadresse zu senden.
„So, Dember, jetzt müssen wir nur noch feststellen, wer sich hinter dem Pseudonym ‚KiKö' tatsächlich verbirgt. Hoffentlich braucht Facebook nicht wieder so lange, bis die eine Antwort schicken."
„Du musst deine Anfrage nur entsprechend mit *Eilt* markieren. Dann geht es ratz-fatz. Ich hatte doch letztens diesen angekündigten Suizidversuch auf Facebook. Da habe ich das auch so gemacht. Die Antwort war dann zwar schnell da, aber anfangen konnte ich leider trotzdem nichts damit. Der Typ hatte nämlich in seinem Profil nur Mist angegeben. Hätte auch gleich Walter White oder Heisenberg eintragen können. Facebook gab uns zwar eine Mailadresse, aber leider hatte der Anbieter kürzere Bürozeiten als erwartet. Um 20.00 Uhr konnten wir niemanden mehr erreichen und auch leider nicht tätig werden, um den Suizidversuch zu verhindern."
„Und? Hast du denn später noch erfahren, ob sich derjenige umgebracht hat?"
„Jo! Er hatte sich die Pulsadern aufgeschnitten und dann die Leitstelle angerufen. War wohl eher ein Hilferuf als ein ernstgemeinter Suizidversuch. Aber besser so als anders."

„Und das Motiv?"
„Dreimal darfst du raten, Toni! Es ist doch meistens dasselbe. Entweder ist es Liebeskummer, Krankheit oder Geldsorgen. In diesem Fall hatte ihm seine 15-jährige Freundin den Laufpass gegeben. Seine große Liebe, ohne die das Leben für den 17-Jährigen sinnlos geworden war."
„Dember, kann es sein, dass du die Sache ins Lächerliche ziehst?"
„Neeeein! Ich meine, es war die große Liebe. Das muss man doch ernst nehmen. In dem Alter."
Spätestens jetzt konnte Toni ihn nicht mehr ernst nehmen, denn er grinste von Ohr zu Ohr. Sie schüttelte den Kopf. „Hast du in den anderen Zimmern noch was gefunden?"
„Ich kann dir sagen, was ich nicht gefunden habe. Nämlich das rote Hemd, das er angehabt haben soll, als er das Haus verlassen hat."
„Frau Peffgen, könnten wir den Laptop mit Ihrem Einverständnis mitnehmen und durch unsere Spezialisten sichern lassen?"
„Ja, klar! Wenn es hilft."
„Und wir würden gern zur Sicherheit die Haar- und Zahnbürste aus dem Bad mitnehmen, um einen DNA-Abgleich machen zu lassen. Und es wäre sehr hilfreich, wenn Sie uns eine freiwillige Speichelprobe zu Vergleichszwecken geben würden, wäre das okay?"
Kaum hatte Toni diese Bitte geäußert, brach Sibylle Peffgen in Tränen aus. Schluchzend fragte sie: „Sind Sie denn schon sicher, dass mein Bruder tot ist?"
Toni zögerte einen Moment, bevor sie antwortete: „Hier ist gar nichts sicher und genau deshalb wollen wir den Abgleich durchführen. Aber man sollte sowieso immer mit dem Schlimmsten rechnen."
Sibylle Peffgen wischte sich mit einem Taschentuch die Tränen aus den Augen. „Wie halten Sie das nur aus? Diese Arbeit!"
„Man gewöhnt sich irgendwie daran und lebt damit. Und seitdem ich diese Arbeit mache, lebe ich jeden Tag bewusster – es könnte schließlich immer der letzte sein."

Nachdem die Spurenträger in getrennten Papiertüten gesichert worden waren, wollten sich Toni und Dember nach vorheriger Rück-

sprache mit Westhoven auf den Weg zurück ins Präsidium machen. Sibylle Peffgen blieb in der Wohnung und aus kriminalistischer Sicht sprach auch augenscheinlich nichts dagegen.
Bevor die Ermittler die Wohnung verließen, wandte sie sich an Toni: „Bitte informieren Sie mich, wenn das Ergebnis des DNA-Abgleichs vorliegt! Sie können sich vorstellen, dass ich vorher keine ruhige Minute haben werde."
Toni und Dember stimmten sofort zu.
Zur gleichen Zeit machten sich auch Sigrid Stotzem-Randerath und Guido D'Angelo auf den Weg zurück ins Präsidium, nachdem Westhoven auch sie angerufen hatte.

***

Eine halbe Stunde später saßen die Mitglieder der MK 6 allesamt im Besprechungsraum des KK 11. Westhoven hatte aufgrund der Hitze kalte Getränke und Eis ausgegeben. Dember leckte an seinem Eis und ließ Toni berichten.
Als sie erzählte, dass es einen Chatverlauf zwischen Stefan Peffgen und einer „KiKö" gab, horchten Sigrid und D'Angelo auf.
„KiKö – das glaub ich ja jetzt nicht", meinte D'Angelo staunend. „Das könnte doch die Abkürzung für Kira Kölsch-Keppler sein. Oder Sigrid, was meinst du?"
Seine Kollegin stimmte sofort zu.
„Was für eine Kira Kölsch-Keppler, wer ist das?" fragte Toni D'Angelo.
„Das ist eine junge Frau, angeblich aus der Gothicszene. Die wohnt in der Gummersbacher gegenüber unserer ersten Ablagestelle und laut ihrer Nachbarin, Adele Lützenkirchen, die unter ihr in der Wohnung wohnt, geht's dort schon mal richtig rund." D'Angelo hatte ein breites Grinsen im Gesicht und Dember wusste sofort, warum und grinste blöd mit. Toni nahm ihr Smartphone und öffnete die E-Mail mit dem Profilfoto aus Facebook. „Guckt mal, ist die das?"
Sigrid Stotzem-Randerath schob die Unterlippe hoch. „Hmh. Wir

haben die ja noch nicht gesehen. Sie war nicht zuhause. Aber von der vagen Beschreibung her könnte das schon hinkommen. Die hier sieht ja aus wie so eine Blassgeschminkte. Habt ihr schon die Anfrage an Facebook gestellt?"

„Noch nicht, das wollten wir nach der Besprechung machen. Aber diese Namensähnlichkeit ist schon auffällig. Eigentlich müsstet ihr da gleich noch mal hin und dieser Nachbarin das Bild zeigen und …"

„Langsam, langsam!", mischte sich Westhoven ein. „Toni hat Recht. Ihr fahrt gleich noch mal zu dieser Adele Lützenkirchen und zeigt ihr das Bild. Mehr bitte nicht. Sollte sie sie auf dem Bild als Kira Kölsch-Keppler erkennen, kommt ihr zurück und macht eine ausführliche büromäßige Abklärung über sie. Falls Kira Kölsch-Keppler tatsächlich diese KiKö ist, hätten wir meines Erachtens endlich eine erste heiße Spur. Und dann fahren wir da nicht nur zu zweit hin. Wenn, dann holen wir das große Besteck raus. Mit Erkennungsdienst, Leichenspürhund und was sonst noch sinnvoll erscheint. Und zur Sicherheit versuche ich, über Sarah einen Durchsuchungsbeschluss zu erwirken."

„Sollen wir mal im näheren Umfeld nach dem VW Golf gucken oder hat die PI 3[13] schon gemeldet, dass sie ihn gefunden hat?", fragte D'Angelo.

Westhoven fand die Idee klasse. „Super Idee. Guckt, ob der Wagen hier irgendwo rumsteht. Das wäre dann ungefähr so wie der Wald und die Bäume."

„Wir suchen gleich mal die Parkplätze ab. Wenn der Wagen tatsächlich hier irgendwo steht, konnte das ja nun wirklich keiner ahnen." D'Angelo wirkte zuversichtlich.

Westhoven klatschte in die Hände. „Los, los! Worauf wartet ihr noch?"

***

Als Toni nicht mehr aufhörte, über das Formular zu fluchen, bot Dember ihr seine Hilfe an. „Mach dir nichts draus. Als ich das erste

[13] PI 3: Polizeiinspektion 3

Mal ein Ermittlungsersuchen an Facebook erstellt habe, kam ich mir total blöd vor. Ich hatte eine regelrechte Standleitung zum LKA[14], bis ich es endlich so versenden konnte, dass auch eine Antwort zu erwarten war."

Wenige Augenblicke später waren die Pflichtfelder des „Emergency"-Formulars ausgefüllt und versandt.

„So, jetzt heißt es abwarten." Dember verschränkte die Arme und blickte auf die Uhr über der Tür.

***

KK D'Angelo bog schwungvoll und mit quietschenden Reifen auf den Parkplatz neben dem Trainingscenter der Kölner Haie ein, raste bis zum Ende der Parkfläche, machte dann einen U-Turn und blieb abrupt stehen.

„Siehst du den Golf irgendwo? Ich nicht!"

Sigrid Stotzem-Randerath schüttelte den Kopf. „Also, ich habe nur vorbeifliegende Bäume und Autos gesehen. Ras doch noch schneller. Meine Fresse – Männer und ihr Auto."

„Sorry Siggi, aber manchmal überkommt es mich einfach." Er grinste wieder von Ohr zu Ohr.

„Mich überkommt es auch gleich. Und jetzt fahr bitte langsamer zur Ausfahrt und dann rüber zur Gummersbacher. Ich hoffe, dass Frau Lützenkirchen noch zuhause ist."

So standen sie kurze Zeit später wieder vor der Wohnungstür der Seniorin und klingelten. Den VW Golf hatten sie nicht gefunden. Sigrid Stotzem-Randerath tänzelte ungeduldig von einem Fuß auf den anderen. Sie drückte abermals den Klingelknopf. Die Tür blieb aber verschlossen.

D'Angelo schüttelte resigniert den Kopf. „Komm, wir suchen noch ein bisschen nach dem Golf und fahren dann zurück."

***

---

[14] LKA: Landeskriminalamt

Mittlerweile stand die Uhr auf 20.30 Uhr. Ein weiteres Mal saßen die Mitglieder der MK 6 im Besprechungsraum, um die weiteren Ermittlungsschritte abzustimmen und Ergebnisse auszutauschen. Das Team Stotzem-Randerath und D'Angelo hatte nicht viel Erwähnenswertes zu berichten. Dafür konnten Dember und Krogmann freudestrahlend Neuigkeiten mitteilen.
„Bei „KiKö" handelt es sich laut Facebook-Daten wohl tatsächlich um Kira Kölsch-Keppler", berichtete Toni. „Allerdings soll sie ihnen zufolge nicht in der Gummersbacher Straße wohnen, sondern in der Burgenlandstraße."
„Wenn das mal kein Zufall ist. Zufälligerweise wurden die anderen Leichenteile in der Burgenlandstraße gefunden!" D'Angelo wurde richtig euphorisch und Dember pflichtete ihm grinsend bei.
Toni ergänzte: „Ich bin mir sehr sicher, dass es sich bei der Facebook-Bekanntschaft um diese Kira Kölsch-Keppler handelt. Natürlich habe ich die Meldedaten geprüft. Die wohnt seit zwei Jahren in der Gummersbacher Straße und davor hatte sie eine Wohnung in der Burgenlandstraße."
„Wie alt ist die eigentlich?", fragte Sigrid Stotzem-Randerath.
„Das Mädel ist 24 Jahre alt. Ich habe die auch schon im POLAS und IGVP überprüft. Ziemlich unauffällig. Einmal Ladendiebstahl vor drei Jahren und ein paar Fahrten mit der KVB ohne Ticket. Sonst nichts." Toni legte ihre Notizen auf den Tisch.
Westhoven griff zum Hörer und wählte die Rufnummer Sarah Steinmanns. Nach kurzer Zeit sprang die Mailbox an und Westhoven seufzte. „Die ist bestimmt selbst bei der Hitze zum Power Pilates, so verrückt, wie die ist. Ich schlage deshalb vor, dass wir unseren Feierabend genießen sollten. Morgen ist auch noch ein Tag und direkt morgen früh versuche ich noch mal, sie zu erreichen. Zur Sicherheit schreibe ich ihr auch noch eine Mail."

Dienstag – ein Tag voller Überraschungen

Westhoven hatte nicht gut geschlafen. In seinem Kopf kreisten die Gedanken. Immer wieder hatte er versucht, sich vorzustellen, was einen Menschen zu dieser grausamen Tat getrieben haben könnte. Im Moment schien noch jedes erdenkliche Motiv möglich zu sein. War es reine Mordlust oder vielleicht doch ein Ritualmord der Mafia, um Abschreckung bei Widersachern oder Zweiflern zu erzeugen? Letzteres schien ihm abwegig, zumal sie ja jetzt mit Kira Kölsch-Keppler endlich eine potentielle Verdächtige hatten. Oder war es am Ende eine Tat im Affekt gewesen und nur das Ablegen war geplant? Er hätte noch lange an diversen Theorien stricken können, aber er musste aufstehen und stand nun vor dem Spiegel im Bad. Mehrfach schmiss er sich mit den Händen eiskaltes Wasser ins Gesicht und massierte die müde Haut.

Kurz bevor er sich um 07.00 Uhr auf den Weg machte, klingelte sein Mobiltelefon.

„Moin Paul, Sarah hier. Ich hoffe, ich störe nicht. Aber ich war neugierig, was es gestern Abend noch so Wichtiges gab."

„Hi Sarah, ich bin gerade dabei, das Haus zu verlassen und loszufahren. Ich kann dich gern vom Auto aus zurückrufen, okay?" Westhoven konnte es nicht gut haben, wenn er in seinem morgendlichen Ablauf unterbrochen wurde. Alles musste stets gleich ablaufen. Eine kleine Änderung und schon würde er etwas vergessen. Nicht etwa, weil er senil wäre. Nein, weil er in solchen Dingen ein totaler Gewohnheitsmensch war.

„Okay, bis gleich dann. Ich bin schon ungeduldig."

***

Ein paar Minuten später war Westhoven mit seinem Kuga auf der Bergisch Gladbacher Straße und drückte im Display auf angenommene Anrufe. Er aktivierte den Rückruf zu Sarah Steinmann. In wenigen Sätzen erzählte er ihr vom gestrigen Ermittlungsergebnis, bis sie nachfragte: „Und ihr glaubt, dass diese Zeugin Kira Kölsch-

Keppler etwas mit dem Tod von Stefan Peffgen zu tun haben könnte? Vorausgesetzt, bei dem Toten handelt es sich überhaupt um ihn, was wir wohl frühestens morgen erfahren werden, wenn die DNA-Bestimmung vorliegt."

„Keine Ahnung, Sarah, ob die was damit zu tun hat. Zumindest gehört sie augenscheinlich zu den letzten Personen, die ihn lebend gesehen haben dürften. Und die Aussage der Frau Lützenkirchen ist wohl auch mehr als eine lauwarme Spur, oder findest du nicht?"

„Und was möchtest du nun vor mir, Paul?"

„Was hältst du von einem Durchsuchungsbeschluss für die Wohnung Kölsch-Keppler?"

„Wie gesagt, ohne dass wir wissen, ob der Tote tatsächlich Stefan Peffgen ist, sehe ich die Dame zurzeit noch als Zeugin. Und einen handfesten Anfangsverdacht, um die Unverletzlichkeit der Wohnung einzuschränken, sehe ich noch nicht. Was spricht denn dagegen, sie erstmal als Zeugin zu behandeln und zu vernehmen? Sollte sie sich in Widersprüche verwickeln, können wir die Wohnung immer noch auf links drehen. Das läuft uns doch nicht weg, oder hast du es ernsthaft schon erlebt, dass jemand seine Wohnung derart reinigen konnte, dass keine Spuren mehr gefunden wurden?"

Westhoven atmete hörbar tief durch. Er war kein Freund von solchen Eiertänzchen. Entweder gab es einen Anfangsverdacht oder es gab eben keinen. An dieser Stelle waren mal wieder die Herrin des Strafverfahrens und die Kriminalpolizei geteilter Ansicht. „Gut! Wie du meinst. Hoffen wir, dass sie die Bude nicht abfackelt. Dann hätten wir nämlich gar nichts."

„Gut, dass wir nicht alle so schwarzsehen wie Herr Westhoven! Mal was anderes, habt ihr denn eigentlich den Wagen von ihm schon gefunden?"

„Nein, leider nicht."

„Aber der muss doch irgendwo sein. Den kann man doch nicht mal eben verschwinden lassen oder in Luft auflösen. Intensiviert ihr die Suche danach noch?"

„Natürlich suchen wir weiter im Rahmen unserer Möglichkeiten nach dem Golf. Jeder Streifenwagen weiß mittlerweile davon. Die Suche haben wir auch schon längst erweitert, als klar war, dass er nicht in

Ehrenfeld steht oder in unmittelbarer Nähe zum Pyramidenpark beziehungsweise zur Wohnung von Peffgen."
„So, war noch was, Paul? Ich muss mich beeilen. Ach ja, wann holt ihr die Kölsch-Keppler?"
„Das machen wir nachher als Erstes! Willst du dabei sein, wenn wir sie befragen?"
„Du weißt, wie gern ich das würde, aber morgen geht ja der Prozess weiter. Ich muss mich noch auf einige Dinge vorbereiten, denn ich habe kein Interesse daran, dass mich dieser Ommer alt aussehen lässt."
„Ja, das kann ich gut verstehen. Dieser Schmierenkomödiant ist mit allen Wassern gewaschen. Und außerdem halte ich dich sowieso auf dem Laufenden, falls sich was mit der Kölsch-Keppler ergibt."
„Danke! Bis bald dann und viel Erfolg!"

***

Als Westhoven auf der Dienststelle ankam, waren schon alle Mitglieder der MK 6 da. Selbst Dember war anwesend, wenn auch sehr verschlafen. Während sich die beiden Teams auf den Weg zur Zeugin Kira Kölsch-Keppler machten, informierte Westhoven den gerade eingetroffenen Arndt Siebert über die bevorstehende Aktion.
Siebert nickte zufrieden. „Na, das hört sich ja vielversprechend an. Hast du denn mal Sarah nach einem Durchsuchungsbeschluss gefragt? Wäre doch nicht verkehrt, oder?"
Westhoven seufzte. „Frau Staatsanwältin ist anderer Ansicht. Wir sollen die junge Frau zunächst mal als Zeugin vernehmen und schauen, ob sie sich in Widersprüche verwickelt. Tja!"
„Da sag ich jetzt mal nichts mehr zu." Siebert schüttelte verständnislos den Kopf.
„Brauchst du auch nicht. Da müssen wir jetzt durch."

***

Frau Lützenkirchen hatte die vier Ermittler ins Haus gelassen und ihnen gesagt, dass Kira Kölsch-Keppler definitiv zuhause sei, da vor

kurzem noch Musik aus ihrer Wohnung zu hören gewesen sei. Die Beamten standen nun vor der Wohnungstür eine Etage darüber. Nachdem sie regelrecht Sturm geklingelt hatten, fragte eine weibliche verschlafene Stimme hinter der Tür: „Was ist denn los?"
Toni Krogmann antwortete: „Guten Morgen, Frau Kölsch-Keppler. Hier ist die Polizei. Könnten Sie bitte die Tür öffnen? Wir hätten da ein paar Fragen!" In ihrem Tonfall kam das eher einem strikten Befehl gleich und hörte sich nicht an wie eine Bitte.
„Polizei? Ich verstehe nicht!" Die Stimme hinter der verschlossenen Tür klang nun etwas wacher.
„Frau Kölsch-Keppler, öffnen Sie einfach die Tür. Dann zeige ich Ihnen meinen Dienstausweis und meine Kriminalmarke!" Tonis Stimme klang nun noch strenger.
„Okay, okay! Könnten Sie bitte in einer Stunde noch mal wiederkommen? Ich muss erst duschen und frühstücken. Ich bin noch nicht lange zuhause."
Die Ermittler schauten sich an. Dann schlug D'Angelo vor: „Soll ich lieber mal nach unten gehen und die Rückseite des Hauses im Auge behalten? Nicht, dass die über den Balkon abhaut!"
„Bleib ruhig hier, die wird wohl kaum von der 3. Etage in die Tiefe springen", entgegnete Toni. Sie wandte sich wieder der Tür zu und klopfte nun energisch dagegen. „Ein letztes Mal: Bitte öffnen Sie die Tür. Es ist wirklich wichtig, sonst wären wir nicht so früh hier. Also machen Sie schon auf!"
Die anderen Ermittler waren verwundert, dass noch keine der anderen Wohnungstüren sich geöffnet hatte und jemand nachgesehen hatte, was denn hier für ein Lärm auf dem Flur war. D'Angelo schüttelte den Kopf. „Das ist ja wie auf dem Kölnberg!"
„Dort werden ja auch verweste Leichen einfach über den Balkon geschmissen!", meinte Dember süffisant. Die Anonymität in solchen Mietskasernen konnte Fluch und Segen zugleich sein, je nachdem, wer sich dort einquartierte und was er dort wollte.
Sigrid Stotzem-Randerath dachte sich währenddessen auch ihren Teil, denn wenn es schon einen Beschluss gegeben hätte, dann bräuchten sie jetzt nicht wie die Bittsteller auf dem Flur zu stehen, sondern hätten sich längst Zutritt zur Wohnung verschafft. Dieses ärgerliche

Prozedere wäre nicht nötig gewesen. Immerhin war kein Zeuge dazu verpflichtet, die Tür zu öffnen, nur weil die Polizei es verlangte. Kira Kölsch-Keppler hatte sich von Tonis vehementer Aufforderung beeindrucken lassen, die Wohnungstür einen Spalt weit geöffnet und blickte nun hinter der gespannten Kette in vier erwartungsvolle Gesichter.

Als er sie ansah, fragte sich Dember augenblicklich, ob es sich tatsächlich um die Frau auf dem Profilfoto von Facebook handelte. Die junge Frau hinter der Kette hatte deutliche Übermüdungsringe unter den Augen, war ungeschminkt und ihre Frisur glich auch nicht der auf dem Foto. Allerdings stimmten die Mundpartie und die Augen.

Toni hielt ihr den Polizeidienstausweis in Augenhöhe vors Gesicht. „Hier, sehen Sie, wir sind wirklich von der Polizei."

„Ja, glaube ich jetzt. Aber was wollen Sie so früh? Wie gesagt bin ich erst vor kurzem nach Hause gekommen und todmüde. Können Sie nicht später noch mal wiederkommen oder kann ich irgendwo hinkommen?" Ihre Stimme klang richtig jung, immerhin war sie erst 24 Jahre.

„Also, wenn es Ihnen irgendwie möglich wäre, dann wäre es uns recht, wenn Sie jetzt schon mitkommen würden. Wir brauchen auch nicht lang."

„Worum geht es denn eigentlich? Das haben Sie mir noch nicht gesagt."

„Wir ermitteln in einem Mordfall und Sie könnten für uns eine wichtige Zeugin sein!" Toni beobachtete die junge Frau genau und sah deutlich, dass sie von dieser Information regelrecht elektrisiert zu sein schien.

„Mord? Und ich soll Zeugin sein?", brachte Kira Kölsch-Keppler völlig entgeistert hervor. „Sie müssen sich irren. Ich habe keinen Mord beobachtet. Sind Sie sicher, dass Sie bei mir richtig sind?"

Toni entschied sich kurzerhand, ihr zu sagen, um was es eigentlich ging. „Zumindest sind Sie laut unseren Informationen eine der letzten Personen, die Stefan Peffgen zuletzt lebend gesehen haben. Sie wissen doch, wen ich meine, oder?"

„Stefan wer?" Kira Kölsch-Keppler vermittelte den Eindruck, den Namen noch nie zuvor gehört zu haben.
„Stefan Peffgen. Sie haben sich Sonntag vor einer Woche mit ihm auf Facebook verabredet und vor dem Trainingscenter der Kölner Haie auf ihn gewartet! Na, wissen Sie jetzt, von wem ich spreche?" Toni entging nicht, dass das linke Augenlid der jungen Frau anfing zu zucken.
„Ach so, der. Dazu kann ich nicht viel sagen. Wissen Sie, ich bin nicht eingestiegen, als der dann vor mir stand. Er war so gar nicht mein Typ. Hatte sich auf Facebook völlig anders beschrieben. Ich habe ihm gesagt, dass ich mich nicht verarschen lasse und habe ihn zum Teufel gejagt." Ihre Antwort schien überzeugend.
Toni nickte. „Okay, Frau Kölsch-Keppler. Aber auch diese wenigen Angaben möchten wir gern in einer zeugenschaftlichen Vernehmung aufnehmen. Anders geht es nicht, es sei denn, Sie bitten mich herein und wir machen eine Vernehmung mit Diktiergerät und ich lasse später alles abtippen."
„Nee, ich komme dann lieber mit. Meine Wohnung ist nicht aufgeräumt, das wäre mir jetzt nicht so recht. Wenn es nicht so lange dauert – ich bin echt müde."
„Dann ziehen Sie sich was an, wir warten hier solange."
Kira Kölsch-Keppler verschwand in der Wohnung und ließ die Tür einen Spalt weit offen. Toni wandte sich an Sigrid und D'Angelo: „Macht ihr dann gleich mit der Hausbefragung weiter, während ich mit Dember und der Zeugin zum Präsidium fahre, um sie zu befragen?"
Die beiden Kaderkräfte nickten und klingelten direkt an der nächsten Tür auf dem Flur.

***

Dember erkannte in der kindlich wirkenden Kira Kölsch-Keppler noch immer nicht die Person, die er auf dem Facebook-Profil gesehen hatte. In ihrer absichtlich zerlöcherten hellen Jeans und dem roten T-Shirt, so ganz ohne Schminke, wirkte die junge Frau völlig anders. Nichts an ihrem Äußeren erinnerte auch nur ansatzweise an eine blassgeschminkte Gothic-Frau.

Während der Fahrt versuchte Toni, einen Smalltalk mit ihr zu beginnen. Nicht ganz ohne Hintergedanken. Sie wollte ihre Glaubwürdigkeit ein wenig testen. „Wohnen Sie eigentlich schon lange in Deutz?"

„Geht so. In der Gummersbacher Straße wohne ich jetzt seit gut zwei Jahren. Ist ganz nett. Und praktisch. Die Verkehrsanbindung mit der KVB ist ideal für mich."

„Und davor? Wo haben Sie denn vorher gewohnt?"

„Davor habe ich in Humboldt-Gremberg gewohnt. Das hat mir aber nicht so gut gefallen. Meine Wohnung war im Parterre und ich hatte immer Angst, das Fenster auf Kipp zu stellen oder zu lassen. Als ich dann die Wohnung in der 3. Etage gefunden habe, bin von der Burgenlandstraße weggezogen."

„Und wie groß ist die Wohnung jetzt?"

„Ach, die ist nicht groß. Das ist eigentlich mehr ein Apartment. Die Küche ist offen, die Diele sehr klein und das Bad hat kein Fenster. Aber mir reicht der Platz völlig aus und außerdem ist es bezahlbarer für mich. Als Arzthelferin verdient man nicht die Welt, wissen Sie? Große Sprünge kann ich mir nicht erlauben, noch nicht."

Toni war mit dem Gesprächsverlauf sehr zufrieden. Sie fuhren durch das große Rolltor auf den Innenhof des Präsidiums und parkten den Wagen unterhalb der Verbindungsbrücke zwischen den Gebäuden B und C.

Dember schwang sich aus dem Wagen und öffnete hinten rechts die Tür, da diese mit der Kindersicherung versehen war. „Bitte sehr! Da wären wir."

Kira Kölsch-Keppler stieg aus dem Wagen. Als sie vor ihm ging, ertappte sich Dember dabei, wie er ihr ständig auf den Hintern glotzte und sein Kopfkino ansprang. Allein von der Figur her fiel die knapp 170 cm große junge Frau in sein „Beuteschema" und mit Doris war der Frieden noch nicht so richtig wiederhergestellt. Allerdings würde er nicht zerstückelt aufgefunden werden wollen, sofern diese attraktive junge Frau denn zu so etwas überhaupt fähig wäre.

„Können wir Ihnen einen Kaffee anbieten oder ein Wasser?", fragte Toni freundlich.

„Ein Kaffee wäre toll, ohne Milch und Zucker. Ich trinke ihn immer schwarz."

Toni musste sich ein Grinsen verkneifen. *Klar, was sonst, passt ja zu dir.*
Während Dember schon mal im Bearbeitungsprogramm das entsprechende Formular aufrief, holte Toni den Kaffee und brachte auch für sich eine Tasse mit.
„Heinz, was ist mit dir? Möchtest du auch einen Kaffee? Ich würde ihn dir sogar holen."
„Nein, vielen Dank. Ich trinke erstmal mein Wasser. Mir ist eh schon heiß genug."
Toni grinste in sich hinein, denn es war ihr nicht verborgen geblieben, dass ihr lieber Kollege wegen des Anblicks der Zeugin Stilaugen gemacht hatte.
Die Ermittlerin spulte nun die zeugenschaftliche Belehrung ab und erklärte ausführlich, dass die Zeugin keine Angaben zu Dingen zu machen bräuchte, durch die sie sich selbst strafrechtlichen Ermittlungen aussetzen würde. Kira Kölsch-Keppler runzelte die Stirn. „Ich habe zwar keine Ahnung davon und ich war auch noch nie bei der Polizei, aber das hört sich ziemlich krass an, so als ob ich was verbrochen hätte."
„Ach, das ist die formaljuristische Belehrung", beruhigte Toni sie. „Wir wollen ja schließlich niemanden vor die sprichwörtliche Pumpe laufen lassen und jeder Zeuge bekommt bei uns die gleiche zeugenschaftliche Belehrung. Auf dem Formular steht alles noch mal in astreinem Amtsdeutsch, aber mit meinen Worten war es doch wohl verständlich, oder?"
„Oh je, dann möchte ich nicht hören, was Sie zu jemandem sagen, der was gemacht hat. Im wahren Leben ist das alles doch ziemlich anders als in den vielen Krimisendungen."
Dember füllte das elektronische Formular nach und nach mit Angaben. Letztlich standen neben den persönlichen Daten auch die Mobilfunknummer, die E-Mail-Adresse und der aktuelle Beruf der jungen Frau in den entsprechenden Zeilen.
Nun kam Toni zu dem Punkt, der sie eigentlich interessierte. „Frau Kölsch-Keppler, ich hatte Ihnen ja schon an der Wohnung gesagt, dass es um Stefan Peffgen geht. Das ist der junge Mann, mit dem Sie sich Sonntag vor einer Woche verabredet hatten und der nun seit fast genau diesem Zeitpunkt vermisst wird. Am besten erzählen Sie erst-

mal mit Ihren Worten über das Verhältnis zwischen Ihnen beiden, wann Sie sich kennengelernt haben und so weiter. Danach stelle ich meine Fragen, falls noch Fragen offen sind."
Als Toni den Namen „Stefan Peffgen" wieder erwähnte, zuckte das linke Augenlid von Kira Kölsch-Keppler erneut sehr heftig. Dember bekam davon nichts mit und legte schreibbereit seine Finger auf die Tastatur.
Die junge Frau wirkte etwas ratlos. „Also, wo soll ich anfangen? Als wir uns das erste Mal geschrieben haben oder an dem Sonntag?" Sie sah Toni fast hilfesuchend an.
„Wir haben Zeit, Frau Kölsch-Keppler. Fangen Sie doch gern damit an, wie Sie sich kennengelernt haben." Sie unterstrich ihre Antwort mit einem ermunternden Kopfnicken. Kira Kölsch-Keppler begann zu erzählen: „Also, vor gut einem Monat hab ich eine Freundschaftsanfrage von diesem Stefan bekommen und ihn aus reiner Gewohnheit in meine Freundesliste aufgenommen. Ich hab mir nichts dabei gedacht, in meiner Liste sind hunderte Leute, die ich noch nie persönlich gesehen habe. Ich achte nur darauf, dass der Altersunterschied nicht allzu krass ist, aber auch dafür würde ich keine Hand ins Feuer legen, dass mir da nicht mal was durchgegangen ist.
Irgendwann kam dann eine persönliche Nachricht von Stefan. Ich kann mich noch genau daran erinnern. Da stand nur ‚Hi, wie geht's?' Hinter dem Text war noch ein zwinkerndes Smiley. Erst dann hab ich aus Neugierde sein Profil aufgerufen und gesehen, dass er in Köln lebt und um die dreißig Jahre ist. Sein Foto hat mir auch gefallen. Ich weiß heute noch, wie ich gedacht habe, dass er was Mystisches an sich hat." Sie zuckte die Achseln. „Daher hab ich zurückgeschrieben: ‚Danke, mir geht's gut.' Zwei Tage später hat Stefan mir dann wieder eine Nachricht geschickt: ‚Du siehst sehr geheimnisvoll auf dem Bild aus. Gefällt mir!' Genau der Satz hat mir gefallen. Geheimnisvoll! Das passte einfach."
Also habe sie wieder geantwortet: „Dein Bild ist aber auch nicht ohne – wow!" Hinter den Text hatte diesmal sie einen augenzwinkernden Smiley gesetzt. Irgendwann habe man die Rufnummern ausgetauscht und stundenlang miteinander telefoniert. „Und als er dann an dem Sonntag vor mir stand, hab ich gedacht, ich wär in einem falschen

Film! Der Mann hatte sich völlig anders beschrieben! Nur sein Gesicht war so, wie ich es auf Facebook gesehen hatte. Er war kaum größer als ich und eher bauchig als sportlich. Das fand ich abstoßend. Im gleichen Augenblick konnte ich damals für mich ausschließen, jemals mit diesem Typen in der Kiste zu landen. Mir war klar, dass es die reinste Zeitverschwendung wäre, sich weiter mit ihm zu befassen. Er hatte gelogen, was sein Äußeres betraf, und darauf kommt es mir eben auch an. Also habe ich ihm unmissverständlich gesagt, dass ich mich verarscht fühle und er gleich wieder fahren könnte." Sie schaute erst zu Toni und dann zu Dember. „Das war's eigentlich, was ich dazu sagen kann."

„Na, ein bisschen mehr werden Sie uns schon noch sagen können, denke ich", entgegnete Toni. „Mit was für einem Auto ist er denn gekommen?"

„Ich habe von Autos keine Ahnung. Weiß ich nicht." Die Antwort klang für die Ohren der Ermittler ziemlich patzig.

„Welche Farbe hatte der Wagen denn, wissen Sie das noch?"

„Der war auf jeden Fall dunkel, könnte sogar schwarz gewesen sein."

„Wieso sind Sie sich da nicht mehr sicher?", hakte Toni nach. „Er hat doch geschrieben, dass er mit einem schwarzen Wagen kommt und Sie haben geantwortet, dass die Farbe schon mal gut sei!"

Die Blicke der beiden Frauen kreuzten sich. Kira Kölsch-Keppler wendete als erstes den Blick wieder ab und fixierte einen imaginären Punkt im Raum.

„Frau Kölsch-Keppler, soll ich Ihnen das Protokoll vorlesen?"

Mit einem plötzlich sehr aggressiven Unterton antwortete die junge Frau: „Woher haben Sie mein Chat-Protokoll? Ich habe das Gefühl, dass Sie da irgendwelche Dinge hineininterpretieren. Glauben Sie eigentlich, dass er der einzige Mann ist, mit dem ich gechattet habe? Das ist doch an der Tagesordnung auf Facebook. Wissen Sie das etwa nicht?"

Toni zog die Augenbrauen hoch. „Das sind ganz normale Fragen. Und das Nachrichtenprotokoll haben wir vom Rechner von Stefan Peffgen. Was glauben Sie denn, wie wir überhaupt auf Sie gekommen sind? Zufall? Einfach mal irgendwo klingeln und ins Blaue hinein agieren? Und jetzt beantworten Sie die Frage und denken vorher noch mal darüber nach, welche Farbe der Wagen hatte. Oder wollen Sie uns weismachen, dass Sie täglich mit dunklen Wagen vor dem Trainingscenter abgeholt werden?"

Einerseits gefiel Dember die resolute Art seiner Kollegin, aber andererseits tat ihm die junge Frau leid. Er konnte sich nicht vorstellen, dass dieses zarte Wesen hier bewusst Unsinn erzählte. Er wusste aber auch, dass es jetzt keine gute Idee wäre, Toni Krogmann in die Parade zu fahren und sie zu bremsen. In der Vergangenheit hätte sie bei ihm schon oftmals Grund genug dazu gehabt und es auch nicht getan.

Kira Kölsch-Keppler warf entnervt die Arme nach oben. „Sie haben Recht! Das war ein schwarzes Auto, aber welche Marke weiß ich echt nicht. Ich habe selbst kein Auto und mich interessieren Autos auch nicht."

„Ist Stefan Peffgen ausgestiegen?"

„Er hat direkt vor mir gehalten und ist ausgestiegen. Als ob wir uns schon ewig kennen würden, hat er mich einfach in den Arm genommen und mir einen Kuss auf die Wange gegeben. Das hat mir überhaupt nicht gefallen. Wie schon gesagt, er sah anders aus als der Mann, den ich eigentlich erwartet hatte."

„Ja, das haben Sie jetzt schon mehrmals gesagt." Toni stieß einen genervten Atemzug aus. „Wie war er denn bekleidet?"

Kira Kölsch-Keppler schien zu überlegen und ließ sich einen Moment Zeit, bevor sie ihre Antwort gab: „Hmmh! Auf jeden Fall passte das mal so gar nicht zu meinem Look. Ich meine, er hatte eine helle Hose und ein quietschgelbes Oberteil an – oder?"

„Jetzt überlegen Sie bitte noch mal genau! Sind Sie sich bei der Farbe des Oberteils sicher und war es ein Hemd, ein Pullover, ein T-Shirt, oder was? Das kann doch nicht so schwer sein!"

„Haben Sie eine Ahnung! Wissen Sie eigentlich, wie viele Leute ich täglich in der Arztpraxis sehe? Da kann man schon mal einiges durcheinanderwerfen."

„Mit denen treffen Sie sich aber höchstwahrscheinlich nicht privat an einem Sonntag, oder? Also, was war das für ein Oberteil und welche Farbe hatte es?" Toni hatte wieder diesen Blick drauf. Selbst Dember wich diesem Blick aus. Er wusste genau, dass sich seine Kollegin

gerade erst warmgelaufen hatte und dass sie sich mit diesen Larifari-Antworten nicht abspeisen lassen würde. Mittlerweile war auch ihm das immer stärker werdende Lidzucken bei der jungen Frau aufgefallen.
„Ich hab das jetzt wieder vor Augen. Er hatte ein rotes Hemd an, mit kurzen Ärmeln. Oder war es doch ein T-Shirt? Boah! Nee, das war ein rotes Hemd. Ganz sicher, ein rotes Hemd war das. Sind Sie jetzt zufrieden?"
„Ob ich zufrieden bin oder nicht, spielt keine Rolle. Ich versuche hier nur, einen möglichen Tagesablauf eines potentiellen Opfers zu rekonstruieren. Und da helfen mir eben keine 08/15-Antworten. Worüber haben Sie noch gesprochen? Hat er gesagt, wo er nun hinwollte, nachdem Sie ja die Verabredung abgebrochen hatten?"
„Soll das jetzt ein Vorwurf sein, oder was?" Die Patzigkeit in Kira Kölsch-Kepplers Stimme war wieder unüberhörbar.
Toni schüttelte den Kopf. „Meine Güte, nein!"
„Er wollte mich bequatschen, dass ich ihm eine Chance geben soll, dass ich ihn doch überhaupt nicht kennen würde. Ich habe gesagt, dass es von mir aus auch so bleiben kann, aber er hat wie ein Wasserfall auf mich eingeredet. Ich könnte doch wenigstens mit ihm ein Eis essen gehen. Ganz unverbindlich."
„Und? Haben Sie die Einladung zum Eis doch angenommen? War ja schließlich ziemliches Eiswetter!" Toni wollte die junge Frau ganz bewusst provozieren.
„Scheiße, nein! Habe ich doch gesagt! Ich habe ihn zum Teufel gejagt! Wie oft soll ich das noch wiederholen?"
In Kira Kölsch-Kepplers Stimme schwangen Verzweiflung und Wut mit. Toni konnte nicht so recht deuten, ob es an ihren bohrenden Fragen lag oder ob die Ursache eine ganz andere war. „Jetzt regen Sie sich mal nicht auf. Dafür gibt es doch gar keinen Grund. Möchten Sie noch einen Kaffee?"
Kira Kölsch-Keppler nahm das Angebot dankbar an und nach wenigen Augenblicken stellte Toni ihre nächste Frage: „Können Sie denn sagen, wohin Herr Peffgen anschließend fahren wollte? Hat er irgendwas gesagt? Bitte überlegen Sie genau. Jeder noch so kleine Hinweis könnte wichtig sein, auch wenn er Ihnen selbst unwichtig erscheinen mag."

Kira Kölsch-Keppler legte die Stirn in Falten. „Ich meine, der wollte zu einem Freund fahren, aber er hat nicht gesagt, wie der heißt oder wo der wohnt. Ich habe auch nicht danach gefragt. Wie gesagt, ich wollte nur, dass er fährt. Alles andere war mir egal."
Toni dachte nur: *Eine bessere Antwort hattest du nicht, was?*
„Eine Sache wäre da noch, Frau Kölsch-Keppler." Sie ließ sich bewusst einige Momente Zeit, bevor sie ihre Frage stellte, und bemerkte, wie die Anspannung bei ihrem Gegenüber nochmals deutlich anstieg. Das Augenlid von Kira Kölsch-Keppler schien sich jetzt völlig selbstständig zu machen.
„Es tut zwar hier nichts zur Sache und wir brauchen es auch nicht zu protokollieren, aber mich interessiert einfach, ob Sie schon mal mit dem Gesetz in Konflikt geraten sind." Toni hatte den Ladendiebstahl und das Schwarzfahren im Sinn. Ein weiteres Mal wollte sie die Glaubwürdigkeit der Zeugin testen. Diese verdrehte genervt die Augen. „Ich weiß nicht, wozu das wichtig sein sollte! Wahrscheinlich wissen Sie das ja sowieso. Ich wurde wegen Ladendiebstahl angezeigt. Das war aber kein Diebstahl, der Scheißladendetektiv hat mir das untergejubelt und jeder hat es geglaubt. Hat mir ein paar Sozialstunden eingebracht. Sonst noch was?"
„Und was ist mit den nicht bezahlten Fahrten mit der KVB? Hat man Ihnen das auch untergejubelt?" Toni sprach das Wort „untergejubelt" so ironisch wie möglich aus. Wie aus der Pistole geschossen konterte Kira Kölsch-Keppler: „Das habe ich immer sofort bezahlt. Jedes Mal, wenn ich erwischt wurde, hatte ich lediglich kein Kleingeld für den Fahrkartenautomaten. Aber es glaubt einem ja niemand."
Nachdem Dember die Vernehmungsniederschrift ausgedruckt und Kira Kölsch-Keppler sie gelesen und unterschrieben hatte, fragte Toni, ob man sie denn wieder kontaktieren dürfe, falls doch noch Fragen offen wären. Widerwillig nickte die Zeugin.
Da die junge Frau das Gebäude nicht alleine verlassen durfte, bot Dember sich – ganz selbstlos und natürlich völlig ohne Hintergedanken – an, sie bis nach unten zu bringen.

***

Toni, Dember und Arndt Siebert saßen in Westhovens Büro. Toni erzählte von der Vernehmung. „Meine innere Stimme sagt mir immer wieder, dass hier was nicht zusammenpasst."
Westhoven und Siebert überflogen gemeinsam das Vernehmungsprotokoll. Dann ergriff Westhoven das Wort: „Ich habe eine Idee, was wir jetzt machen."
Sofort hatte er die ungeteilte Aufmerksamkeit aller Anwesenden.
„Toni, Heinz, ihr beiden überprüft sämtliche Eisdielen und Cafés im Umfeld der Kölsch-Keppler und zeigt dort die Fotos von Peffgen und ihr. Vielleicht ist sie ja doch eingestiegen. Du sagst ja selbst, dass du ihr nicht glaubst, Toni."
Dember schluckte. „Hast du eine Vorstellung davon, wie viele Eisdielen und Cafés in Deutz und Kalk sind? Da brauchen wir aber noch mehr Kaderkräfte."
Arndt Siebert schüttelte nur den Kopf. „Vergiss das gleich! Mehr Kaderkräfte gibt es nicht und damit basta. Die paar Läden werdet ihr wohl schaffen, außerdem habt ihr KOKin Stotzem-Randerath und KK D'Angelo. Das muss reichen." Der Leiter des KK 11 verließ das Büro wieder. Westhoven warf einen erwartungsvollen Blick in die Runde. „Ihr habt es gehört! Ihr übernehmt Kalk und die beiden anderen erstmal Deutz. Schließt euch mit ihnen kurz und bringt ihnen die Fotos." Westhoven schaute auf seine Armbanduhr. „Wir haben jetzt 10.00 Uhr. Bis heute Mittag hätte ich gern die erste Rückmeldung. Bis dahin kümmere ich mich um den formalen Kram und frage auch noch mal nach der DNA-Auswertung. Und telefoniere mit Sarah."

***

Die beiden Ermittlerteams hatten sich aufgeteilt und ermittelten nun in den Straßen der jeweiligen Ortsteile. Sigrid Stotzem-Randerath und Guido D'Angelo hatten ihren Dienstwagen an der Deutzer Freiheit geparkt, flanierten über die Hauptgeschäftsstraße und zeigten dort überall die Bilder von Stefan Peffgen und Kira Kölsch-Keppler, von denen sie sich erhofften, dass jemand einen der beiden wiedererkannte. Sie beschränkten sich dabei nicht nur auf Eiscafés.

***

Gegen 15.00 Uhr hatte Westhoven entgegen seiner Anweisung noch immer keine Rückmeldung seiner Ermittlerteams erhalten. Aufgrund seiner eigenen Arbeiten war ihm das nicht aufgefallen. Er hatte mit Hinz und Kunz telefoniert, wie er immer gern sagte. Nachdem er die Teams erreicht hatte, bat er sie zur Besprechung ins Präsidium.
Wenig später erzählte Toni, dass niemand die beiden gesehen hatte. „Allerdings bin ich mir auch nicht sicher, ob der Radius, in dem wir ermitteln, ausreichend ist.“
Eine ähnliche lautende Resonanz kam vom anderen Team. „Das *Coltami* auf dem Gotenring hatte heute leider geschlossen. Und das bei diesem heißen Wetter! Wie kann man sich da nur das Geschäft entgehen lassen?“ Sigrid schüttelte verständnislos den Kopf. „Aber wie sieht es mit der DNA aus, Paul? Sind die Leichenteile von Stefan Peffgen?“
Westhoven seufzte. „Das Ergebnis steht noch aus. Morgen früh wissen wir mehr, wurde mir gesagt. Aber mein Bauchgefühl sagt mir, dass wir auf dem richtigen Weg sind. Peffgen ist wie vom Erdboden verschluckt, genau wie sein Wagen.“
„Was sagt denn eure Staatsanwältin?“, fragte Sigrid Stotzem-Randerath. „Kriegen wir einen Beschluss für die Wohnung von der Kölsch-Keppler?“
Vier Augenpaare ruhten erwartungsvoll auf Westhoven. Der schüttelte entnervt den Kopf. „Sorry! Sie war nicht zu überzeugen, einen Antrag zu stellen. Deshalb müssen wir unbedingt noch was finden, was wir dieser ‚Gothic-Prinzessin‘ um die Ohren hauen können. Die mauert doch. Oder würde das einer von euch machen, jemanden derart zu brüskieren, nur weil er ein wenig anders aussieht, als er sich beschrieben hat? Kommt schon, kein Mensch würde seine Schwachstellen zur Schau tragen, wenn er es nicht muss! Und so zu reagieren? Ich kann mich damit nicht anfreunden.“
Dember hatte hierzu eine ganz andere Ansicht, behielt sie aber geflissentlich für sich.
„Wie machen wir denn nun weiter?“, fragte D’Angelo.
„Ich denke, ihr seid heute genug rumgelaufen bei dieser Hitze. Und weiter kommen wir heute auch nicht mehr, so wie es aussieht. Was haltet ihr davon, wenn wir es für heute gut sein lassen? Morgen küm-

mert ihr euch um das *Coltami* und wir wissen dann auch mit Gewissheit, wer der Tote ist. Einverstanden?"
Er blickte in freudestrahlende Gesichter. „Dann bis morgen. Und danke für heute. Das war echt gut."

***

Als Dember zuhause ankam, war es sehr ruhig. Klein-Dember schien zu schlafen und Doris saß leicht bekleidet auf dem Balkon. Unter dem luftigen T-Shirt zeichneten sich weich ihre Brüste ab. Sie schien auch keinen Slip zu tragen. Dember war von einer Sekunde auf die andere wie elektrisiert und hatte nur noch einen Wunsch. Langsam bewegte er sich auf Doris zu und gab ihr einen zarten Kuss auf die Lippen. Ihre strahlenden Augen sahen ihn an. „Wenn du wüsstest, woran ich eben gedacht habe."
Dember kannte diesen Blick. „Ja? Woran denn genau?"
Sie lächelte verführerisch. „Heinz, wieso hast du eigentlich so viel an?"
Das waren die Zauberworte, auf die Dember seit Tagen gewartet hatte. Blitzschnell hatte er sich die Klamotten vom Leib gerissen und stand nun vor ihr.
Sie stand auf, streckte sich lasziv und raunte ihm ins Ohr: „Komm mit!" Dann zog sie ihn mit sich in die Wohnung.

***

Toni und ihre Partnerin Laura radelten mit ihren Fahrrädern dem lauen Sommerabend entgegen und suchten einen geeigneten Ort für eine erholsame Rast. Als sie auf ihrer Strecke ein gemütliches Plätzchen gefunden hatten, breiteten sie abseits des Weges ihre Picknickdecke aus und verwöhnten sich mit gekühlten Getränken und einem leichten Salat, den sie gemeinsam schnell noch zubereitet hatten. Glücklich ließen sich die beiden Verliebten auf die Decke zurücksinken und küssten sich.

***

Auch Anne Westhoven war begeistert, dass Paul mal früher nach Hause kam. Sofort holte sie die tiefgefrorenen Doraden aus dem Eisfach, damit sie sie später grillen konnten. Dieser Gaumenschmaus war Paul neben Charolais-Steaks noch immer am liebsten. Da er wusste, dass Jochen Gerber immer noch in Köln war und quasi auf seinen Anruf wartete, lud er ihn kurzerhand mit Annes Einverständnis zum Grillabend ein. Gerber war zwar gerade dabei zu packen, weil er am nächsten Tag zurück nach Hamburg musste, aber er freute sich und machte sich direkt auf den Weg zu ihnen.

***

Es war schon weit nach Mitternacht und Kira Kölsch-Keppler schlief tief und fest. Ihre Träume waren aber alles andere als erholsam. Jemand packte sie, wollte sie verletzen, sie erniedrigen und missbrauchen. Als ob es gerade passieren würde, spürte sie den eisenharten Griff um ihre Handgelenke, ihre eigene Ohnmacht, die Unfähigkeit, sich befreien zu können. Brutal hatte er sie zu Boden gedrückt. Schweißgebadet und zitternd schlug sie die Augen auf. Ihr eigener Hilfeschrei hallte ihr noch in den Ohren. Erleichtert registrierte sie, dass sie allein war.

Mittwoch – Durchbruch

Westhoven war an diesem Morgen verkatert aufgewacht und fragte sich nun, wer der fremde Mann im Spiegel war. Vor der eiskalten Dusche, die seine müden Lebensgeister wecken sollte, ging er in die Küche und schluckte eine Kopfschmerztablette. Anne war auch schon wach und frotzelte: „Ich will ja nicht klugscheißen, aber ich habe den Eindruck, dass das letzte Bier wohl schlecht war, oder?"

„Das kann ich jetzt echt gut gebrauchen." Westhoven stöhnte vor Schmerz. „Boah, mein Kopf."

„Ach komm, das wird schon. Nimm gleich 'ne Kopfschmerztablette, dann geht's bestimmt besser."

„Hab ich schon – hilft nicht."

„Na, wirken muss sie schon noch. Frühstückst du mit mir oder kriegst du noch nichts runter?"

„Doch, ich muss was essen und ich brauche einen großen Pott Kaffee. Ich rasiere mich nur noch schnell, dann bin ich bei dir, Sternchen."

***

Dember saß schon quietschvergnügt im Büro, als Toni hereinkam. Sie musterte ihn erstaunt. „Moin, Heinz! Du grinst ja wie ein Honigkuchenpferd. Hast du im Lotto gewonnen, oder was?"

Dember lehnte sich grinsend in seinem Bürostuhl zurück. „Besser! Viiieel besser!"

„Okay, ich kann´s mir denken." Toni lächelte in sich hinein und in Gedanken war sie selbst für einen kurzen Augenblick wieder mit ihrer Laura auf der Picknickdecke.

***

Westhoven traf heute erst kurz nach halb acht ein. Ohne dass ihn jemand bemerkt hatte, schloss er sein Büro auf und machte die Tür hinter sich sofort wieder zu. Wenige Momente später hielt er seinen dampfenden Kaffee in der Hand und biss genüsslich in einen Schokoriegel. Diese eiserne Reserve erfüllte heute Morgen ihren Zweck. Das Hämmern in seinem Kopf hatte auf der Fahrt zum Präsidium schon deutlich nachgelassen und nach dem Kaffee war er nahezu wieder schmerzfrei. Innerlich verfluchte er Gerber, der eine Flasche nach der anderen geöffnet und ihm immer wieder zugeprostet hatte. Klar, er hätte auch nein sagen können, aber das war nicht wirklich eine Option gewesen. Nun war es, wie es war. Er ging hinüber zu seinem Team.

„Morgen zusammen. Heinz, du grinst so, habe ich was im Gesicht?"

„Der grinst schon die ganze Zeit so", warf Toni ein.

„Hallo, Paul! Heute siehst du ein bisschen so aus, wie ich sonst. Schlecht geschlafen?"

„Ach, Jochen war gestern noch bei uns und es ist spät geworden. Das kennst du ja besser als ich!" Mit dieser abschließenden Bemerkung wollte Westhoven seinen Unmut darüber zum Ausdruck bringen, dass Dember ihn darauf angesprochen hatte.

„Mich kann man heute nicht ärgern. Mir geht's sowas von saugut." Dember strahlte seine Kollegen an.

„Dann sieh mal zu, dass es auch so bleibt. Heute ist Blitzmarathon und du bist ja für Fettnäpfchen eigentlich immer zu haben, Herr Bleifuß." Westhoven grinste nun auch.

***

Während sich die beiden Ermittlerteams weiter um die Befragungen in den Eisdielen kümmerten, bekam Westhoven in einem Telefonat von Prof. Dr. Dotzinger höchstpersönlich das Vorab-Ergebnis der DNA-Vergleiche mitgeteilt. Mit einer Wahrscheinlichkeit von 1 Milliarde:1 stammten die Leichenteile alle von ein und derselben Person: Stefan Peffgen. Das schriftliche Gutachten musste aber noch geschrieben werden. Westhoven legte mit einem triumphierenden Lächeln auf. Endlich hatten sie Gewissheit.

***

Als Sigrid Stotzem-Randerath und Guido D'Angelo dem Eisdielenbetreiber Luigi Umberto die Fotos von Kira Kölsch-Keppler und Stefan Peffgen vorlegten, erkannte dieser Kira Kölsch-Keppler auf Anhieb wieder.

„Warum sind Sie sich so sicher, dass es diese Frau war?", fragte D'Angelo.

Herr Umberto lächelte. „Als Italiener vergesse ich nie attraktive Frauen, le belle donne!" Mal käme sie völlig blass geschminkt, mit dunklem Lippenstift, dunklen Fingernägeln und in dunklen sexy Klamotten, mal käme sie aber auch völlig ungeschminkt und in normaler Kleidung. „Lassen Sie mich sehen aber noch mal den Mann."

Nachdem er noch einmal eindringlich das Foto von Stefan Peffgen angeschaut hatte, war er sich zu 70% sicher, dass er bei ihr gewesen war.

„Wissen Sie vielleicht noch, wie der Mann angezogen war?" Die Oberkommissarin schaute Herrn Umberto fragend an. Dieser wiegte nachdenklich den Kopf. „Bin ich nichte ganze so sicher. Hatte der, glaub ich, schöne rote Hemd an."

Na, da schau an, was für eine Schwindlerin unsere Frau Kölsch-Keppler doch ist!, ging es KK D'Angelo durch den Kopf. Nachdem die beiden Ermittler Luigi Umberto vernommen und das Gespräch dabei auf Tonträger aufgenommen hatten, verabschiedete sich D'Angelo in italienischer Sprache von ihm und wünschte ihm noch einen schönen Tag.

Draußen vor dem Laden sah Sigrid Stotzem-Randerath ihren Kollegen an. „Ich denke, wir sollten sofort die anderen informieren und uns dann noch mal auf die Suche nach dem Wagen konzentrieren. Vielleicht steht der ja irgendwo im Parkhaus."

***

Zur gleichen Zeit nahm auch der Prozess im Doppelmord seinen Fortgang. Gegen 12.00 Uhr tummelten sich zahlreiche Zuhörer und Presseleute vor dem Gerichtssaal 112 und warteten darauf, dass endlich die Tür geöffnet würde und sie hineingehen könnten.

Um die Wartezeit zu überbrücken, wohl aber auch, um das eigene kriminalistische Halbwissen zu präsentieren, mutmaßten einige der Zuhörer darüber, ob der 25-jährige Jonas Brückner nun der Täter sein könnte oder nicht. Ein Herr mittleren Alters meinte sogar, er habe geträumt, dass es eigentlich nur um das Töten der Katze gegangen und die Sache dann irgendwie aus dem Ruder gelaufen wäre. Eine Art Opferritual. Mit dieser Theorie konnte sich allerdings sonst niemand anfreunden. Man verständigte sich allseits auf Raubmord. Schließlich habe der junge Mann gewusst, dass die Steinbüchels betuchte Leute waren.

Punkt 12.45 Uhr wurde Thomas Beck, Brückners ehemaliger Mitinsasse, von zwei breitschultrigen Justizbediensteten mit kräftigen Oberarmen in den Saal geführt. Der 47-Jährige trug eine hellblaue Jeans und ein kurzärmliges weißes Hemd. Seine langen blonden Haare waren zu einem Pferdeschwanz zusammengebunden. Sein hinkender Gang war ebenso markant wie seine Schmetterlingstätowierung auf der rechten Halsseite. Als er nach der zeugenschaftlichen Belehrung und der Ermahnung, die Wahrheit zu sagen, zu seinen Personalien und dem Verhältnis zum Angeklagten befragt wurde, klang seine Antwort ein wenig komisch. Seine Aussprache wurde von einem feinen Zischgeräusch begleitet, das wohl mit der großen Zahnlücke zwischen seinen Schneidezähnen zu tun hatte. Einige der Zuhörer kicherten hinter vorgehaltener Hand, beruhigten sich aber sofort ob des durchdringenden Blicks des Vorsitzenden, der nun mit der Befragung begann.
„Herr Beck, Sie waren damals zeitweise mit dem Angeklagten zusammen in einer Zelle eingesperrt und haben sich an die Polizei gewandt, weil der Angeklagte Ihnen gegenüber die Tat in Einzelheiten geschildert haben soll."
Thomas Beck nickte.
„Bitte erzählen Sie uns heute, was Ihnen der Angeklagte über die Tat gesagt hat."
„Nun ja, wo soll ich anfangen?" Beck legte eine kurze Redepause ein, um den nächsten Satz zu formulieren. „Also, das war so. Der Jonas und ich haben uns im Knast kennengelernt. Irgendwie haben wir

uns angefreundet und dann auch viele Umschlusszeiten miteinander verbracht. Ich habe ja erst gar nicht gewusst, warum der Jonas in U-Haft saß. Als ich ihm dann erzählt habe, dass ich wegen Betrugs ein paar Jahre absitzen muss, wollte ich natürlich auch wissen, warum er drin ist. Und dann standen mir regelrecht die Haare zu Berge, als er mir bis ins Detail geschildert hat, was er gemacht hat. Wenn ich heute darüber nachdenke, dann hat er sich so richtig daran aufgegeilt, noch mal alles beim Erzählen durchleben zu können. Er war so voller, voller … ach, er ging so richtig darin auf. Ganz ehrlich, Herr Richter, ich hatte sogar Angst, dass er mich umbringt, nachdem er mir alles erzählt hatte."

Rechtsanwalt Ommer nutzte diese kleine Redeunterbrechung, um direkt einzuhaken: „Das ist ja eine ganz rührselige Geschichte. Schön ausgedacht! Bin gespannt, wie Grimms Märchen weitergehen."

„Herr Anwalt, *Sie* sind jetzt nicht dran. Das Wort hat der Zeuge Beck! Herr Beck, bitte erzählen Sie weiter."

„Ja, Herr Richter. Also, mit leuchtenden Augen hat mir der Jonas erzählt, dass er zuerst bei den älteren Leuten geklingelt hätte. Bei denen hätte er immer mal Gelegenheitsarbeiten gemacht. Als dann die Frau an die Haustür gekommen sei, hätte sie ihn erst nicht hereinlassen wollen, weil es schon spät war und sie dann niemandem mehr die Tür öffnen würden. Der Jonas wusste das natürlich und hat so getan, als ob er keine Luft mehr bekäme und dringend Hilfe bräuchte. Als dann Frau Steinbüchel doch die Tür geöffnet hat, hat er versucht, sie mit einem Elektroschocker außer Gefecht zu setzen, also zu betäuben. Das Teil funktionierte aber nicht und sie hat daraufhin laut nach ihrem Mann um Hilfe gerufen. Da hat er sie mit mehreren Messerstichen getötet. Außerdem hätte er sie ins Auge gestochen, meinte er, diese Art der Tötung kenne er aus einem Buch. Was das für ein Buch war, weiß ich aber nicht. Irgendwas mit Todestechniken. Keine Ahnung." Beck zuckte mit den Schultern. „Jedenfalls, als dann der ältere Mann auf ihn zukam, hätte der ihm das Messer entreißen wollen und sich dabei an der Hand verletzt. Auch ihm habe er mehrere Stiche verpasst. Allerdings sei er noch nicht sofort tot gewesen. Herr Steinbüchel hätte röchelnd auf dem Rücken gelegen. Jonas hat damit geprahlt, wie er sich über ihn gebeugt und verhöhnt hätte, dass er jetzt das Sagen hätte und so. Er habe ihm auch gesagt, dass er sogar die Katze noch umbringen werde. Was er dann ja auch gemacht hat. Er hat das arme Tier aufgeschlitzt und sich daran aufgegeilt, wie es elendig verreckt ist."

Rechtsanwalt Ommer bat um das Wort. „Herr Beck, wie kommen Sie ausgerechnet auf einen Elektroschocker? Ein solches Gerät wurde nicht gefunden, weder am Tatort noch bei meinem Mandanten!"

„Herr Anwalt, wir haben doch alle hier von Dr. Zimmermann gehört, dass bei der Frau typische Merkmale eines Elektroschockerangriffs gefunden wurden", kommentierte Sarah Steinmann trocken. „Auch wenn dieses Gerät nicht gefunden wurde, heißt das nicht, dass es nicht eingesetzt wurde. Das Opfer wird sich wohl kaum selbst damit elektrisiert haben!"

„Frau Staatsanwältin, wenn es nicht gefunden wurde, ist es auch kein Beweis. Und so konkret, wie Sie es uns gerade weismachen wollen, hat sich der Mediziner nicht festgelegt."

„Der Jonas hat mir das aber erzählt!", warf Beck mit Nachdruck ein. „Er hat mir gesagt, dass er die Frau mit einem Elektroschocker angegriffen hat."

„Das behaupten Sie! Gegenüber der Polizei hat er so was nie gesagt und auch sonst die Tat nicht eingeräumt. Weil er es nämlich nicht gewesen ist!" Ommer schaute den Zeugen mit vernichtendem Blick an. „Ach, eine Frage habe ich noch, Herr Beck: Was hat Ihnen die Polizei oder die Staatsanwaltschaft eigentlich versprochen für Ihre Aussage?"

Sarah Steinmann schien kurz vor dem Explodieren. „Ich darf doch sehr bitten!"

Der Vorsitzende wies den Zeugen an, die Frage zu beantworten. Beck ließ sich nicht von Ommer beeindrucken. „Gar nichts! Mir wurde gar nichts versprochen! Ich wollte einfach nicht mit dem Wissen leben, dass diese Kreatur mit ihrem Schweigen am Ende noch durchkommt und frei ist."

Ommer nahm diese Äußerung als Steilvorlage. „Aha, Sie haben meinen Mandanten also schon vorverurteilt. An dieser Aussage darf ja wohl herzlich gezweifelt werden!" Er blickte in Richtung Richtertisch. „Ich beantrage, dass der Zeuge Beck vereidigt wird." Da dies

keine Zustimmung fand, bestand Ommer darauf, dass dies im Protokoll ausdrücklich festgehalten wurde. Mit einem süffisanten Lächeln blickte er zu den Journalisten hinüber und hoffte, dass sie alles mitgeschrieben hatten.
Beck bat darum, seine Aussage ergänzen zu dürfen. „Ich weiß ja nicht, ob dem Verteidiger das bekannt ist: Ich habe im Knast mitbekommen, dass sich drei langjährige Inhaftierte überlegt hatten, sich bei der Polizei zu melden, um den Jonas zu belasten, damit er am Ende noch die Sicherheitsverwahrung bekommt. Deshalb habe ich mich auch gemeldet."
„Das kann ja jeder behaupten!" Ommer wollte den Zeugen um jeden Preis als unglaubwürdig darstellen.
„Fragen Sie doch Ihren Mandaten. Ich habe keinen Grund, hier Unsinn zu erzählen, ich mochte den Jonas vor dieser Sache immer gut leiden. Er hat mir doch vertraut und mir auch erzählt, wo er den Schmuck und das Bargeld vergraben hat, das er aus dem Haus mitgenommen hat. Die Kripo hat doch das Erdversteck sogar anhand der Zeichnung gefunden, die sie von mir hatten. Wie bitteschön hätte ich mir das also ausdenken sollen? Und können Sie sich eigentlich vorstellen, wie es mir im Knast nach meiner Aussage ergangen ist? Seitdem galt ich als mieser Spitzel, der mit den Bullen redet. Ein Wunder, dass meine Knochen noch heile sind und mir beim Duschen nichts passiert ist."
Die Blicke der vielen Zeitungsreporter gingen zwischen dem Zeugen, der Staatsanwältin, Ommer und dem Angeklagten hin und her. Niemand von ihnen bemerkte eine Gefühlsregung bei Jonas Brückner. Der saß nur da und starrte auf einen imaginären Punkt im Raum, so, als ob ihn das alles nichts anginge.
Der Vorsitzende fragte bei Beck nach: „Mussten Sie denn nach der Aussage bei der Polizei in eine andere Justizvollzugsanstalt verlegt werden?"
„Nein."
„Können Sie etwas zu einer Champagnerflasche sagen, die der Angeklagte den Opfern übergeben haben soll?"
Alle Blicke ruhten auf dem Zeugen, der kopfschüttelnd antwortete: „Das sagt mir gar nichts. Was für eine Champagnerflasche?"

Ommer hob kurz den Arm und ergriff wieder das Wort, bevor es ihm erteilt wurde: „Das wissen Sie nicht? Das ist aber merkwürdig, Sie kennen doch sonst jedes Detail! Dann sag ich es Ihnen noch mal: Mein Mandant hat diese Flasche den Steinbüchels als Geschenk überreicht. Als Dank für alles. Und als er wieder gegangen ist, lebten die beiden noch. Na, klingelt's da irgendwo?"
Beck schluckte. „Mag ja sein, dass er *Ihnen* das so erzählt hat. Mir hat er gesagt, dass er nach dem Massaker noch versucht hat, das Haus in die Luft zu sprengen. Mit einer zerstörten Gasleitung und einer Kerze. Er hat mir erzählt, dass er das mal in einem Action-Film so gesehen hat."
Die Reporter sahen, wie sich Staatsanwältin Steinmann gelassen zurücklehnte und grinste. Ein weiteres Indiz für die Glaubwürdigkeit des Belastungszeugen, denn schon der Installateur Arno Schlott hatte ja ebenfalls ausgesagt, dass eine Gasleitung manipuliert worden war.
Nach weiteren Minuten im Zeugenstand blieb Thomas Beck unvereidigt. Der Vorsitzende sagte ihm, dass die Vernehmung zwar für heute für ihn vorbei sei, er aber möglicherweise noch einmal aussagen müsse. In der Gerichtskasse steckte Beck seine Auslagen und das Zeugengeld ins Portemonnaie und verließ das Gerichtsgebäude durch die rückwärtige Drehtür.

***

Rechtsanwalt Ommer präsentierte derweil dem Gericht und der Staatsanwaltschaft mehrere Namen damaliger Mithäftlinge von Thomas Beck. „Diese Männer werden ganz sicher Zweifel an der Glaubwürdigkeit des Zeugen aufkommen lassen. Daher bestehe ich darauf, dass diese Häftlinge angehört werden."
Sarah Steinmann seufzte provokant. „Und was genau werden uns die Zeugen erzählen können?"
„Warten Sie einfach ab, Frau Staatsanwältin", entgegnete Ommer lapidar. „Ich werde nicht die Aussage der Zeugen vorwegnehmen."

***

Während KK D'Angelo den zivilen Dienstwagen in Richtung des Parkhauses der Lanxess-Arena lenkte, rief Sigrid Stotzem-Randerath Paul Westhoven an und erzählte, was der Eisdielenbetreiber ihnen gegenüber ausgesagt hatte. Der Leiter der MK „Pyramide" freute sich, dass es nun endlich mit den Ermittlungen voranging. „Na, das nenne ich mal eine Verkettung glücklicher Umstände. So langsam verdichtet sich alles zu einem Bild, aber ich krieg noch nicht zusammen, warum das Ganze passiert ist. Nur zu eurer Info, bei den Leichenteilen handelt es sich wirklich um Körperteile von Stefan Peffgen. Kommt also bitte sofort hierher und bringt das Tonträgerprotokoll zu Papier. Wäre doch gelacht, wenn sich Sarah dann wieder zieren würde, diesmal den Antrag für den Durchsuchungsbeschluss für die Kölsch-Keppler zu beantragen."

„Ich würde auch durchdrehen, wenn es diesmal wieder nicht dazu kommt. Schließlich muss man der Kölsch-Keppler jetzt mal richtig auf die Füße treten und sie ordentlich unter Druck setzen", erwiderte Sigrid verstimmt. „Weiß denn die Schwester schon, dass ihr Bruder tot ist? Hast du sie schon angerufen?"

„Ach, Sigrid, du kennst mich. Kommt Zeit, kommt Rat. Am Ende flippt die noch aus und fährt vor uns zu der Kölsch-Keppler. Das ist mir zu unsicher. Wir wissen doch nicht, wie die tickt. Wir machen es so, wie ich es gesagt habe. Ihr kommt rein und ich fange schon mal an, die Anregung für den Beschlussantrag zu formulieren, nachdem ich Sarah angerufen habe."

„Wir wollten zuerst noch das Parkhaus der Lanxess-Arena nach dem Wagen von Peffgen durchsuchen, okay?"

„Nein! Das könnt ihr später machen. Heinz und Toni können dann mit euch gemeinsam suchen. Jetzt hat der Beschluss oberste Priorität."

***

„Steinmann, Staatsanwaltschaft Köln."

„Hey Sarah, ich habe Neuigkeiten in unserer MK ‚Pyramide'." In wenigen Sätzen erläuterte Westhoven ihr den aktuellen Sachstand.

„Oh Mist! Äh, ich meine, die Info ist schon super! Aber ich habe einfach keine Zeit, bald geht die Verhandlung in Sachen Doppelmord weiter. Deswegen bin ich auch etwas kurz angebunden, sorry! Aber ich werde noch schnell unseren frischgebackenen Oberstaatsanwalt instruieren, dass du dich gleich meldest. Asmus ist auf jeden Fall gleich da. Ich muss dann jetzt los, aber halte mich bitte auf dem Laufenden. Kannst mich auch spät anrufen."

***

Nach einer kurzen Verschnaufpause ging es um 14.00 Uhr planmäßig mit der Vernehmung des Enkels weiter, der seine Großeltern am Mittag des 03. Oktober tot aufgefunden hatte. Der Vorsitzende belehrte auch diesen Zeugen und ermahnte ihn zur wahrheitsgemäßen Aussage. Der 33-jährige Simon Steinbüchel nickte. Aufgrund seiner eindrucksvollen Worte und der bildhaften Erzählung konnte sich jeder im Gerichtssaal vorstellen, was der junge Mann erlebt hatte.

„Weil ich meine Großeltern an diesem Feiertag besuchen wollte, hatte ich schon versucht, sie am 02. Oktober telefonisch zu erreichen. Mich hat zwar gewundert, dass niemand ans Telefon ging, aber ich hätte doch niemals gedacht, dass…" Simon Steinbüchel schnappte nach Luft. Tränen schossen ihm in die Augen, liefen an seinen Wangen herab und tropften auf den Tisch. Aus seinem Rucksack zog er eine kleine Flasche Wasser und trank einen Schluck. „Entschuldigung, aber ich sehe gerade alles wieder so deutlich vor mir. Und ich habe auch wieder diesen eisenhaltigen Geruch von Blut in der Nase …"

„Geht es denn oder brauchen Sie eine kleine Pause?"

„Es geht schon, ich will das hinter mich bringen."

Im nächsten Moment wurde es sehr ruhig im Gerichtssaal. Der Vorsitzende verlas die Abschrift des dramatischen Notrufes von Simon Steinbüchel. Nachdem er geendet hatte, wandte er sich an den jungen Mann: „Herr Steinbüchel, können Sie sich an dieses Telefonat erinnern?" Der Vorsitzende blickte ihn erwartungsvoll an und erntete als Antwort ein leises „Ja" und ein Nicken.

„Können Sie noch etwas ergänzen?"

„Nein. Mehr habe ich ja nicht gesagt und mehr weiß ich auch nicht. Ich frage mich nur, warum der Angeklagte diese abscheuliche Tat begangen hat. Was haben meine Großeltern ihm getan? Sie waren so freundlich und nett zu allen.“ Er blickte vorwurfsvoll in Jonas Brückners Richtung, dessen Anwalt sich umgehend äußerte:
„Das darf doch wohl nicht wahr sein! Das ist der nächste Zeuge mit einer vorgefassten Meinung. Das ist Manipulation vom Feinsten, was hier geschieht! Ich stehe ja auch nicht auf und behaupte umgekehrt, dass Herr Steinbüchel seine Großeltern umgebracht hat, um seine Mutter schneller ans Erbe zu bringen. Das wäre doch mal ein Motiv, aber das kommt der Staatsanwaltschaft ja erst gar nicht in den Sinn.“
Der Vorsitzende ergriff das Wort: „Herr Rechtsanwalt Ommer, in diesem Land herrscht das Grundrecht auf Meinungsfreiheit. Daran muss ich Sie wohl nicht erinnern.“
„Ja, das ist richtig, Herr Vorsitzender. Aber in einem Gerichtsprozess hat das nichts zu suchen. Zeugen müssen die Wahrheit sagen und nichts hinzudichten.“
„Das hat Herr Steinbüchel doch auch gar nicht. Er hat lediglich eine Frage an Ihren Mandanten gerichtet, die er vielleicht nicht im Gerichtssaal hätte stellen sollen. Das ändert aber nichts an der Aussage des Zeugen. Oder sind Sie da ernsthaft anderer Ansicht?“
Rechtsanwalt Ommer winkte ziemlich verdrießlich ab.
Der Vorsitzende wandte sich nun an den Zeugen: „Herr Steinbüchel, ich muss Sie bitten, sich bei Ihrer Aussage auf das zu beschränken, was Sie selbst gesehen, gehört oder auf andere Weise wahrgenommen haben. Bitte keine eigenen Wertungen, Schlussfolgerungen oder Hypothesen, ja?“
Simon Steinbüchel nickte.
„Gibt es noch Fragen an den Zeugen?“ Der Vorsitzende blickte in Richtung Staatsanwaltschaft und Verteidigung, welche die Frage jedoch beide mit leichtem Kopfschütteln quittierten.
„Dann ist der Zeuge vorerst entlassen, auf Vereidigung wird allgemein verzichtet.“ Sarah Steinmann, die Schöffen und Ommer nickten.
Simon Steinbüchel verzichtete aufs Zeugengeld und die Erstattung

seiner Auslagen. „Für mich ist es meine Pflicht, hier auszusagen, ich bin es meinen Großeltern schuldig."
Als nächster Verhandlungstermin wurde der kommende Montag, 10.00 Uhr, festgelegt. Der Vorsitzende verkündete, dass an diesem Tag die damaligen Mithäftlinge angehört würden.

***

Bevor die Mitglieder der MK „Pyramide" wieder allesamt im Präsidium waren, setzte Westhoven auch noch seinen Kommissariatsleiter über die neueste Entwicklung in Kenntnis. Der wiederum setzte unmittelbar danach Inspektionsleiter Stengelmann ins Bild und der wiederum den Chef der Kölner Kripo. Bert Stellmacher war höchst zufrieden über diesen schnellen Ermittlungserfolg und bat darum, die Pressestelle ebenfalls vorzubereiten. Nach der Durchsuchungsmaßnahme sei es nicht auszuschließen, dass sich Pressevertreter melden würden und da müsse man unbedingt eine einheitliche Sprache sprechen.
Arndt Siebert fragte Westhoven, ob er denn unter diesen Vorzeichen noch immer unbedingt am Freitag mit Anne nach Berlin fahren müsse oder er die Fahrt nicht doch lieber absagen wolle. Westhoven fühlte, wie sein Blutdruck stieg. „Wie bitte? Jetzt kann ich *auf jeden Fall* in Ruhe fahren. Im Gegenteil, für mich ist es jetzt überhaupt keine Option, *nicht* zu fahren. Oder will mir die Behörde wirklich die Hotelkosten und VIP-Karten ersetzen?"

***

Da die Schreibkraft des KK 11 seit einer Woche im Urlaub war und eine sonstige Schreibkraft nicht zur Verfügung stand, erklärte sich Sigrid Stotzem-Randerath bereit, die Tonbandvernehmung von Luigi Umberto selbst zu schreiben. Ihr Kollege D'Angelo war ihr dafür sehr dankbar, denn zuhören und gleichzeitig tippen war nicht sein Ding. Über eine relativ schnelle Zweifinger-Schreibmethode – umgangssprachlich bekannt als „Adlersuchsystem" – war er noch nicht hinausgekommen.

Etwa eine Stunde später war jedes Wort abgetippt und Westhoven verglich den Vernehmungstext mit seinem Antrag. Sie stimmten überein und so ließ er es sich nicht nehmen, persönlich zur Staatsanwaltschaft zu fahren. Den „Terrier" hatte er schon lange nicht mehr gesehen.

***

Am Ende der Severinsbrücke, kurz hinter der KVB-Haltestelle Severinstraße, blickte Westhoven in einen roten Blitz.
„Scheiße!"
Sein Blick fiel auf den Tacho, nachdem er automatisch den Fuß vom Gaspedal genommen hatte. In seinem Kopf ratterte es, was es wohl kosten würde, wenn man mindestens 15 km/h zu schnell gewesen war. Auf keinen Fall würde er das jemandem erzählen, schon gar nicht Dember. Der würde sich garantiert totlachen und sich noch tagelang darüber lustig machen. Ihn hatte er ja heute Morgen noch mit seiner Raserei aufgezogen und nun war er selbst „Opfer" des Blitzmarathons geworden. Er hätte sich in den Hintern beißen können, denn genau diese Radarmessstelle war eigentlich jedem Kölner bekannt. Peinlich!

***

„Hallo, Herr Westhoven. Ist Ihnen eine Laus über die Leber gelaufen?"
Asmus und Westhoven kannten sich schon lange und der Oberstaatsanwalt hatte den verfinsterten Gesichtsausdruck des Kommissars direkt bemerkt.
Westhoven hatte kein Interesse daran, Asmus zu offenbaren, dass er eben geblitzt worden war, und griff daher zu einer Notlüge: „Oh, ist mir das anzusehen? Ich habe mein Handy im Büro liegen lassen." Dann überreichte er Asmus den Aktenvermerk. „Ich möchte dringend anregen, einen Durchsuchungsbeschluss für die Wohnung von Kira Kölsch-Keppler zu erwirken."

Interessiert begann Asmus zu lesen. „Ah, das ist ja wirklich interessant. Die Dame hat ja wohl offensichtlich gelogen. Von wegen der Peffgen ist gefahren, weil sie ihn nicht attraktiv genug fand. Immerhin fand sie ihn wohl doch noch attraktiv genug, um mit ihm die Eisdiele aufzusuchen. Sie haben vollkommen Recht, Herr Westhoven. Die Wohnung der Dame muss unbedingt durchsucht werden. Entweder liegen wir mit unserer Vermutung richtig oder das Mädel hat einfach nur keine Lust, ihr Privatleben vor uns auszubreiten. Wenn ich das richtig lese, hatte sie bisher nicht viel mit der Polizei zu tun."
„Ich wusste, dass ich mich auf Sie verlassen kann, Herr Asmus." Westhovens Miene erhellte sich wieder. „Kann ich darauf warten? Ich würde sofort rüber zum Bereitschaftsrichter gehen und bleiben, bis der Beschluss ausgefertigt ist."
Keine 15 Minuten später machte sich Westhoven mit der Ermittlungsakte auf den Weg ins benachbarte Gerichtsgebäude. Er nutzte dafür die Verbindungsbrücke zwischen Staatsanwaltschaft und Gericht, nachdem ihm Asmus die Tür geöffnet hatte.

***

Gegen 12.30 Uhr traf Westhoven wieder im Präsidium ein, diesmal ohne weitere Zwischenfälle.
„So, Leute, dann lasst uns mal zur Gummersbacher Straße fahren!"
„Sollen wir denn nicht sofort den Erkennungsdienst mitnehmen und einen Durchsuchungszeugen der Stadt Köln? Das ist ja gewissermaßen Nachbarschaft", fragte Toni.
„Toni, wenn ich dich nicht hätte." Er zwinkerte ihr zu. „So weit ist es ja nicht bis zur Gummersbacher. Sollten wir wirklich etwas Entsprechendes finden, können die 63er[15] immer noch schnell da hinkommen. Und wie du schon selber sagtest – Nachbarschaft. Wir klingeln und fragen, ob ein Zeuge überhaupt gewünscht wird. Falls ja, klingeln wir einen Nachbarn herbei – falls nein, auch gut."
Um kein Aufsehen zu erregen, parkten sie die Dienstwagen gegen-

[15] 63er: Polizeijargon, damit ist der Erkennungsdienst (KK 63) gemeint.

über des Hochhauses auf dem Parkplatz. Keine 50 Meter von dort hatte das junge Pärchen vor über eine Woche den ersten Leichensack gefunden.
Die fünf Ermittler gingen über die Straße und klingelten bei verschiedenen Mietparteien. Sie wollten erst bei Kira Kölsch-Keppler anklingeln, wenn sie vor ihrer Wohnungstür angekommen waren. Guido D'Angelo blieb auf Westhovens Anweisung hin zunächst vor dem Haus. Schließlich konnte man nie ausschließen, dass jemand die Nerven verlieren, trotz der Höhe über die Balkonbrüstung in die Tiefe springen und zu fliehen versuchen würde. Von solchen Fluchtversuchen hatte jeder Polizist schon mal gehört und erst vor gar nicht so langer Zeit war ein vorläufig festgenommener Tatverdächtiger auf diese Weise geflüchtet. Dass er nicht so weit gekommen war, hatte einzig daran gelegen, dass er sich beim Sprung aus der dritten Etage das Sprunggelenk gebrochen hatte und nur noch hinken konnte.
Bevor Westhoven klingelte, legte er vorsichtig sein Ohr auf das Türblatt und horchte in die Wohnung hinein. Von drinnen hörte er leise Musik. Er drehte sich zu seinen Kolleginnen und Dember um und flüsterte: „Da ist auf jeden Fall jemand in der Wohnung. Wir klingeln und klopfen jetzt an. Sobald die Tür aufgeht, übernehme ich das Gespräch mit ihr und präsentiere den Beschluss, während ihr sofort die Wohnung grob in Augenschein nehmt."
Toni erwiderte leise: „Die Frau hat mir erzählt, die Wohnung sei eher klein, mit offener Küche, einer kleinen Diele und einem fensterlosen Bad."
„Na, umso besser. Dann seid ihr schnell durch."
Im nächsten Moment drückte Westhoven mehrfach hintereinander den Klingelknopf, klopfte gleichzeitig mit geschlossener Faust gegen die Tür und rief: „Aufmachen! Polizei!"
Einen Moment später hörten die Beamten, dass jemand an die Tür kam.
„Was ist denn los?", hörten sie Kira Kölsch-Keppler fragen.
„Hier ist die Polizei! Westhoven – Mordkommission! Öffnen Sie sofort die Tür oder wir treten sie ein. Wir haben einen richterlichen Beschluss! Aufmachen! Eins, zwei..."
Westhoven und Dember hatten ihre Beine schon angehoben und wollten nach der Zahl „Drei" gegen das Türblatt treten, als Kira

Kölsch-Keppler diese regelrecht aufriss. Mit Malersachen bekleidet und Farbklecksen auf dem Haar blickte sie die Ermittler mit großen Augen an.
Während Westhoven ihr den Durchsuchungsbeschluss präsentierte und sie über ihre Rechte als Beschuldigte aufklärte, zwängten sich die drei anderen Ermittler an ihr vorbei in die Wohnung. Völlig verdutzt ließ sie es geschehen. Als sie den Beschluss durchgelesen hatte, platzte es jedoch aus ihr heraus: „Mord? Schwachsinn! Ich habe niemanden umgebracht! Ich habe doch gesagt, dass ich den weggeschickt habe!"
„Dann haben Sie doch gegen die Wohnungsdurchsuchung sicher nichts einzuwenden, oder?" Westhoven entging nicht, dass ihr linkes Augenlid regelrecht flatterte.
„Ich bin zwar grad am Renovieren, aber bitte, schauen Sie sich ruhig um." Sie verschränkte die Arme und setzte einen mürrischen Blick auf.
„Wieso renovieren Sie denn? Gibt's einen besonderen Grund?" Westhoven sprach nicht aus, was er wirklich dachte.
„Muss ich da etwa vorher die Polizei fragen?", konterte sie patzig. Westhoven ignorierte ihren Unmut und fragte: „Ach, nur mal so, Frau Kölsch-Keppler: Wieso eigentlich dieses Märchen mit dem Wegschicken, weil Ihnen Stefan Peffgen angeblich nicht gefallen hat?" Er musterte sie eindringlich.
„Das ist doch Bullshit. Er *hat* mir nicht gefallen!"
Bevor Westhoven den nächsten „Nadelstich" bei ihr setzen konnte, rief Dember ihn auf den Balkon. Sigrid Stotzem-Randerath blieb bei Kira Kölsch-Keppler, die wie versteinert dastand. In einem Rundgrill auf dem Balkon lag ein kleiner Haufen Asche, in der sich offensichtlich Fragmente von Knochen befanden. Dember blickte Westhoven vielsagend an. „Glaubst du auch, was ich glaube?"
Westhoven nickte langsam. Daraufhin griff Dember sofort nach seinem Handy und alarmierte den Erkennungsdienst.
„Gut gemacht, Heinz. Jetzt heißt es weitersuchen! Wenn sie ihn tatsächlich hier umgebracht und zerlegt hat, dann finden wir noch mehr Spuren. So viel Blut lässt sich nicht mal eben wegwischen. Der ED [16] wird das mit seinem Speziallicht schon feststellen."

---

[16] ED: hier Polizeijargon für Erkennungsdienst (KK 63), sonst auch Kurzbezeichnung für Einbruchsdiebstahl

Westhoven ging zu Kira Kölsch-Keppler zurück und wandte sich an die junge Frau: „Sie sind vorläufig festgenommen. Es besteht der dringende Tatverdacht, dass Sie Stefan Peffgen getötet haben."
Die junge Frau wurde blass. Sie ließ sich mit dem Rücken an der Wand auf den Fußboden gleiten und sackte dort in sich zusammen.
Da Westhoven mit Sigrid Stotzem-Randerath die nächsten Schritte besprach, bemerkte zunächst keiner der beiden, dass Kira Kölsch-Keppler nun neben sich auf dem Boden herumtastete und plötzlich ein Teppichmesser in der rechten Hand hielt. Guido D'Angelo, der gerade die Wohnung betrat, schrie auf: „Vorsicht! Die hat ein Messer!"
Im nächsten Moment sprangen Westhoven und Sigrid beiseite. Geistesgegenwärtig zog Westhoven seine Dienstwaffe und richtete sie auf Kira Kölsch-Keppler. „Das Messer weg! Sofort!"
Ihr linkes Augenlid schien sich nun endgültig zu verselbstständigen – es zuckte unaufhörlich. Statt das Teppichmesser wegzulegen, hielt sie sich die Klinge so fest an den Hals, dass ein feines Rinnsal Blut daran herunterlief.
Westhoven versuchte, die Frau zu beruhigen: „Mädchen, lass den Scheiß! Schmeiß das Messer weg!"
„Sie haben doch keine Ahnung!", schrie Kira Kölsch-Keppler mit einer Stimme, in der Wut, Verzweiflung, Angst und Hass gleichermaßen zu hören waren.
„Wovon soll ich keine Ahnung haben? Sagen Sie es mir!" Westhoven versuchte, sie von Guido D'Angelo abzulenken. Dieser stand noch immer halb versetzt rechts hinter ihr.
Als Westhoven einen Schritt auf sie zukam, drückte sie die Klinge noch fester gegen ihren Hals. „Ich mein´s ernst. Kommen Sie nicht näher!" Mit der linken Hand wischte sie sich die Nase ab.
Als Westhoven dennoch einen weiteren Schritt nach links machte und sie ihren Kopf mitdrehte, hechtete Guido D'Angelo zu ihr, packte ihren rechten Arm und zog ihn nach unten. Blitzschnell hatte er ihr das Teppichmesser entrissen und sie in die Bauchlage gedreht. Wie von Sinnen schrie Kira Kölsch-Keppler immer wieder: „Nein!" Ihre Arme wurden mit Handschellen auf den Rücken gefesselt und Westhoven fragte: „Kann ich das als Geständnis werten?"
Die Antwort darauf blieb aus, Kira Kölsch-Keppler wippte apathisch

mit dem Oberkörper vor und zurück und starrte auf den Boden. „Möchten Sie eine Aussage machen, Frau Kölsch-Keppler? Sie können mit einem Geständnis auch Ihr Gewissen erleichtern. Das hilft, glauben Sie mir." Westhoven hoffte auf eine Reaktion, die aber ausblieb. Die junge Frau wirkte weiter völlig teilnahmslos.

***

Als Michael Drees und die weiteren Kollegen vom Erkennungsdienst eintrafen, führten Guido D'Angelo und Sigrid Stotzem-Randerath Kira Kölsch-Keppler zum Dienstwagen und brachten sie in den Gewahrsamsdienst des Polizeipräsidiums Köln. Westhoven informierte derweil Oberstaatsanwalt Asmus, der ihm zusicherte, umgehend zum Präsidium zu kommen, um den Antrag für einen Haftbefehl zu schreiben. Kira Kölsch-Keppler würde dann später einem Haftrichter oder einer Haftrichterin vorgeführt. Da wegen der Schwere der Tat keine andere Entscheidung als Untersuchungshaft zu erwarten war, würde sie grundsätzlich auch gleich einen Pflichtverteidiger beigeordnet bekommen. Im Anschluss daran griff Westhoven die Idee wieder auf, dass die beiden Kaderkräfte im Lanxess-Parkhaus nach dem VW Golf des Opfers suchen könnten.

***

Dember hatte derweil angefangen, das Apartment zu skizzieren, während Toni die Feststellungen ins Diktiergerät sprach. Wie immer war sie dabei sehr gewissenhaft und protokollierte sogar, auf welcher Seite die Tür zum Badezimmer angeschlagen war, dass diese nach innen öffnete und im oberen und unteren Bereich mit Lüftungsschlitzen versehen war. Im fensterlosen Badezimmer befand sich an der rechten Wand ein angeschraubtes dunkles Holzregal mit handelsüblichen Pflegeutensilien und Schminksets. Unterhalb des beigefarbenen Waschbeckens stand ein halb gefüllter Wäschekorb, daneben eine digitale Personenwaage.

In der zum Wohnraum offenen Küchenzeile stand ein großer Kühlschrank mit drei Gefrierschubfächern, in denen einige Beutel mit tiefgefrorenem Fleisch lagen, dessen Herkunft auf den ersten Blick nicht sofort erkennbar war.
Unter der Spüle waren zwei Fleischermesser in eine Plastiktüte eingewickelt, bei denen die Vorprobe auf Blutanhaftungen mittels des so genannten LMG-Tests[17] positiv war. Das gleiche Ergebnis fand sich in einer Plastikschüssel und einer Wetzstange, die Michael Drees von der Spurensicherung im Besteckkasten gefunden hatte.
Mittlerweile hatten die Ermittler auch die raumgroße Abdeckplane vom Fußboden entfernt. Es war deutlich zu sehen, dass der Boden unter dem Sofa und dem kleinen Couchtisch lichtverfärbt war. Offensichtlich hatte an dieser Stelle bis vor kurzem ein Teppich gelegen. Mit seiner Spezialbrille und dem ultravioletten Licht konnte Drees eindeutige Blutwischer sehen, die mit bloßem Auge nicht zu erkennen waren. An einer der Wischspuren sprühte er wieder LMG und die Reaktion war wie erwartet. Es handelte sich eindeutig um Blut.
Drees hob die Couch an, legte diese auf die Rückseite und begutachtete die Stellfüße.
„Hier, sieh mal, Paul. Dazu brauchst du weder meine Spezialbrille noch LMG. Eingetrocknetes Blut! Meine Güte, ich glaube wirklich, dass dieser Peffgen an genau dieser Stelle zerlegt wurde."
Westhoven nickte. „Ich will ganz sicher sein, Michael. Sichere mir das bitte so, dass wir damit schnellstmöglich einen DNA-Vergleich machen können. Vielleicht ist das ja auch was Älteres oder ihr eigenes Blut oder von sonst wem. Aber selbst wenn die Kölsch-Keppler das Zerstückeln nicht selbst gemacht oder nur mitgeholfen hat, wird sie sich dennoch hierzu erklären müssen."
„Logisch. Klar sichere ich das entsprechend. Ts ts ts, du solltest mich besser kennen, mein Lieber! Ich guck mir jetzt mal am besten das Bett an. Ich verwette mein halbes Monatsgehalt darauf, dass ich da auch Blutreste nachweisen kann."
Nachdem Drees das Spannbettlaken abgezogen hatte, war die großflächige, bräunlich eingetrocknete Verfärbung im unteren Drittel

---

17 Leukomalachit-Grün

der Matratze zu sehen. Seine spontane Äußerung war entsprechend.
„Mein lieber Scholli, das ist aber ordentlich!"
„Du meine Güte. Das muss hier ein richtiges Schlachtfest gewesen sein", kommentierte Westhoven. „Ich bin schon sehr gespannt, wie der Tatablauf gewesen ist … falls uns die junge Dame das sagt."
„Auch wenn sie nichts sagt, Paul: Wir werden die Bude hier spurentechnisch so sichern, dass es am Ende nur ein Ergebnis geben kann. Ich mach das schon. Übrigens habe ich bei der Rechtsmedizin angerufen und darum gebeten, dass jemand hierherkommt und sich das Fleisch und die Knochen im Grill anguckt."
„Gut gemacht. Ich gehe mal mit Dember in den Keller und sehe mich dort um. Wer weiß, welche Überraschungen uns dort noch erwarten." Er nahm die Schlüssel vom Schlüsselbrett und machte sich auf den Weg.

***

Der Kellerbereich des Hauses war sehr weitläufig und es gab mehrere Zugänge. Diese waren nach Etagen angelegt und führten jeweils zu den einzelnen Kellerverschlägen. Westhoven probierte an jedem Schloss den Schlüssel aus, sofern er augenscheinlich passen könnte. Der Keller von Kira Kölsch-Keppler lag am Ende des langen Ganges. Westhoven dachte in diesem Moment, dass das wohl ein ungeschriebenes Gesetz war, denn die Wohnungen von Tatverdächtigen waren auch meist oben unterm Dach. Westhoven schloss das Vorhängeschloss auf und schob langsam die Tür auf.
„Das glaub ich ja jetzt nicht!"
Die beiden Ermittler blickten auf einen Karton, auf dem eine Kettensäge abgebildet war. Dember beugte sich vor und las schmunzelnd den Werbeslogan vor: „*Kompakt und leicht – für ein ermüdungsfreies Arbeiten. Bestens geeignet für den Einsatz in Haus und Garten.*" Da er noch seine Latexhandschuhe anhatte, öffnete er den Karton und zog die Kettensäge heraus. Das Sägeblatt steckte dabei in der Schutzhülle.
„Sag mal, Paul, meinst du, die hat damit den Leichnam zersägt? Ich wüsste nämlich sonst nicht, was die mit solch einer Kettensäge eigentlich soll. Sie hat weder einen Garten noch entsprechende Pflan-

zen auf dem Balkon. Und selbst wenn, wäre das für Balkonien wohl mehr als überdimensioniert, oder?"
„Ich muss zugeben, Heinz, dass ich auch grad ein wenig elektrisiert bin. Aber der Karton ist total eingestaubt und das Sägeblatt ölverschmiert. Und ich bin zwar kein Rechtsmediziner, aber davon hat unser lieber Professor kein Wort bei der Obduktion gesagt. Die Austrennungen waren meist scharfkantig. Nee, glaub ich nicht, dass diese Säge eingesetzt wurde."
„Du hast aber auch was von Lefzen erzählt. Das klingt schon ziemlich angefetzt und passt doch zu einer Kettensäge."
„Weißt du was? Drees hat ja darum gebeten, dass jemand von der Rechtsmedizin hierherkommt. Wer auch immer das sein wird, kann sich die Säge angucken und dann entscheiden wir, ob wir die sicherstellen oder nicht, einverstanden?"
Dember nickte und legte die Säge auf den Karton.
„Apropos Säge", meinte Westhoven. „Mir fällt da grad was ein, was Annes Freundin letztens erzählt hat. Die arbeitet nämlich bei der Unterhaltsvorschusskasse. Das ist die Stelle, die alleinerziehende Mütter schon mal fragt, wer denn der Vater des Kindes ist, für das die Kommune den Unterhalt vorstreckt."
„Hä, verstehe ich jetzt nicht, was das mit unserem Fall zu tun hat", entgegnete Dember verwirrt.
Westhoven konnte sein Lachen kaum zurückhalten. „Eine alleinstehende Mutter, die einen Antrag auf Unterhaltsvorschuss gestellt hatte, hat sich auf die Frage der Sachbearbeiterin, wer denn der Vater des Kindes sei, total echauffiert und erklärt, dass sie das doch nicht wisse, es sei schließlich Schützenfest gewesen. Und wenn sie sich an einer Kreissäge schneiden würde, wisse sie doch auch nicht, welcher Zacken das gewesen ist." Die beiden Ermittler brachen in schallendes Gelächter aus.
Dann zog Dember eine Spanplatte nach vorn, die an die Wand gelehnt war. Augenblicklich verstummte das Lachen der Beiden. Dembers Reaktion war hocherfreut. „BINGO!"

***

Sigrid Stotzem-Randerath und Guido D'Angelo fuhren langsam durch das Parkhaus „P4" an der Lanxess-Arena und suchten auf den verschiedenen Ebenen den schwarzen VW Golf 6 mit dem Kennzeichen K-SP 1984.
„Ganz schön groß hier", murmelte D'Angelo.
„Hast du noch nie hier geparkt, wenn du mal in die Lanxess-Arena gegangen bist? Hier gibt's fast 1.800 Stellplätze", meinte Sigrid.
„Nö! Ich park immer im Parkhaus bei uns am Präsidium und latsche hier rüber. So weit ist es ja nicht. Die paar Minuten Fußweg nehme ich gern in Kauf und spare mir lieber das Parkgeld. Dafür kauf ich mir dann lieber ein Getränk." D'Angelo grinste.
„So teuer ist es nun auch wieder nicht; für Veranstaltungen gibt's hier doch den Arena-Tarif."
„Ist mir egal. Bei uns im Parkhaus kostet es gar nix."
„Stimmt doch gar nicht. Du brauchst doch eine Parkberechtigung, die mit einem Jobticket verquickt ist. Und das wird jedes Jahr teurer und liegt bei rund 50 € pro Monat."
„Ich habe kein Jobticket und auch keine Parkberechtigung, aber nach Feierabend ist so viel Platz im Behördenparkhaus, das kontrolliert doch eh keiner mehr." D'Angelo zwinkerte seiner Kollegin zu und rief plötzlich: „Stopp mal bitte! Ein Stück zurück."
Seine Kollegin setzte den Wagen einen Meter zurück und beide blickten durch die Fahrzeugreihe auf einen schwarzen Golf. Sie lenkte den Wagen dorthin und hielt schließlich hinter dem Fahrzeug an. Jetzt konnten sie das Kennzeichen ablesen: K-SP 1984.
Die beiden Ermittler stiegen aus, gingen um das Fahrzeug herum und suchten nach Auffälligkeiten. Der Wagen war verschlossen. Die Beamtin drehte sich in alle Richtungen und schaute an den Decken entlang.
„Wonach suchst du, Sigrid?"
„Kameras! Ich gucke, ob die hier eine Videoüberwachung haben. Vielleicht können wir rekonstruieren, wann der Wagen hineingefahren wurde und vor allem, von wem."
„Das kannst du getrost vergessen. Ich habe mich während meines Studiums damit befasst und sogar eine Hausarbeit zum Thema Videoüberwachung geschrieben. Ein sehr komplexes Thema. Aber eins

weiß ich seitdem ganz genau: Eine Speicherungsdauer von mehr als zwei Arbeitstagen ist unzulässig."

„Schön, Guido! Aber woher willst du wissen, wann der Wagen hier abgestellt worden ist? Vielleicht ist er ja innerhalb der letzten 48 Stunden erst hier hingestellt worden, du Schlaumeier."

„Hmmh, halte ich für unwahrscheinlich. Ich gehe davon aus, dass die Kölsch-Keppler den Wagen hier schon vor über einer Woche hingestellt hat."

„Aha! Hellseherische Fähigkeiten hast du also auch noch. Du überraschst mich immer mehr, Kollege. Was, wenn der Peffgen den Wagen selbst hier geparkt hat?"

„Ist ja schon gut. Komm, wir suchen das Hausmeisterbüro und fragen einfach. Dann wissen wir es."

„Und was ist mit dem Wagen?"

„Jetzt mal ernsthaft, Sigrid. Du glaubst doch nicht wirklich, dass der ausgerechnet in den nächsten paar Minuten geklaut wird? Stell doch unseren Wagen quer dahinter. Nach vorn kann er ja nicht weg und zur Seite …"

„Ja, ja!" Die Ermittlerin winkte ab, setzte sich in den Dienstwagen und stellte ihn quer hinter den VW Golf.

***

Dember schob mit beiden Händen vorsichtig die Spanplatte zur Seite. Dahinter stand eine weiße Plastikwanne, in der zusammengeknüllt ein rotes Hemd und weitere Männerbekleidung lagen. An den Rändern der Wanne befand sich unübersehbar eingetrocknetes Blut. Mit spitzen Fingern hob Dember das Hemd aus der Wanne und hielt es gegen das Licht. Durch die vielen Schnitte im oberen Bereich fiel das Licht hindurch.

„Wenn das mal nicht das Hemd von Stefan Peffgen ist." Dember grinste wie ein kleiner Junge, der an Ostern das von den Eltern versteckte Osternest gefunden hat.

„Ich bin mir eigentlich sogar ziemlich sicher, dass es das richtige Hemd ist. Guck mal da, ein Knopf fehlt." Westhoven zeigte auf die Stelle an der Knopfleiste.

„Stimmt ja, bei der Obduktion habt ihr ja einen Knopf gefunden. Meinst du, das ist der fehlende?“
„Da bin ich mir sehr sicher, Heinz! Das war genau so ein rot glänzender Knopf wie die anderen hier, die noch da sind. Was liegen denn noch für Klamotten in der Wanne?“
„Auf den ersten Blick sehe ich eine helle Hose und braune Lederslipper. Auch alles eingesaut mit augenscheinlich getrocknetem Blut.“
„Ich hole dann mal Drees, damit der alles vernünftig eintütet, und dann gucken wir weiter. Vielleicht finden wir ja noch mehr.“
„Was willst du denn noch finden, Paul? Ich habe die Kettensäge doch schon gefunden.“
„Ja, ja. Ist klar.“

***

Sigrid Stotzem-Randerath hatte ihren Kollegen schon mindestens drei Mal wegen seiner Idee, den Wagen bei dem VW Golf zurückzulassen und „nur mal eben schnell zum Hausmeister rüberzugehen“, verflucht. Die Parkhausaufsicht befand sich nämlich in nicht unwesentlicher Entfernung zum Fundort des VW Golf auf der dritten Ebene des Parkhauses „P1“ der Arena. Nachdem sich die beiden Ermittler ausgewiesen hatten, bat der dort angetroffene Hausmeister Siegfried Weier sie in sein Büro. In diesem standen zwei große Bildschirme mit jeweils rund einem Dutzend verschiedener Kameraperspektiven, die die verschiedenen Parkebenen in den verschiedenen Parkhäusern der Arena zeigten.
„Die Kripo kommt öfters mal zu mir. Wissen Sie, ab und zu kommt es auch hier vor, dass mal ein Wagen aufgebrochen wird oder sonst was passiert. Sie können Siggi zu mir sagen, Ihre Kollegen nennen mich auch immer so.“ Der Herr im blauen Arbeitskittel, mit Haarkranz und Brille, lächelte freundlich.
Sigrid Stotzem-Randerath lächelte zurück. Irgendwas hatte er an sich, das ihr gut gefiel. „Herr Weier, ähem, Siggi, wir ermitteln in einem Tötungsdelikt und müssten in diesem Zusammenhang feststellen, wann ein bestimmtes Fahrzeug hier abgestellt worden ist. Das geht doch, oder?“

„Das kommt ganz darauf an." Siggi Weier schaute sie in Erwartung weiterer Informationen an.
„Es geht um einen schwarzen VW Golf mit dem Kennzeichen K-SP 1984. Der Wagen steht im Parkhaus „P4" auf Platz 315 auf Ebene 3, ganz hinten in der Ecke."
„Ich weiß, wo das ist." Er grinste sie an. „Ich kenne doch meine Parkhäuser. Am besten gucken wir uns die Aufzeichnung auf Ebene 3 an. Zufällig haben wir dahinten in der Ecke eine Kamera, die rund um die Uhr aufnimmt."
„Ich habe keine Kamera gesehen." Sigrid Stotzem-Randerath schaute ihn fragend an, hatte sie sich doch vorhin extra deswegen umgeschaut.
Siggi Weier lächelte nachsichtig. „Die ist auch schwer zu erkennen. Und wegen der verwinkelten Örtlichkeit haben wir genau dort die Kamera angebracht. Vielleicht haben Sie sie deswegen nicht gesehen."
„Was heißt denn rund um die Uhr, wie viele Tage denn?"
„Zwei Tage, genauer gesagt 48 Stunden. Der Datenschutz hat da ganz strenge Auflagen. Wir können leider nicht unbegrenzt aufzeichnen, aber irgendwie ist es auch gut so. Was sollte das denn auch für ein riesiger Speicher sein?"
Sigrid Stotzem-Randerath schaute mit zusammengekniffenen Augen zu Guido D'Angelo, der ihr einen triumphierenden Blick zuwarf.
„Okay, Siggi. Besser als nix. Können wir das jetzt direkt nachgucken, ginge das?"
Siggi Weier wies die Ermittlerin kurz in die Bedienungselemente ein. Dann schaute sie gemeinsam mit ihrem Kollegen gebannt auf den Schwarzweißmonitor und schaltete auf Schnelldurchlauf.

***

Zwischenzeitlich war der Rechtsmediziner Dr. Zimmermann oben in der Wohnung beim Erkennungsdienst und bei Toni Krogmann eingetroffen. Als Westhoven die Wohnung betrat, hielt Zimmermann gerade das eingefrorene Fleisch aus den Gefrierfächern in den Händen und begutachtete es von allen Seiten.

„Und? Noch ein Opfer?" Westhoven schmunzelte wegen seines makaberen Witzes.
Dr. Zimmermann sah auf. „Ach, hallo, Herr Westhoven! Moment noch, eine Sache muss ich noch prüfen, bevor ich Ihnen eine fundierte Aussage dazu machen kann."
Demonstrativ hielt Dr. Zimmermann das Fleisch hoch, drehte es in alle Richtungen und resümierte dann mit konzentriert wirkender Miene: „Ca. 1 Kilogramm – gefroren – Südhang, wahrscheinlich Bergisches Land – bestes Weidegras ..."
„Machen Sie grad einen auf Louis de Funès wie in *Brust oder Keule*?"
„Sie kennen den Film auch? Aber Scherz beiseite, das hier ist alles Tierfleisch!"
„Alles?"
„Ja, alles!"
„Da bin ich aber froh, denn eigentlich fehlt ja nicht viel von Stefan Peffgen. Die Mengen hier hätten so gar nicht gepasst. Aber ich bin neugierig. Was sagen Sie zu den Knochen in der Grillasche?"
„Das sind nicht nur Knochen!" Augenblicklich wurde es mucksmäuschenstill in der kleinen Wohnung. Alle warteten gespannt, was Dr. Zimmermann noch ergänzen würde. „Ich habe auch zwei Zähne gefunden. So wie es aussieht, wurden hier ein menschlicher Schädel und Hände verbrannt. Ich konnte jedenfalls ein Stück aus der Schädelkalotte und zwei Fingerglieder identifizieren. Ganz schön heftig, muss ich sagen."
„Boah, wie muss die drauf sein, wenn die hier auf dem Balkon ein Feuerchen macht und den Schädel und die Hände verbrennt!", entfuhr es Toni Krogmann. „Das gibt's ja wohl nicht, das ist ja wie in einem schlechten Film!"
„Ach Toni, es gibt nichts, was es nicht gibt. Menschen können so was von grausam sein. Die Motive sind vielfältig. Hass, Angst, Verzweiflung ... weiß der Geier, womit wir es hier zu tun haben. Vielleicht finden wir es ja heraus." Westhovens Kommentar wurde mit allseitigem Kopfnicken aufgenommen.

Drees wollte wissen, ob denn was im Keller aufgefunden worden sei und sah, schon während er die Frage stellte, das Leuchten in Westhovens Augen.
„Oh ja! Wir haben eine Kettensäge gefunden, von der Dember felsenfest überzeugt ist, dass damit die Leiche zerlegt wurde. Und – wir haben ein rotes Herrenhemd gefunden, an dem ein Knopf fehlt und das ziemlich zerfetzt aussieht. Außerdem ist Blut daran eingetrocknet. Aber am besten kommst du mit, Michael, und Sie natürlich auch, Dr. Zimmermann."
Zu dritt gingen sie hinunter in den Keller, Toni sollte weiter die Wohnung als Tatort aufnehmen. Dazu gehörte es auch, eine Skizze aller Räume zu erstellen und jedes Teil – sei es auch noch so unscheinbar – zu notieren und später in einem ausführlichen Tatortbefundbericht zu beschreiben.
Unterstützend hierzu würde der Fotograf alles bildlich festhalten, damit zusätzlich noch eine aussagekräftige Bildmappe erstellt werden konnte.

***

Dember stand im Kellergang und freute sich noch immer, dass er die Kettensäge gefunden hatte. Wenige Momente später war die Freude vorbei, da Dr. Zimmermann lapidar bemerkte, dass das Verletzungsbild nach den Schilderungen und dem Gutachten seines Chefs, Prof. Dr. Dotzinger, nicht zu der Tatwaffe einer Kettensäge passte.
„Ich denke, dass Sie auf eine Sicherstellung und eine genauere Untersuchung dieser Säge getrost verzichten können, Herr Westhoven."
„Wenn Sie das sagen. Dann haben wir halt eine Spur weniger."
„Konzentrieren Sie sich lieber auf die Untersuchung der beiden Fleischermesser und der Wetzstange, an denen der LMG-Test positiv war. Das passt als Tatwaffe schon eher."
Etwas missmutig legte Dember die Kettensäge wieder auf den Karton und lenkte alsdann das Augenmerk des Rechtsmediziners auf die weiße Plastikwanne. Auf Bitten von Dr. Zimmermann hielt der Ermittler das rote Oberhemd in die Höhe. Mit prüfendem Blick begutachtete Dr. Zimmermann es von allen Seiten. „So wie es aussieht,

können wir hier wohl auf einen Bluttest verzichten. Das kann man ja mit dem bloßen Auge erkennen. Für mein Verständnis sind die Textildurchtrennungen auch korrespondierend mit dem Befund am Torso."

„Dann kann ich ja wohl mal mit dem Eintüten anfangen", meldete sich Drees zu Wort.

Beim Ausräumen der Plastikwanne fand Drees unter den Kleidungsstücken noch einen Zimmermannshammer. In dem eingetrockneten Blut an der Unterseite klebten Haare. Sein Kommentar war nüchtern bis überrascht: „Hier gibt es ja wirklich das volle Programm. Wenn das mal nicht die Haare von Stefan Peffgen sind!"

Westhoven runzelte die Stirn. „Ich kann mir immer noch nicht vorstellen, dass die Kölsch-Keppler das alles allein gemacht hat, Peffgen zerlegen und dann in der Stadt verteilen. Wie soll das gehen?"

Drees zuckte die Schultern. „Ihr solltet sie einfach fragen."

„Das machen wir natürlich noch, aber guck bitte trotzdem nach Hinweisen auf eine zweite handelnde Person oder ein Transportmittel. Die kann doch den Torso unmöglich allein da rüber in den Park geschleppt haben."

Dember war anderer Ansicht. „Wieso denn nicht? Das ist doch nur über die Straße, über den Parkplatz und dann ist man da."

Westhoven schüttelte den Kopf. „Schlaumeier! Und was ist mit den Leichenteilen in der Burgenlandstraße? Die hat sie sich dann in die Taschen gestopft, oder wie?"

***

Sigrid Stotzem-Randerath und Guido D'Angelo hatten sich noch bis 17.00 Uhr gemeinsam die Videoaufzeichnungen angeschaut, allerdings mit dem nicht zufriedenstellenden Ergebnis, dass der Wagen von Peffgen in den letzten 48 Stunden nicht bewegt worden war. In der Zwischenzeit wurde der Wagen aus dem Parkhaus geschleppt und zur kriminalistischen Spurensuche zur KTU[18]-Garage des Erkennungsdienstes gebracht. Anhand von Faserspuren würde später nachzuweisen sein, ob Kira Kölsch-Keppler im Auto gesessen hatte.

***

18 **K**riminal**t**echnische **U**ntersuchungsstelle

Mittlerweile war es 18.00 Uhr und die Tatortaufnahme in der Gummersbacher Straße war beendet. Die MK „Pyramide“ saß vollzählig versammelt im Besprechungsraum des KK 11, als Sarah Steinmann auf Westhovens Mobiltelefon anrief.
„Herzlichen Glückwunsch zum Ermittlungserfolg! Asmus hat mir schon alles erzählt. Hat sich denn die junge Dame schon zum Tatvorwurf oder Tathergang geäußert?“
„Leider nicht, Sarah. Sie hat gar nichts gesagt, außer dass wir keine Ahnung hätten. Dann hat sie sich ein Teppichmesser an den Hals gehalten.“
„Wie schwer ist denn die Verletzung am Hals?“
„Ach, das ist nicht der Rede wert. Es sah schlimmer aus, als es tatsächlich ist. Die Verletzung war zum Glück nur oberflächlich.“
„Na, Gott sei Dank! Wie hätte das in der Presse ausgesehen, wenn sich die Tatverdächtige im Beisein der Polizei die Kehle durchschneidet?!“
„Du warst nicht dabei, Sarah. Das ging alles blitzschnell. Aber mal was anderes: Wir sollten der Schwester von Peffgen heute noch Bescheid geben, bevor sie es aus der Zeitung erfährt, oder?“
„Meinetwegen! Machst du das?“
„Klar, habe mir schon gedacht, dass du das sagen wirst.“
„Wann wollt ihr denn Frau Kölsch-Keppler vernehmen?“
„Wir wollten es morgen angehen und ihr klipp und klar sagen, dass es für uns auch ohne vorliegendes Gutachten Fakt ist, dass die Kleidungsstücke im Keller die von Stefan Peffgen sind und die Fleischermesser das Zerlegungswerkzeug. Aber lass sie erstmal eine Nacht in der Zelle verbringen. Mal sehen, wie sie das findet.“
„Hat sie denn schon einen eigenen Anwalt benannt oder bleibt es bei der Pflichtverteidigung?“
„Bis jetzt nicht, es wird wohl beim Pflichtverteidiger bleiben. Vielleicht will sie ja auch gar keinen bei den Vernehmungen dabeihaben. Das würde ich ihr auch zutrauen, so schräg, wie die ist. Aus Ermittlersicht wäre mir das gar nicht so unlieb. Du weißt doch, wie die Strafverteidiger so sind. Einen erlebst du ja grad an jedem Verhandlungstag live und in Farbe und in allen Facetten.“
„Nö, da bin ich ganz bei euch. Sie ist schließlich alt genug, um zu

wissen, was gut für sie ist. Was ist denn mit der Nachbarin in der Wohnung eine Etage darunter? Die könntet ihr doch noch mal befragen, ob sie sich daran erinnern kann, wann die Kölsch-Keppler oben den Grill angemacht hat. Es gibt ja genügend Nachbarn, die alles mitkriegen."

***

Nach der Besprechung waren alle ziemlich groggy, die Ereignisse des Tages forderten ihren Tribut. Dennoch fragte Westhoven, ob Toni und/oder Dember mit ihm noch die offizielle Todesbenachrichtigung an Sibylle Peffgen überbringen würden. Dember druckste ein wenig herum, weil er in Gedanken schon bei Doris und seinem Sohn war. Toni hingegen erklärte sich spontan bereit, mit Westhoven nach Ehrenfeld zu fahren, um diese unangenehme Aufgabe zu erledigen. Ohne sich vorher telefonisch mit Sibylle Peffgen in Verbindung zu setzen, fuhren die beiden zur Hospeltstraße. Wenige Augenblicke nach dem Klingeln wurde die Haustür elektronisch geöffnet. Als sie die Beamten in der Wohnung begrüßte, war die Schwester des Opfers anfänglich noch gefasst, brach dann aber in Tränen aus, als sie von Westhoven die bittere Wahrheit erfuhr, dass ihr Bruder tot war.
„Möchten Sie, dass wir jemanden anrufen?", erkundigte sich Toni.
Sibylle Peffgen fuhr sich mit einem Taschentuch über die Augen. „Vielen Dank, aber das ist wirklich nicht nötig. Es geht schon. Wissen Sie, ich habe sowieso schon nicht mehr geglaubt, dass Stefan noch lebt. Trotzdem hat es mich dann doch übermannt, als Sie mir die Nachricht überbracht haben. Auch wenn es komisch klingt, jetzt habe ich wenigstens Gewissheit und kann um meinen Bruder trauern."
Einige Zeit schwiegen alle drei, bevor Sibylle Peffgen die für Angehörige eines Verbrechensopfers typischen Fragen stellte.
„Wann kann ich denn meinen Bruder beerdigen? Hat diese KiKö ihn ermordet? Und...", sie schluckte schwer, „haben Sie ... haben Sie den Kopf meines Bruders gefunden?"
„Ich kümmere mich morgen darum, dass der Leichnam von der

Staatsanwaltschaft zur Bestattung freigegeben wird." Westhoven vermied es ganz bewusst, von einzelnen Leichenteilen zu sprechen. „Zu den laufenden Ermittlungen darf ich Ihnen momentan nichts sagen. Sie dürfen aber gern später noch mal nachfragen. Unsere Rufnummer haben Sie ja."

„Hab ich mir schon gedacht. Aber versprechen Sie mir eins, Herr Westhoven – und Sie auch, Frau Krogmann!" Mit durchdringendem Blick sah Sibylle Peffgen von einem Gesicht zum anderen. „Bringen Sie die Person, die das meinem Bruder und mir angetan hat, hinter Schloss und Riegel."

Westhoven erwiderte: „Wir tun alles, um die Tat vollständig aufzuklären. Danach liegt es nicht mehr in unserer Hand. Dann kümmert sich die Justiz darum."

„Ich weiß, aber ich hoffe dennoch, dass es ein gerechtes Urteil geben wird."

***

Als Toni und Westhoven die Wohnung verlassen hatten und die Treppe hinuntergingen, fragte er: „Hast du Lust, mit mir noch ein Kölsch trinken zu gehen?"

„Willst du denn nicht lieber nach Hause fahren? Anne freut sich doch sicher, wenn du nicht ganz so spät nach Hause kommst."

„Das stimmt, aber mit Anne kann ich über so eine Todesbenachrichtigung nicht sprechen. Das ist viel zu weit weg von ihr und zu theoretisch. Dazu hat man die Kollegen."

„Ist alles okay bei dir, Paul?"

„Eigentlich schon, aber manchmal merke ich doch, dass mir diese ständige Arbeit mit Tod und Sterben und trauernden Angehörigen an die Substanz geht. Das wird schon wieder, aber manchmal spüre ich dann doch meine Dünnhäutigkeit."

„Dann lass uns mal ins *Herbrand's* fahren und ein leckeres Kölsch schlürfen. Das ist ja gleich um die Ecke."

Donnerstag – Geständnis

Westhoven hatte in der Frühbesprechung des KK 11 den aktuellen Sachstand der MK „Pyramide" vorgetragen. Gabi Kreuzmann, ebenfalls Leiterin einer Mordkommission, fragte nach, ob es denn wirklich ausgeschlossen sei, dass Kira Kölsch-Keppler den Torso allein zum Pyramidenpark geschleppt haben könnte.

Westhoven schüttelte den Kopf. „Gute Frage, Gabi! Was meinst du, wie wir uns darüber schon den Kopf zerbrochen haben! Je länger ich darüber nachdenke, desto mehr komme ich zu dem Ergebnis, dass der Torso ja gar nicht so schwer gewesen sein kann. War ja nur noch die Hülle, ohne Organe, ohne Kopf und ohne Arme. Das halte ich noch für wahrscheinlich. Aber bei den Leichenteilen in der Burgenlandstraße? Ich weiß nicht."

„War ja nur so eine Idee. Vielleicht hat sie für den Transport der Leichenteile dahin ja auch den Wagen von Peffgen benutzt. Schon mal in Erwägung gezogen?"

Westhoven fühlte sich irgendwie ertappt, ließ sich aber nichts anmerken. Er war auch noch nicht so richtig fit wie sonst, denn aus dem einen Kölsch waren dann doch ein paar Stangen mehr geworden. Und richtig gut geschlafen hatte er noch nie im Suff.

„Deswegen ist der Wagen ja in der KTU-Garage. Selbstverständlich prüfen die Kollegen vom ED auch, wie der Sitz eingestellt ist und ob es Fingerabdrücke von ihr an Stellen gibt, die eigentlich nur ein Fahrer anfassen würde. Bevor sie nach Ossendorf verbracht wurde, hat die Personenaufnahme noch ihre Arbeit gemacht."

„Vielleicht hat sie die Beine ja mit einem Einkaufswagen dahin gebracht. Könnte doch auch sein."

„Davon gehe ich nicht aus, Gabi. Sie gehört ganz offensichtlich nicht zu der Klientel, die ihr Hab und Gut mit dem Einkaufswagen durch die Gegend kutschiert. Das hätte bestimmt zu viel Aufsehen erregt. Wenn überhaupt, dann vielleicht rüber zum Pyramidenpark, aber sicher nicht bis zur Burgenlandstraße. Wir haben aber bis jetzt weder einen Einkaufswagen noch einen Rollkoffer bei ihr gefunden."

Nachdem die anderen KK 11er den Besprechungsraum verlassen hatten, blieben die Mitglieder der MK „Pyramide“ sitzen und Westhoven hatte gerade auch die Kaderkräfte Sigrid Stotzem-Randerath und D’Angelo dazugebeten, um das weitere Vorgehen abzustimmen, als Arndt Siebert noch einmal hereinkam.

„Paul, ich brauche bis halb zehn einen kurzen zusammenfassenden Bericht. Die Pressestelle hat nachgefragt. Bei denen stehen die Telefone nicht mehr still. Irgendwie ist durchgesickert, dass wir eine Festnahme in der Sache haben. Und dreimal darfst du raten, wer noch gefragt hat.“

„Hmmh, unser Direktionsleiter vielleicht?“ Westhoven kannte den leitenden Kriminaldirektor Bert Stellmacher schon lange und pflegte ein gutes Verhältnis zu ihm.

„So isset, also hau rein.“

„Kein Problem, Arndt. Aber was die Anfragen an die Pressestelle betrifft, sollen die doch einfach sagen, dass die Pressehoheit bei der Staatsanwaltschaft Köln liegt. Das wissen die Journalisten doch eigentlich auch. Versuchen es immer wieder, diese Schlingel.“

„Melde dich bitte trotzdem gleich mal bei denen.“ Arndt Siebert verließ den Besprechungsraum wieder.

Westhoven ergriff erneut das Wort: „So, jetzt können wir uns endlich um die eigentliche Arbeit kümmern. Mein Plan für heute sieht wie folgt aus:

Dember und Toni fahren nach Ossendorf und holen die Gothic-Prinzessin zur Vernehmung ins Präsidium. Wenn ihr da seid, holen wir auf jeden Fall noch die körperliche Untersuchung nach. Sarah hat auch schon gefragt, ob das gemacht wurde. Schließlich wissen wir nichts zum Tatablauf oder Tatmotiv und so gehen wir auf Nummer sicher. Die Rechtsmedizin weiß Bescheid und schickt uns wieder Dr. Zimmermann. Bimmelt kurz durch, wenn ihr an der JVA losfahrt. Sigrid und Guido, ihr beide sprecht noch mal mit Adele Lützenkirchen. Ich möchte eine ordentliche Zeugenvernehmung in der Akte. Was ihr sie fragen sollt, wisst ihr selbst. Ich bleibe hier und kümmere mich um den administrativen Kram.“

***

Nachdem Adele Lützenkirchen ihre Wohnungstür geöffnet hatte, waren ihre ersten Worte: „Guten Morgen, so oft habe ich in den letzten zwei Monaten keinen Besuch bekommen. Bitte kommen Sie herein."

Sigrid Stotzem-Randerath lächelte die ältere Dame an. „Frau Lützenkirchen, wir haben da noch ein paar Fragen und das würden wir gern im Rahmen einer schriftlichen Vernehmung im Präsidium machen. Hätten Sie vielleicht jetzt Zeit?"

„Aber ich habe doch schon alles gesagt. Können Sie mir denn die paar Fragen nicht auch hier stellen? So wie beim letzten Mal?"

„Könnten wir schon, aber unser Chef möchte es diesmal anders haben. Wir bringen Sie auch wieder mit dem Auto hierhin zurück." Guido D'Angelo ließ seinen italienischen Charme wirken.

„Na, wenn ich so nett gebeten werde, kann ich ja wohl nicht nein sagen."

***

Toni und Dember hatten sich vorab beim Klingelpütz[19] angemeldet und angekündigt, dass sie Kira Kölsch-Keppler zur Vernehmung im Präsidium abholen wollten.

Nach den üblichen Formalitäten und Unterschriften warteten die beiden Ermittler geduldig auf dem Innenhof des Gefängnisses. Da die Polizei keinen Insassen selbst aus der Zelle holen durfte, erledigte dies eine weibliche Justizbedienstete. Sie holte Kira Kölsch-Keppler aus Haus 13 ab und brachte sie zu den beiden Beamten auf den Innenhof. Für die Fahrt zum Präsidium legte Toni ihr Handschellen an. Sie wollte kein Risiko eingehen. Auch wenn Kira Kölsch-Keppler ein relativ zierliches Persönchen war, so könnte sie doch sehr wohl auf der Fahrt durchdrehen, ihren Sicherheitsgurt lösen und im besten Fall einfach nur flüchten. Immerhin war sie eines Tötungsdeliktes verdächtig und die Aussicht auf eine lange Zeit im Knast hatte schon so manchen friedlichen Menschen zur Furie werden lassen und ihm Bärenkräfte verliehen. Nachdem sie die Sicherheitsschleuse

[19] Klingelpütz: Kölsche Bezeichnung für die Justizvollzugsanstalt in Köln-Ossendorf

passiert hatten, fuhren sie Richtung Autobahnauffahrt der nahegelegenen A 57.
Auf dem kurzen Weg zum Präsidium sprach die junge Frau kein einziges Wort, sondern starrte aus dem Fenster. Toni versuchte mehrfach, einen guten Draht zu ihr aufzubauen und ein Gespräch zu beginnen – vergeblich. Als sie in Kalk ankamen, wartete schon der Rechtsmediziner im Geschäftszimmer des KK 11.
„Guten Morgen, Frau Kölsch-Keppler. Mein Name ist Dr. Zimmermann. Ich bin von der Rechtsmedizin und habe den Auftrag, Sie zu untersuchen. Sind Sie damit einverstanden? Selbstverständlich bleibt Frau Krogmann mit im Raum. Sie brauchen sich also keine Sorgen zu machen." Er musterte die junge Frau und es war für den Mediziner nicht zu übersehen, dass ihr linkes Augenlid anfing zu flattern. Ein kaum hörbares „Ist gut" kam über ihre Lippen.
„Okay, fangen wir mit ein paar Eckdaten an. Wie groß sind Sie und wie viel wiegen Sie, wenn ich fragen darf?"
„170 cm, so um die 55 Kilo."
Dr. Zimmermann notierte sich die Angaben und seine anschließenden Ergebnisse während der Befundaufnahme auf seinem Notizblock:

– Kopf beim Betasten schmerzfrei, keine Schwellungen
– Beide Lidbindehäute ohne erkennbare Einblutungen oder Verfärbungen
– Gesamte Mundpartie ohne Verletzungsanzeichen, Zähne, soweit vorhanden, intakt
– Nase ist unauffällig
– Oberkörper ist ohne Verletzungszeichen oder Verfärbungen
– Beide Hände sind unauffällig, keine abgebrochenen oder eingerissenen Fingernägel ...

Die Liste setzte sich entsprechend fort. Als Dr. Zimmermann die vollständige körperliche Untersuchung abgeschlossen hatte, fragte Toni nach dem vorläufigen Befund, während Kira Kölsch-Keppler kurz auf der Toilette war.
„Also, vorbehaltlich des noch schriftlich zu erstellenden Gutachtens

habe ich an beiden Oberarmen noch schwach ausgeprägte, braungelblich gefärbte Hämatome festgestellt. Sie haben es ja sicher auch selbst gesehen. Allerdings kann ich zur Entstehung nichts Näheres sagen; einzelne Fingereindrücke sind zum Beispiel nicht zu sehen."
„Heißt das denn trotzdem, dass sie gewaltsam festgehalten worden sein könnte, also dass diese Hämatome von einem festen Griff stammen könnten?"
„Frau Krogmann, vorstellen kann ich mir das auch. Aber eine gerichtsverwertbare Aussage kann ich hierzu nicht treffen. Nur so viel: Die Farbe spricht für ein ungefähres Wundalter von 8 bis 10 Tagen."
„Gibt's denn noch weitere Verletzungszeichen?"
„Nein. Mein Gutachten wird also entsprechend kurz ausfallen."

***

Sigrid Stotzem-Randerath saß an der Tastatur und tippte eine kurze Einleitung ins Vernehmungsprotokoll. Adele Lützenkirchen saß ihr erwartungsvoll gegenüber und Guido D'Angelo hatte auf dem anderen freien Bürostuhl Platz genommen.
„So, Frau Lützenkirchen", begann er das Verhör. „Es geht noch mal um den Sonntag, als es oben in der Wohnung bei Frau Kölsch-Keppler gerummst hat. Können Sie uns das bitte noch mal erzählen, wann und wie das genau war?"
„Ja, das kann ich. Wie ich ja schon sagte, gucke ich jeden Sonntag um 20:15 Uhr den *Tatort* oder *Polizeiruf 110*. Dabei lasse ich mich auch nicht stören. Und an diesem Abend, ich schätze, das war so gegen 20:45 Uhr – ich wusste nämlich noch nicht, wer der Täter war – da hat es oben in der Wohnung so einen *Rumms* gegeben. Als ob irgendwas Schweres hingefallen wäre."
„Haben Sie denn vor diesem Geräusch etwas Ungewöhnliches von oben gehört?"
„Das hatte ich Ihnen doch schon erzählt, Frau Kommissarin. Davor hörte ich eine Art Schmerzensschrei."
„Und Sie sind sich absolut sicher, dass das nicht gerade im Krimi passiert war?"

Adele Lützenkirchen schien brüskiert. „Na, hören Sie mal! Ich bin zwar ergraut, aber ich bin nicht blöd. Ich weiß doch, was ich gehört habe. Da war ein Schrei oben in der Wohnung und dann kam dieser *Rumms.*"

„Entschuldigung, wenn Sie meine Frage möglicherweise missgedeutet haben, aber wir ermitteln in einem Tötungsdelikt und es muss alles ganz genau hinterfragt werden, damit es nicht später zu Missverständnissen kommt. Sie wollen doch sicher auch nicht, dass Ihnen später ein windiger Verteidiger vor Gericht unterstellt, das hätten Sie sich alles eingebildet, weil Sie den Krimi geguckt haben, oder?"

„Ist ja schon gut, Frau Kommissarin."

„Was ist denn nach diesem *Rumms* passiert?"

Adele Lützenkirchen überlegte kurz. „Keine Ahnung. Ich habe den Krimi weitergeschaut. Es war ja dann erstmal ruhig."

„Erstmal? Und dann?"

„Es rumorte noch einige Zeit, so als ob die junge Frau ihre Möbel umstellen würde. Das hat mich ziemlich gefuchst, denn als ich auf die Uhr geguckt habe, war es schon halb Zwölf, also fast Mitternacht. Und dann wurde es plötzlich richtig laut. Ich dachte, warum hämmert die um diese Zeit so auf den Boden? Unverschämtheit! Die hat mindestens 10 Mal rumgekloppt. So was muss man doch nicht mitten in der Nacht machen, oder?" Ihrem Gesichtsausdruck war zu entnehmen, dass sie auf Zustimmung der Ermittler hoffte.

Sigrid Stotzem-Randerath und ihr Kollege D'Angelo sahen sich an und wussten, was der andere gerade dachte. Die Kopfkinos waren angesprungen und es lief der Film *Kopf mit dem Hammer zerkleinern.*

„Und dann?", hakte Guido D'Angelo nach.

„Dann habe ich mein Schlafzimmerfenster zugemacht. Aber nicht wegen des Hämmerns, das war da ja schon vorbei. Nein, sondern weil die um diese Uhrzeit das Grillen anfing. Ich wollte den Geruch nicht im Schlafzimmer haben. Da kriege ich immer sofort Appetit und kann nicht schlafen."

Wenn du wüsstest, was da auf dem Grill lag, ging es Guido D'Angelo durch den Kopf. „Wissen Sie, ob Frau Kölsch-Keppler ein Fahrrad besitzt oder so einen Trolley, den man zum Einkaufen benutzt?"

„Dazu kann ich gar nichts sagen. Ich weiß, dass es einen Fahrrad-

keller im Haus gibt. Aber ob eins davon der Frau Kölsch-Keppler gehört? Keine Ahnung!“
Nachdem die Vernehmung ausgedruckt war und die Zeugin alles durchgelesen und mit ihrer Unterschrift quittiert hatte, wurde sie von den beiden Ermittlern vereinbarungsgemäß wieder nach Hause gefahren.

***

Bevor Toni Krogmann und Heinz Dember mit der Vernehmung von Kira Kölsch-Keppler anfingen, diskutierten sie mit ihr nochmals ausdrücklich die Frage eines Anwaltes. Ihr fiel jedoch kein eigener Verteidiger ein und den Pflichtverteidiger konnte sie nicht leiden. Sie wolle nicht, dass er dabei sei. Es sei ihr sowieso schon alles unangenehm genug. Da müsse dieser bebrillte Lockenkopf, der ihr beim ersten Gespräch ständig auf die Titten geglotzt habe, nicht dabei sein. Sie wolle auch nicht mehr danach gefragt werden.
Vor Beginn der Vernehmung wollte Westhoven noch kurz mit ihr sprechen. „Hören Sie, Frau Kölsch-Keppler, ich will ehrlich zu Ihnen sein. Im Moment ist die Beweislage erdrückend und es spricht vieles dafür, dass Sie für das Ableben von Stefan Peffgen verantwortlich sind. In der Wohnung haben Sie mir gesagt, dass ich keine Ahnung hätte. Das stimmt, denn niemand von uns war dabei, als es passiert ist.“
Kira Kölsch-Keppler hob den Kopf und sah ihn an.
„Kira, ich sehe es in Ihren Augen. Sie wollen uns etwas sagen. Wissen Sie, manchmal tut es gut, wenn man sich was von der Seele reden kann. Und glauben Sie mir eins, wenn jemand eine Motivlage versteht, dann sind wir das hier. Also geben Sie sich einen Ruck und erzählen uns, was passiert ist.“
Westhoven ließ ganz bewusst für weitere 30 Sekunden seinen Blick auf ihr ruhen.
„Ich bin kein Monster.“ Tränen liefen an ihren Wangen entlang und tropften auf ihre Oberschenkel.
„Niemand hier sagt das“, versuchte Westhoven, ihr weiter Mut zu machen und sie zum Geständnis zu bewegen.

„Doch, die Zeitung hat das geschrieben und die Leute denken das." Sie schniefte.

„Ach, man darf nicht alles glauben, was da steht. Die wissen doch noch weniger als wir, aber schreiben ihre Artikel teilweise so, als ob sie die Weisheit mit Löffeln gefressen hätten." Westhoven hatte blitzartig seinen Lieblingsreporter Dirk Holm vor Augen.

Toni Krogmann reichte Kira Kölsch-Keppler ein Taschentuch. „Möchten Sie etwas zu trinken?"

Kira Kölsch-Keppler schnäuzte kräftig ihre Nase und bat um ein großes Glas Wasser.

Bevor Westhoven ging, sagte er noch zu ihr, dass sie bei den beiden in guten Händen sei.

„Und?" Toni Krogmann schaute sie an. „Wollen Sie uns etwas sagen?" Zum Verständnis wiederholte die Ermittlerin noch einmal die Belehrung für Beschuldigte in einem Strafverfahren.

Kira Kölsch-Keppler zögerte. „Vielleicht sollte mein Pflichtverteidiger jetzt doch dabei sein. Was meinen Sie?"

„Das müssen Sie ganz allein für sich selbst entscheiden."

Kira Kölsch-Keppler überlegte. Nach wenigen Momenten hatte sie sich entschieden. „Ich sag Ihnen, wie es war. Aber wo soll ich beginnen?" In ihrer Stimme schwang bei jedem Wort Unsicherheit und Zittrigkeit mit.

Toni Krogmann erklärte ihr, dass es laut § 136 Absatz 3 der Strafprozessordnung bei der ersten Vernehmung vorgesehen sei, auch die persönlichen Verhältnisse der Beschuldigten zu ermitteln. „In der Praxis sieht das dann eben so aus, erstmal umfangreich Angaben zum Werdegang et cetera aufzunehmen. Jeder, der später die Vernehmung liest, kann sich dann so schon mal ein persönliches Bild machen."

Toni machte sich schreibbereit und es schien ganz so, als ob dieser Einstieg es Kira Kölsch-Keppler leichter machen würde, überhaupt etwas zu sagen.

„Ich bin ein Einzelkind. Meine Kindheit habe ich auf dem Bauernhof meiner Eltern verbracht. Wir hatten viele Milchkühe, Schafe und Hühner und ich habe viel geholfen. Deswegen konnte ich mich auch eigentlich nie mit meinen Schulfreundinnen zum Spielen treffen. Ich war relativ einsam, bis ich Felix kennenlernte. Da war ich 16 Jahre und in der 10. Klasse des Gymnasiums. Er war so süß und lieb zu mir und ich hatte immer weniger Lust auf Bauernhof und frühes Aufstehen am Wochenende, keinen Bock mehr auf Kuhstall ausmisten oder Hühner schlachten. Ich wollte bei Felix sein und endlich Freundinnen treffen. Das war auch die Zeit, als ich begann, mich immer mehr für die Gothic-Szene zu interessieren. Kurz bevor ich 19 Jahre alt wurde, bin ich mit dem Abi in der Tasche dann schließlich vom Ländlichen weg nach Köln gezogen. Das war vor sechs Jahren. Unsere erste Wohnung haben Felix und ich uns mit ein paar anderen aus der Szene geteilt. Das war eine richtig coole WG im Herkuleshochhaus.

Mit meinem Freund ging das dann aber auseinander. Der hat schon mit 15 Jahren angefangen, Hasch zu rauchen. Irgendwann reichte ihm dieser Kick nicht mehr. Dann folgte Kokain und es verging kein Tag mehr, an dem er nicht klaute. Das Zeug war schließlich teuer und ich weiß nicht mehr, wie oft er mit zerschlagenem Gesicht nach Hause kam. Das war dann auch die Zeit, wo er anfing, mich zu schlagen, zu erniedrigen. Am Ende hat er sich regelmäßig das von mir geholt, was ich ihm nicht mehr geben wollte. Richtig brutal war er …"

„Wollen Sie mir damit sagen, dass Sie mehrfach von Ihrem Ex-Freund vergewaltigt worden sind?", fragte Toni.

Kira Kölsch-Keppler nickte langsam. „Ja. Felix' Drogenkonsum wurde aber noch schlimmer. Zuletzt hing er sogar an der Nadel. Aber ich habe ihn trotzdem geliebt. Er war mein erster Mann und ich kannte es ja auch nicht anders und später fand ich es normal und die Schläge haben mir nichts mehr ausgemacht. Ich hab ihn dann machen lassen und zum Schluss hat er gar keinen mehr hochgekriegt. Lag wohl an seinen Drogen und dem Alkohol."

„Sie müssen ihn anzeigen. Sie können ihn doch nicht so davonkommen lassen."

Sie zuckte mit den Schultern. „Wem nützt das jetzt noch? Felix ist tot."

„Tot? Wie? Wann?" Toni Krogmann war ganz Ohr und auch Dember wurde hellhörig. Sofort schoss ihm der Gedanke durch den

Kopf, dass Kira Kölsch-Keppler schon mal jemanden umgelegt haben könnte.

„Sie haben bestimmt von diesem Fall im Knast gehört, wo jemand von seinen Zellengenossen umgebracht wurde und es wie ein Selbstmord aussehen sollte, oder?"

Toni, die noch nicht so lange in Köln war, sagte der Vorfall nichts, auch Dember wusste damit nichts anzufangen. Deshalb fragte er nach: „Sagen Sie mir doch mal den kompletten Namen von Felix. Ich würde das gerne nachlesen."

„Felix Läufer, aber ich möchte jetzt nicht mehr von ihm sprechen. Ich kann nicht, sonst kommt alles wieder hoch und wir können das hier vergessen."

„Kein Problem." Toni Krogmann wechselte das Thema und Kira Kölsch-Keppler schilderte noch ihren Werdegang bis zum heutigen Tag.

„Okay, kommen wir zur eigentlichen Sache. Beschreiben Sie uns bitte Ihr Verhältnis zu Stefan Peffgen." Tonis Finger lagen schreibbereit auf der Tastatur.

„Dass wir uns über Facebook kennengelernt haben, habe ich ja schon beim letzten Mal erzählt. Mehr gibt's dazu nicht zu sagen, so war es."

„Das glauben wir Ihnen sogar, aber erzählen Sie uns bitte heute, wie es wirklich gewesen ist, als Herr Peffgen mit seinem Auto vor Ihnen angehalten hat."

Kira Kölsch-Keppler erzählte, dass das Treffen tatsächlich um kurz nach 15:00 Uhr am Trainingscenter der Kölner Haie stattgefunden hatte. „Es war nur in Wirklichkeit so, dass ich ihn nach der Begrüßung nicht weggeschickt habe, sondern zu ihm in den Wagen gestiegen bin. Er hat mir gefallen, sein Lächeln, sein Gang, das rote Hemd. Zuerst haben wir einen schönen Spaziergang den Rhein entlang gemacht, sind dann über die Hohenzollernbrücke geschlendert und danach auf der anderen Seite weiter in Richtung Altstadt gegangen. Als wir an den Liebesschlössern vorbeigegangen sind, hat er seinen Arm um meine Hüfte gelegt, mir in die Augen geschaut und gesagt, dass er sich so sehr wünscht, dort auch bald ein Schloss hinzuhängen. In dem Moment hab ich mir nur gedacht: ‚*Ey Alter, mach mal langsam. Wir kennen uns grad mal zehn Minuten und du sprichst von einem Liebesschloss*'. Aber ich fand es auch irgendwie süß. Er hat so nett dabei gelächelt."

Sie erzählte weiter, dass sie auf dem Rückweg wieder über die Hohenzollernbrücke und dann zu Luigi gegangen wären, wo sie ein Eis gegessen hätten.

„Luigi? Wer und wo ist das?" Toni wusste das natürlich, aber sie wollte es von Kira Kölsch-Keppler hören.

„Dem gehört das *Coltami*, die Eisdiele in Deutz. Der ist immer da. Da bin ich Stammkundin. Jedenfalls hat er mich da zu einem großen Erdbeerbecher mit Sahne eingeladen und sich selbst einen Minzbecher bestellt. Hinterher sind wir zu seinem Auto gegangen und als wir bei mir gegenüber auf dem Parkplatz standen, haben wir uns spontan geküsst." Die junge Frau unterbrach ihre Erzählung.

„Und weiter?", hakte Dember nach.

„Ja, wie ging es weiter? Er hat mich dann gefragt, ob er noch mit raufkommen darf, weil er gern sehen wollte, wie ich so wohne. Erst wollte ich das nicht, aber er hat mich so bequatscht, dass ich schließlich eingewilligt habe. Sie halten mich jetzt bestimmt für naiv, weil ich einen quasi Fremden mit in meine Wohnung genommen habe. Aber ich wusste doch nicht, dass..." Kira Kölsch-Keppler zitterte, Tränen flossen aus ihren Augen und tropften auf ihre Oberschenkel. Ihr linkes Augenlid vibrierte stark.

Toni versuchte, sie zu beruhigen: „Ich weiß, dass jetzt sicher der schwierigste Teil kommt, aber atmen Sie tief durch und reden Sie es sich von der Seele."

Kira Kölsch-Keppler nickte zittrig und nahm einen Schluck Wasser. Dann setzte sie ihre Erzählung fort. „Wir haben dann jeder ein paar Wodka mit Cola getrunken und er hat einen Joint geraucht – wollte unbedingt, dass ich auch mal dran ziehe. Ich blöde Kuh habe das auch gemacht und dann hat sich alles gedreht. Plötzlich hatte er dann seine Hand unter meinem Shirt und hat meine Brüste gestreichelt." Wie apathisch hielt sie inne, als ob sie sich gedanklich völlig in der Situation von jenem Abend befinden würde.

„Aber es fühlte sich schön an, dieses Gefühl der Erregung. Statt seine Hände wegzuschieben, habe ich ihn gewähren lassen. Und mit einem

Mal lagen wir nur noch mit Unterwäsche bekleidet auf meinem Bett. Heute kann ich nicht mehr sagen, wann und wie wir da hingekommen sind. Das muss an diesem verdammten Joint gelegen haben. Boah, ich und Drogen! Ich verabscheue Drogen und jeden, der welche nimmt! Das sind doch allesamt armselige Kreaturen ohne Selbstvertrauen! Wandelnde Zombies, denen man in den Kopf schießen müsste! Nicht lebensfähige Arschlöcher, die niemand braucht!" Von einer Sekunde auf die andere klang jedes Wort aus ihrem Mund hart und brutal. Das Weinerliche war wie weggewischt. Wie ausgewechselt sprach sie im nächsten Moment wieder leise weiter. „Ich kann mich erinnern, dass wir mehrfach miteinander Sex hatten und ich es als schön empfunden habe. Als ich aber wieder klar denken konnte und mir eiskalt bewusst wurde, dass ich mit einem wildfremden Mann rumgevögelt hatte, habe ich ihn gebeten, zu gehen. Er dachte, dass ich nur Spaß mache, hat mich an den Oberarmen gepackt und meine Hand auf sein Glied gelegt. Ich sollte mal fühlen, wie hart der sei. Wie ein räudiger Köter hat er mir ins Ohr gesabbert, dass er ihn mir gleich hinten reinrammen würde. Das würde ihn besonders anmachen. Plötzlich hatte ich meinen Ex-Freund Felix vor Augen. Er hat das auch immer so mit mir gemacht, hat gemacht, was und wie er es wollte. Hat mich aufs Bett gedrückt und dann …

Ich habe ihn angeschrien, dass ich das nicht mitmache. Das könnte er vergessen. Er hat nur gelacht und gemeint, ich sollte mich nicht so anstellen, ich würde es doch auch wollen. Ich sei ein geiles Miststück und wenn er einmal drin sei, würde es mir schon gefallen.

Ich habe dann mit aller Kraft versucht, mich aus seinem Griff zu befreien, habe mich aufgebäumt, als er mich auf den Bauch drehen wollte. Seine Augen waren gerötet und seine Alkoholfahne rieche ich heute noch! Unvermittelt hat er mir mit der Faust ins Gesicht geschlagen. Er zischte mich an, dass er entscheidet, wie es läuft und dass ich gefälligst machen soll, was er sagt. Dann hat er in meine Haare gegriffen, mich umgedreht und mein Gesicht aufs Bett gedrückt, während er auf mich kletterte, um mit mir zu machen, was er wollte. Ich war in dem Moment wie gelähmt. So hatte es Felix auch immer gemacht und ich habe ihn dafür gehasst. Als Felix damals weg war, habe ich mir geschworen, dass mich niemand mehr gegen meinen Willen in den Arsch fickt. Niemand!

Als er dann schmerzhaft in mich eingedrungen war und sich wie ein Karnickel bewegte, war er abgelenkt. Ich habe nur noch Wut, Hass, Verzweiflung und unendliche Hilflosigkeit gefühlt, habe ins Kissen geschrien, dass er von mir runtergehen und damit aufhören sollte. Er würde mir weh tun. Aber das hat ihn nur noch wilder gemacht. Er sagte wieder, ich sollte mich nicht so anstellen, es wäre doch total geil. Dann fiel mir ein, dass von gestern Abend noch der Teller mit dem Rest des Apfels unter dem Bett stehen musste. Und – da lag dieses Messer."

***

An der Gummersbacher Straße ließen sich die beiden Ermittler von Adele Lützenkirchen noch den Fahrradkeller des Hauses aufschließen.

„Jetzt fragen Sie mich aber bitte nicht, welches Fahrrad hier wem gehört. Das weiß ich nämlich nicht."

Sigrid Stotzem-Randerath entgegnete: „Vielen Dank, Frau Lützenkirchen. Wir brauchen Sie hier auch nicht mehr. Nur falls es nötig sein sollte, melden wir uns noch mal bei Ihnen."

Die ältere Dame wünschte den Ermittlern noch einen schönen Tag und verließ den Fahrradkeller.

Guido D'Angelo atmete tief durch. „Das sind locker 40 bis 50 Fahrräder! Wie sollen wir hier das Fahrrad von der Kölsch-Keppler finden – wenn die überhaupt eins hat?"

„Lass uns einfach jedes Rad angucken. Wenn nichts Auffälliges dabei ist, schreiben wir einen Vermerk dazu. Und du machst am besten mit deinem schicken Smartphone noch ein Übersichtsfoto."

Getrennt voneinander schauten sich die beiden die Räder einzeln an. Nach gut 20 Minuten kamen sie zu dem Ergebnis, dass hier keine heiße Spur zu finden war.

***

Paul Westhoven rief Michael Drees in der KTU-Garage an, um sich nach dem VW Golf zu erkundigen. Der erfahrene Kollege gab ihm einen kurzen Überblick über die bisherige Spurensicherung.
„Blutspuren haben wir gar keine festgestellt. Weder im Fahrzeuginnenraum noch im Kofferraum. Mit der Faserspurensicherung auf den Sitzen sind wir auch durch. Da kann das Mädel erzählen, was sie will. Wenn sie im Auto war, dann werde ich das auch beweisen. Hat sie denn schon was dazu gesagt?"
„Das kann ich noch nicht sagen, die Vernehmung läuft noch. Und da die schon eine geraume Zeit dran sind, gehe ich mal davon aus, dass sie eine Aussage macht."
„Aha!"
„Hör mal, Michael, kann es denn sein, dass durch die Plastiksäcke keine Blutspuren entstanden sein könnten? Immerhin waren die ja dicht."
„Klar kann das sein."
„Hast du auch schon die Sitzeinstellung überprüft?"
„Noch nicht, warum?"
„Weil mir mein Bauchgefühl sagt, dass diese Kira Kölsch-Keppler die Leichensäcke mit Peffgens Wagen durch die Gegend gefahren hat."
„Das kann natürlich sein. Moment." Michael Drees versuchte, sich auf den Fahrersitz zu setzen und musste sich richtig reinquetschen. „Wie groß ist die Dame?"
„170 cm, Pi mal Daumen."
„Und wie groß war das Opfer?"
„Auf jeden Fall deutlich größer. Genau weiß ich das jetzt nicht. Vielleicht 185 cm."
„Dann würde ich mal sagen, dass der den Wagen nicht zuletzt gefahren hat. Ich bin 188 cm und so könnte ich nicht fahren. Und die paar Zentimeter rauf oder runter ändern daran auch nicht viel."

***

Im Büro von Toni Krogmann und Heinz Dember hätte man eine Stecknadel fallen hören können. Beide hingen an den Lippen von Kira Kölsch-Keppler.
„Ich habe erst nach dem Teller getastet, dann nach dem Messer. Er bekam das nicht mit – war zu sehr mit sich selbst beschäftigt. Als ich es endlich gefunden hatte, umklammerte ich den Griff, riss den Arm nach oben und traf ihn mit der Klinge in den Hals. Sofort hat er mich losgelassen und sich mit beiden Händen an die blutende Wunde gefasst. Ich war total perplex, wieviel Blut da rauskam – wie ein Bach lief es an seinem Oberkörper runter. Sein Gesicht war wie eine Fratze, ganz verzerrt vor Schmerz. Er schrie mich an, aber die Worte konnte ich nicht verstehen. Als er nach mir greifen wollte, habe ich noch mal und noch mal zugestochen. Ich weiß nicht mehr, wie oft. Bis er über mir zusammengesackt ist." Kira Kölsch-Keppler sprach nicht weiter. Sie war sehr blass geworden.
Toni musterte sie eindringlich. „Kira, das war sehr mutig von Ihnen, uns das zu erzählen, aber eine Sache passt leider nicht zu dem Spurenbild, das wir in Ihrer Wohnung vorgefunden haben."
„Wieso? Was soll das denn jetzt? Ich lüge nicht! So war es! Ich wollte einfach, dass er aufhört. Ist das nicht Notwehr oder so? Oder muss ich mir das als Frau gefallen lassen? Ich hatte deutlich NEIN gesagt!" Die Stimmung der jungen Frau wirkte nun ziemlich angriffslustig auf die Ermittler.
Toni Krogmann blieb ruhig. „Bitte, Frau Kölsch-Keppler. Sie haben jetzt schon so viel gesagt. Überlegen Sie noch mal, ob es nicht doch ein bisschen anders gewesen sein könnte." Die Ermittlerin dachte an das zerstochene rote Hemd und den roten Knopf in der Brusthöhle des Opfers. Nach dem soeben geschilderten Sachverhalt hätte Peffgen nackt sein müssen. Dann aber stellte sich unweigerlich die Frage, warum das Hemd so aussah und wie der Knopf in den Körper gekommen war.
Kira Kölsch-Keppler hatte die Beine übereinander geschlagen und die Arme verschränkt. Das oben liegende Bein wippte unaufhörlich und das linke Augenlid zuckte unkontrolliert. Auf ihrer Stirn glänzten Schweißperlen. Hektisch, aber ohne den Mund zu öffnen, bewegte sie die aufeinandergepressten Lippen hin und her. Im nächsten

Moment schien sie dann förmlich zu explodieren und sprudelte mit hysterischer Stimme los: „Sie wollen die Wahrheit wissen, Frau Kommissarin? Na schön, dann erzähle ich Ihnen jetzt mal die Wahrheit! Nachdem er gekommen war, ließ er sich von mir heruntergleiten. Er lag auf dem Rücken neben mir und schaute in mein verheultes Gesicht und meinte, es sei doch total geil gewesen und dass ich ihm zum krönenden Abschluss noch einen blasen sollte. Aber erst bräuchte er noch eine Pause, bevor er wieder könnte.
Als ich aufstehen und zur Küchenzeile gehen wollte, hat er mich am Handgelenk festgehalten und gefragt, wo ich denn hinwollte. Ich habe behauptet, dass ich vor dem Blasen unbedingt noch was trinken müsste. Da stand ich dann ich meiner Küchenzeile und habe überlegt, wie ich mich aus dieser Situation befreien könnte. Ich hatte panische Angst, dass er mich wieder schlägt.
Ich habe mir Zeit mit dem Trinken gelassen, aber irgendwann drohte er, ich sollte jetzt endlich mal voran machen, sonst würde er mir schon zeigen, dass es auch schneller ginge. Dann habe ich gemacht, was er wollte. Es war so ekelhaft, ich schmeckte mich selbst. Ich musste immerzu würgen und die Kotze stand mir bis zum Hals.
Von dem Schlag ins Gesicht hatte ich auch starke Kopfschmerzen und das ständige Auf und Ab verschlimmerte es nur. Nachdem er in meinem Mund gekommen war, ließ ich mich aufs Bett sinken und weinte. Er hingegen war stolz wie Oskar, prahlte mit seiner Männlichkeit und damit, wie oft er es mir besorgt hätte und fragte mich höhnisch, ob es mir genauso gut gefallen hätte." Kira Kölsch-Keppler zitterte vor Wut und Erregung. „Dann hat er sich an die Bettkante gesetzt und sich sein Hemd zugeknöpft. Dabei drohte er mir, dass er mich jetzt regelmäßig besuchen würde. Ich sei richtig gut und so. In diesem Moment ist mir die Sicherung durchgeknallt. Wie von selbst habe ich unters Bett gegriffen, das Messer genommen und zugestochen, wieder und wieder." Sie hörte plötzlich auf zu erzählen.
„Jetzt ist es raus. Gut, dass Sie es sich von der Seele geredet haben." Toni Krogmann hatte zwar Verständnis für die junge Frau in ihrer furchtbaren Lage, aber trotzdem war ihre Tat nicht die richtige Lösung gewesen. „Warum haben Sie nicht einfach gewartet, bis er die Wohnung verlassen hatte und sind danach zur Polizei gegangen?"

Kira Kölsch-Keppler schüttelte mit leerem Blick den Kopf. „Ich weiß es nicht. Ich kann das nicht erklären. Das war so eine Momententscheidung und wenn ich könnte, würde ich sie auch rückgängig machen. Aber das geht ja nicht."
„Wie oft haben Sie denn zugestochen?"
„Keine Ahnung. Ein paar Mal vielleicht? Sie denken jetzt auch, dass ich ein Monster bin, oder?" Sie klang verzweifelt.
„Das steht mir nicht zu. Wir tragen hier nur Fragmente zusammen. Bewerten und beurteilen tun das später die Staatsanwaltschaft und das Gericht. Wie haben Sie zugestochen? Können Sie das beschreiben?" Toni wollte ganz sichergehen, dass die Version von Kira Kölsch-Keppler mit dem Obduktionsergebnis übereinstimmte, denn diese Frage konnte im Grunde nur mit Täterwissen beantwortet werden.
Nahezu emotionslos schilderte die junge Frau den Ablauf: „Zuerst hab ich ihn in den Nacken gestochen und dann kippte er nach hinten. Dann stach ich ihn in den Oberkörper. Der Rest war so, wie ich es schon gesagt hatte."
Toni Krogmann bemerkte plötzlich die pure Verzweiflung im Gesicht der jungen Frau. „Brauchen Sie eine Pause? Sollen wir die Befragung unterbrechen? Wir wollen natürlich noch wissen, wie es dann weiterging."
Augenblicklich stützte Kira Kölsch-Keppler ihre Ellbogen auf die Oberschenkel und legte ihr Gesicht in ihre Hände. Sie schluchzte. „Ich kann nicht mehr, ich kann nicht mehr! Warum ich? Immer ich!"
Toni Krogmann bot ihr nochmals an, die Vernehmung zu unterbrechen. Auch könne man die Befragung am morgigen Tag fortsetzen. Kira Kölsch-Keppler reagierte nicht, sie hielt weiter die Hände vors Gesicht und schluchzte. Auf Tonis Bitte ging Dember zu Westhoven, um ihm von der jetzigen Situation und der bisherigen Aussage zu berichten. Keinesfalls wollte sie gehen und ihn mit der Tatverdächtigen allein lassen.

Neben Westhoven war auch Sarah Steinmann in dessen Büro und beide unterhielten sich über die Berichterstattung im Doppelmordprozess.
Nachdem Dember alles erzählt hatte, entschied Sarah Steinmann: „Wenn sie wirklich nicht mehr kann oder will, dann beenden wir die Vernehmung und lassen sie unterschreiben, was sie bisher ausgesagt hat. Das kann dann auch kein Anwalt mehr angreifen."
Dember gefiel diese Ansage nicht. „Ja, aber jetzt kommt doch erst der spannende Part!"
Die junge Staatsanwältin ließ sich nicht beirren. „Das sehe ich anders. Punkt 1: Sie hat zugegeben, Stefan Peffgen erstochen zu haben. Punkt 2: Das Zerlegen der Leiche und das Verteilen der Säcke in der Umgebung ist zwar moralisch verwerflich und für die Bevölkerung schockierend, aber für das Strafmaß hat das keine große Bedeutung."
„Da möchte ich aber widersprechen, Sarah! Es wäre doch durchaus möglich, dass sie Hilfe hatte. Ich meine einen Mittäter oder eine Mittäterin, die mit ihr die Leiche zerlegt und verteilt hat. Das können wir doch nicht vernachlässigen!", drängte Dember.
Sie zuckte die Schultern und auf ihrer Stirn bildeten sich Falten. „Mein lieber Heinz, das ist alles Nachtatverhalten. Was haben wir denn schon groß für eine Tat nach der Tat? Störung der Totenruhe. Wie gesagt, moralisch verwerflich, und ohnehin werde ich das mit in die Anklage aufnehmen."
Verständnislos wandte sich Dember an Westhoven: „Paul, ist das auch deine Meinung?"
Der nickte. „Sarah hat Recht, Heinz! Lasst sie das bisherige Geständnis unterschreiben und dann bringt sie zurück zur JVA. Bevor ihr sie dort abliefert, könnt ihr sie fragen, ob sie den Rest in einer weiteren Vernehmung auch noch erzählen will."
Enttäuscht ging Dember zurück. Als er das Büro betrat, war Kira Kölsch-Keppler schon dabei, die Vernehmung zu lesen und Blatt für Blatt zu unterschreiben. Toni hatte wohl den gleichen Gedanken gehabt wie Paul und Sarah. Dember ließ sich frustriert auf seinen Bürostuhl fallen und grummelte vor sich hin.

***

Sarah Steinmann und Paul Westhoven diskutierten darüber, ob die Presse schon informiert werden sollte. Westhoven war dafür. „Allein schon, um die Bevölkerung zu beruhigen, dass eben kein wahnsinniger Schlächter durch die Gegend läuft, sollten wir zumindest eine kurze Pressemeldung herausgeben. Ich meine, was soll schon groß passieren? Das einzige, was passieren könnte, ist, dass jemand damit gewarnt wird oder sich ein Pflichtverteidiger bestellt."
„Okay, Paul. Wir sollten unseren Ermittlungserfolg insoweit verkaufen, als dass wir eine Tatverdächtige festgenommen haben. Einzelheiten werden aber nicht publiziert. Das möchte ich jetzt noch nicht bis ins Detail nach draußen geben, und wir haben ja auch tatsächlich noch Vernehmungsbedarf. Und wenn sich jemand als Verteidiger bemüßigt sieht – bitteschön! Wenn sie sich dann entscheidet, dass sie einen Anwalt braucht, soll sie ihn auch bekommen. Wir bleiben sauber, deswegen lasse ich mir doch nichts vorwerfen oder die bisherige Aussage unbrauchbar machen."
„Würdest du eine Pressekonferenz abhalten wollen oder soll es als Meldung über unsere Pressestelle transportiert werden?"
„Wenn du so nett wärst und eben eine kleine Meldung schreiben könntest? Wie immer mit dem Beginn: *Staatsanwaltschaft und Polizei geben bekannt ...*"
Westhoven rollte mit den Augen. „Wieso frage ich eigentlich?"
„Wie geht's morgen weiter, Paul?"
„Das kläre ich gleich mit meiner Kommission. Ich bin ab morgen in Berlin und komme erst Montag wieder ins Büro." Westhoven konnte sich ein fettes Grinsen nicht verkneifen.
Sarah sah ihn überrascht an. „Berlin?"
„Ja. Das ganze Wochenende werde ich mit Anne auf der Trabrennbahn in Mariendorf verbringen."
„Das ganze Wochenende?" In Sarahs Augen schien das wohl verrückt zu sein.
„Ja, sicher. Das Haupttrennen ist dann am Sonntag."
„Ich wusste ja gar nicht, dass du so ein Pferdenarr bist."
„Du weißt vieles nicht über mich." Wieder grinste er von Ohr zu Ohr.

„Dann viel Spaß dabei. Ich für meinen Teil gehe heute Abend wieder zum Power Pilates." Sie griff sich dabei an den oberen Teil ihres Oberschenkels und murmelte, dass sie es mal wieder dringend nötig hätte. Westhoven kommentierte dies nicht, dachte sich aber im Stillen, dass Frauen in der Beziehung wohl alle gleich wären ...

Freitag, ein Tag voller Ereignisse

Westhoven hatte trotz der anhaltenden Hitze geschlafen wie ein Stein, stand nun zufrieden im Bad und rasierte sich die Bartstoppeln aus dem Gesicht. Spätestens um 09:00 Uhr würden er und Anne sich auf den Weg nach Berlin machen.
Beim Frühstück mit frisch gepresstem Orangensaft und Rührei las er im Kölner Stadt-Anzeiger die Berichterstattung zu seinem Fall. Er war höchst zufrieden, denn der Journalist hatte nur die offiziellen Fakten journalistisch aufbereitet und nicht irgendwelche wilden Theorien aufgeworfen, wie es sein Lieblingsreporter Dirk Holm immer wieder tat. Was der EXPRESS dazu veröffentlicht hatte, würden sie auf dem Weg zur Autobahn schon sehen. Die Schlagzeilen waren selbst im Vorbeifahren gut zu lesen.

***

Arndt Siebert ging zu Westhovens Büro und wunderte sich, dass es verschlossen war. Er hatte vergessen, dass Paul heute nicht im Dienst sein würde. Wieder im Büro klingelte sein Telefon. Edgar Stengelmann rief an und informierte ihn, dass er gleich in die Frühbesprechung zum Kripochef müsse. „Arndt, gibt es noch mehr, was ich wissen sollte oder was ich gleich in der Besprechung noch erzählen könnte?“
„Mehr als das, was in der Zeitung steht, weiß ich auch nicht. Eben nur, dass eine Tatverdächtige festgenommen wurde. Paul ist aber nicht da, der ist übers Wochenende nach Berlin.“
„Er ist tatsächlich während der laufenden Ermittlungen gefahren?!“
„Jetzt reg dich ab. Immerhin hat er mit seiner Kommission diesen zunächst schier unlösbaren Fall in Rekordzeit gelöst und jemanden festgenommen. Das solltest du mal kundtun. Und du kannst gleich in der Besprechung erzählen, dass diese blassgeschminkte Gothic-Trulla die Tat zugegeben hat.“

„Wie heißt die noch mal? Und warum hat sie ihn umgebracht? Weißt du das auch? Und was ist mit dem Zerstückeln?“
„Die heißt Kira Kölsch-Keppler. Wenn ich das richtig gelesen habe, dann will sie wohl auf Notwehr raus. Gar nicht so blöd. Stellt es als Vergewaltigung oder so was in der Richtung dar, was ja durchaus auch das Motiv gewesen sein könnte. Zum Zerlegen der Leiche steht hier noch nichts. Sie wollte dazu nichts mehr sagen.“
Stengelmann ließ sich von Siebert die Aussage kopieren. Keinesfalls wollte er unvorbereitet in der Besprechung sitzen. Er wusste aus Erfahrung, dass Bert Stellmacher immer viele Nachfragen hatte und die wollte er beantworten können.

***

Als Toni Krogmann zum Dienst kam, fragte sie direkt in der JVA nach, ob Kira Kölsch-Keppler dazu bereit sei, weiter auszusagen. Eine Viertelstunde später kam die Antwort, dass sie gern weiter aussagen würde. Krogmann vereinbarte als Abholzeit 10:00 Uhr. Sie rief Westhoven auf dem Handy an. „Moin, Paul! Seid ihr schon unterwegs?“
„Guten Morgen, Toni. Ja, wir sind kurz hinter dem Kamener Kreuz. Wie sieht‘s aus?“
„Um 10:00 Uhr holen wir sie wieder in der JVA ab.“
„Prima! Du kannst mich jederzeit erreichen. Sag mir auf jeden Fall Bescheid, wenn die Vernehmung zu Ende ist. Egal, wie spät, okay?“
„Mach ich. Und, Paul ...“
„Ja?“
„Viel Spaß euch beiden und verzock nicht dein ganzes Geld!“
„Welches Geld?“

***

Dember saß völlig verschlafen an seinem Schreibtisch, als sein Telefon bimmelte und im Display eine Rufnummer mit 0034er-Vorwahl erschien. Nichtsahnend nahm er den Hörer ab. „Dember, Mordkommission Köln. Guten Morgen!“

„Här Dember? He es et Oehmchens Kathrin. Ich rofen us Ibiza ahn."
Dember hörte an ihrer Stimme, dass irgendetwas nicht stimmte. Sie klang weinerlich und zerknirscht.
„Na, das ist aber eine Überraschung. Ich verstehe gar nicht, wieso Sie auf Ibiza sind. Hier in Köln ist es mindestens genauso heiß. Alles okay bei Ihnen? Sie klingen so anders?"
„Jar nix es okay. Dä Rolf ..." Oehmchen fing an zu heulen und Dember verstand kein Wort mehr von dem, was sie in den Hörer jammerte.
„Kathrin, beruhigen Sie sich mal. Ich verstehe sonst kein Wort. Was ist mit Rolf? Ist was mit ihm passiert?"
„Dä es fott! Verschwunde! Einfach fott!"
„Wie, weg? So wie der Klassiker *Ich gehe mal zum Kiosk Zigaretten kaufen*?!"
„Här Dember, dat es nit löstich! Wesst ehr eijentlich, wievill su e Hotelzemmer koss?"
„Ich verstehe nicht! Rolf ist abgehauen, wollen Sie mir das etwa sagen?"
„Jenau dat. Hück sollte mer zoröckfleje un hä wullt noch flöck e Jeschenk en dr Stadt besorje un dann wullte mer uns ahn dr Rezepzijon treffe. Singe Koffer hät hä och allt met rungerjenomme un wullt dä do deponeere. Dä es ävver nit mih widderjekumme! Stattdesse hät mer mer sing Nohreech üvverjevve."
„Was denn für eine Nachricht?"
„En persönliche Nohreech – ach, dat es jetz och ejal. Ich lesen se üch vör:

Liebe Kathrin,
wie du siehst, bin ich nicht mehr da. Warte nicht auf mich,
denn ich werde nicht kommen. Ich danke dir für diesen wunderschönen
Urlaub, aber wir passen doch nicht so gut zusammen,
wie ich es anfangs dachte. Mach's gut und such mich nicht.
Rolf"

Dember war perplex. „Was ist denn das für ein Bockmist? Haben Sie sich mit ihm gestritten, oder was?"
„Quatsch! Ävver dat Minsch ahn dr Rezepzijon hät mer jesaat, ich wör allt de Drette. Ich bestuss Hohn!"
„Die Dritte? Die Dritte was?"
„Boah, Herr Kommissär, ehr sid ävver hück schwer vun Kapee! Dat es wal sing Masch, sich ene schöne Orlaub bezahle ze loße. Dat es esu ne richtije Hierotsschwindler. Wie kunnt ich bloß op dä erenfalle?"
„Sie müssen ihn anzeigen!"
„Dat dät ich jo, ävver ich weeß nur, dat dä Rolf heiß."
„Es gibt doch Reiseunterlagen. Man kann doch nicht so einfach in einen Flieger nach Ibiza steigen, ohne dass die Fluggesellschaft weiß, wer da mitfliegt."
„Deswäje rofen ich jo ahn. Ehr mööt dat för mich maache! Ehr sid doch minge Fründ! Dann kann ich üch och widder met mingem Taxi jünstich durch de Jäjend kutscheere!"
„Kommen Sie erstmal wieder nach Köln und dann nehmen wir eine Anzeige auf. Vielleicht aber klärt sich ja auch alles auf bis dahin."
„Ehr Vertrauen wullt ich han! Jläuvt ehr verhaftich, dat ich die 3.000 Moppe för dat Hotel he jemols widderkrijje?"
„Keine Ahnung!"
„Ich meld mich, wann ich widder en Köln bin. Kann ich dann bei üch die Anzeich maache? Ich schammen mich esu und ich well dat keinem Fremde verzälle."
„Meinetwegen, aber das mit dem Pauschalpreis lassen wir mal lieber bleiben. Nicht, dass ich noch so ein Strafverfahren wegen angeblicher Vorteilsnahme bekomme. Sie haben den Happerschoss ja kennengelernt."
„Dä fiese Möpp vun de Interne? Kein Sorch, dä weed nix jewahr. Da verwedden ich ming pink Jäckche drop. Mer zwei maache dat allt!"
„Wir werden sehen. Jetzt wünsche ich Ihnen erstmal gute Reise. Ich muss nämlich jetzt los."
„Aha! Hatt ehr dä Killer allt kräje? Ich meine dä, dä dä Dude zersäch hät. An dem Fall sid ehr doch dran, odder?"
„Kein Kommentar, Frau Oehmchen!", beendete Dember das Tele-

fonat. Er schüttelte den Kopf. Was der guten Taxifahrerin so alles passierte …
Nach dem Gespräch war seine Müdigkeit jedenfalls wie weggeblasen. Er erinnerte sich plötzlich wieder an die Worte von Kira Kölsch-Keppler, dass ihr Ex-Freund in einer JVA gestorben war und es wie ein Selbstmord aussehen sollte. Er recherchierte, dass es sich bei Felix Läufer um den jungen Mann handelte, der von seinen Mithäftlingen stundenlang und unvorstellbar grausam gefoltert worden war, bevor sie ihn zu einem Abschiedsbrief gezwungen und ihn dann erhängt hatten. Bei der Obduktion wurden später Reste von Chilipulver, Salz, Zahnpasta und Urin in seinem Mageninhalt gefunden. Ebenso wurden schwere Verletzungen am Anus des jungen Mannes festgestellt.
Dember staunte nicht schlecht, als er den Artikel im Internet zu Ende gelesen hatte. Er dachte darüber nach, was Kira Kölsch-Keppler mit ihren jungen Jahren schon alles hatte erleben müssen. Kein Wunder, wenn sie da irgendwie verkorkst war! So wie sie von ihrem Ex-Freund erzählt hatte, war sie damals bestimmt hocherfreut über sein Schicksal gewesen – oder vielleicht hatte ein Teil von ihr ja doch noch etwas empfunden. Das wäre dann um so schlimmer für ihre Psyche gewesen.
Auf der Fahrt zur JVA würde er Toni davon erzählen.

***

Im Kölner Präsidium hatte sich der Beginn der Fortsetzungsvernehmung von Kira Kölsch-Keppler verzögert. Bevor Toni und Heinz sie diesmal im Besucherbereich der JVA von einer Gefängniswärterin in Empfang nehmen konnten, musste sie ärztlich behandelt werden. Sie hatte einen Schwächeanfall gehabt und war bewusstlos in ihrer Zelle aufgefunden worden. Eine 28-jährige Junkie-Braut, die während des Umschlusses in ihrer Zelle gewesen war, hatte den Alarm ausgelöst.
Mit etwa zwei Stunden Verspätung ging es dann um halb Eins mit der Vernehmung weiter. Auf der Fahrt von der JVA und zusätzlich vor Beginn der weiteren Befragung hatten die beiden Ermittler sie gefragt, ob es dabei blieb, dass sie weiter allein aussagen wollte oder

ob sie einen Anwalt dabei haben wollte. Kira Kölsch-Keppler schüttelte den Kopf und sagte, dass sie niemanden beauftragen wollte.
„Das bringt doch sowieso nichts. Felix hatte auch einen, musste trotzdem in den Knast und jetzt ist er tot. Nee, ich will keinen Anwalt. Oder muss ich einen haben?"
„Müssen Sie nicht", antwortete Toni Krogmann. „Außerdem haben Sie schon gestanden, dass Sie Peffgen erstochen haben. Heute geht es uns in erster Linie um das, was danach passiert ist. Sie wissen schon. Ich will nichts sagen, denn wir wollen es von Ihnen hören."
„Wird die Strafe denn noch höher, wenn man eine Leiche so stückelt? Ist das nicht Leichenschändung?"
„Wir als Ermittler dürfen so etwas nicht beurteilen. Aber wenn Sie mich nach meiner Meinung fragen, dann würde ich Ihnen sagen, dass ich nicht davon ausgehe, dass sich eine Störung der Totenruhe strafverschärfend auswirkt."
„Ehrlich?" Kira Kölsch-Keppler bekam große Augen.
Toni und auch Dember nickten und waren ganz Ohr, als die junge Frau ihre Aussage machte.
„Ich bin mir vorgekommen wie eine völlig von mir selbst getrennte Person, eine völlig Fremde, die beobachtet, wie sie mit dem Messer auf Stefan Peffgen einsticht."
Die Ermittler fühlten sich durch ihre sehr emotionale und bildhafte Beschreibung regelrecht zur Tatzeit in die Wohnung versetzt.
„Ich höre noch heute seine bluterstickte Stimme. Ich spüre jetzt noch, wie er bei jedem weiteren Stich zusammenzuckte, sich aufzubäumen versuchte und kaum noch hörbar um Hilfe schrie. Erst als er sich nicht mehr bewegte und mit aufgerissenen Augen so regungslos da lag, war mir klar, dass ich ihn gerade getötet hatte… Ich wollte das nicht." Ihre Stimme erstarb.
Toni hakte nach: „Was meinen Sie damit, was wollten Sie nicht?"
Sie wiegte den Kopf hin und her. „Dass er tot ist! Ich wollte nicht, dass er tot ist. Aber ich wollte auch nicht, dass es so wird wie … mit Felix. Es sollte nur aufhören! Niemand soll mich jemals wieder so behandeln!" Ihre Stimme klang sehr dünn. „Dann habe ich gesehen, dass alles voller Blut war. Mein Bett, die Tapete, der Fußboden … ich. Mit aller Kraft habe ich versucht, ihn vom Bett zu ziehen, das ging aber nicht. Der musste aber weg, ich konnte den doch nicht da

liegen lassen. Den hätte ja jeder sofort gesehen. Aber ich habe es nicht geschafft. Er war so schwer – wie ein schwerer Sack. Ich meine, haben Sie mal versucht, eine Leiche allein wegzuziehen?" Sie blickte fragend in die Gesichter der Ermittler, die ihrer Schilderung intensiv folgten. „Immer wieder bin ich abgerutscht an dem Blut – konnte ihn nicht packen und runterziehen. Richtig hysterisch bin ich geworden und ließ mich heulend auf den Boden sinken. Als ich dann so da saß, formten sich plötzlich Bilder in meinem Kopf, erst schemenhaft, dann immer deutlicher. Ich bin dann aufgestanden und wie ferngesteuert zu meinem Besteckkasten gegangen, habe mir das Fleischer- und Tranchiermesser geholt und sie neben ihn gelegt."

Kira Kölsch-Keppler erzählte weiter, wie sie sich Platz geschaffen hatte in dem kleinen Apartment. Sie hätte den Couchtisch auf die Seite gerückt und den Teppich ans Bettende gezogen.

„Danach habe ich mich ans Kopfende gesetzt, die Beine angewinkelt und meine Füße gegen seine Schultern gestemmt. Das war wie so eine Beinübung im Fitnessstudio, wo man die Oberschenkel trainiert. Mit ganzer Kraft habe ich den Körper vom Bett geschoben. Er fiel dann mit einem lauten Knall auf den Teppich. Ich griff dann nach dem Fleischermesser und schnitt mit aller Kraft durch seinen Hals. Ich habe einfach seinen Blick nicht mehr ertragen. Seinen anklagenden Blick, der mich daran erinnerte, dass ich ihm das angetan hab. Den Kopf habe ich dann in die Plastikwanne gelegt und die Augen mit seinem Hemd zugedeckt."

Sie erzählte weiter, wie sie ihm erst den linken und dann den rechten Arm abgetrennt hatte. Wie schwierig es gewesen war, die Arme im Schultergelenk abzulösen. Wie die Sehnen flitschten und ihr das Blut ins Gesicht spritzte. Die Hände habe sie abgeschnitten, weil sie wusste, dass man anhand der Fingerabdrücke feststellen konnte, wer der Tote war. Und das wollte sie verhindern. Sie wollte nicht, dass jemand davon erfuhr.

Als sie davon sprach, wie sie den Ober- und Unterkörper voneinander getrennt hatte, wurde es Toni richtig übel. Während sie alles protokollierte, sah sie vor ihrem geistigen Auge Kira Kölsch-Keppler, wie sie mit beiden Händen und dem Tranchiermesser die inneren Organe ablöste, herauszog und in die Wanne schmiss. Während der nächsten Sätze verzog sie angewidert das Gesicht.

„Und dieser Geruch ... diesen penetranten eisenhaltigen Geruch kriege ich nie mehr aus der Nase. Alles hat so ekelhaft nach Eisen, nach dem Pfefferminzeis, das er im *Coltami* gegessen hatte, und dem Alkohol, den er gesoffen hatte, gerochen. Es hat schon etwas gedauert, bis ich alle Organe raus hatte. Angefangen mit dem Darm, der immer länger wurde, der wollte gar nicht enden ..." Sie hielt inne und rieb sich über die Augen.

Dember nutzte ihre kurze Unterbrechung und fragte: „Woher wussten Sie eigentlich, wie man jemanden zerteilt? Das ist doch total schwierig mit den Knochen und Gelenken. Also, ich wüsste gar nicht, wie ich das machen soll. Mal abgesehen davon, dass ich es auch niemals tun würde."

Kira Kölsch-Keppler starrte ihn an. „Ja, meinen Sie etwa, dass es für mich leicht war?! Ich hab es gemacht, weil ich es machen musste. Bei meinen Eltern auf dem Land war ich regelmäßig beim Schlachten dabei. Von meinem 10. Lebensjahr an habe ich geholfen, das Schlachtvieh zu zerlegen. Das hat mir auch nicht gefallen, aber..."

Dember fiel ihr vorwurfsvoll ins Wort: „Aber, das hier war ein Mensch! Nicht irgendein Nutztier, das auf dem Grill landen sollte."

Kira Kölsch-Keppler geriet völlig außer sich. „Meinen Sie, das wüsste ich nicht selbst?! Ausgeblendet habe ich das! Ja, ausgeblendet! Tot ist tot! Ob Tier oder nicht. Tot – tot – tot!"

Dember starrte die junge Frau fassungslos und ein wenig angewidert an. *Mein Gott, sie ist wirklich krank!*, schoss es ihm durch den Kopf.

Toni wollte die aufgeheizte Stimmung überspielen und stellte einfach ihre nächste Frage: „Was meinten Sie eben damit, dass Sie es mussten? Was mussten Sie?"

Etwas schnippisch erfolgte die Antwort: „Habe ich doch schon gesagt. Die Leiche musste weg. Mir hätte doch niemand geglaubt, was passiert ist."

„Meinen Sie heute denn immer noch, dass das die bessere Lösung war?"

„Weiß nicht." Sie senkte resigniert den Kopf.

***

Nach einer weiteren guten halben Stunde wussten die Ermittler, dass Kira Kölsch-Keppler die später gefundenen Leichenteile in einer großen Sporttasche einzeln und nacheinander in den Kofferraum von Peffgens Wagen gelegt, in der Nacht unbeobachtet den ersten Sack im Pyramidenpark versteckt und später dann den anderen Sack mit dem Wagen zur Burgenlandstraße gefahren hatte. Danach hatte sie den Wagen ins Parkhaus gefahren und war dann von dort zu Fuß nach Hause gegangen.

„Was haben Sie denn mit den inneren Organen gemacht? Steht etwa noch irgendwo ein dritter Sack, den wir noch nicht gefunden haben?“, fragte Toni.

„Nö, das habe ich alles zusammen mit meinem Hausmüll in die Mülltonne geschmissen. Aus der Tonne kommt doch bei dieser Hitze sowieso immer Gestank. Im Sommer krabbeln da immer überall diese weißen Maden rum. Ich war sicher, dass sich niemand Gedanken darüber machen würde.“

„Dann hätten Sie doch auch die restlichen Leichenteile so entsorgen können, oder nicht?“

„Das wäre doch aufgefallen in der Müllanlage! So was steht doch immer in der Zeitung - *Babyleiche im Müll.* Nee, das war mir zu unsicher.“

Dember stellte sich gerade die unfassbare Wut vor, die Sibylle Peffgen haben würde, wenn sie irgendwann später in der Akte lesen oder im Gericht hören würde, wie eiskalt Kira Kölsch-Keppler ihre Tat hatte verschleiern wollen und woran sie trotz dieser Stresssituation noch alles gedacht hatte. Aber das Grauenhafteste käme ja erst noch und deshalb stellte er die nächste Frage: „Frau Kölsch-Keppler, bei der Wohnungsdurchsuchung haben wir uns auch den Grill auf dem Balkon angeguckt. Sie wissen, was wir dort gefunden haben. Wollen Sie dazu etwas sagen?“

***

Etwa zur gleichen Zeit standen die Telefone auf der Pressestelle nicht mehr still. Die Polizeimeldung über die Festnahme einer Tatverdächtigen hatte sich über dpa wie ein Lauffeuer verbreitet und das journalistische Interesse bundesweit geweckt. Viele der Medienvertreter wollten unbedingt eine Parallele zu den Kannibalismus-Fällen ziehen und eine reißerische Geschichte schreiben. Eine Mitarbeiterin der Pressestelle stellte sich gerade den Fragen von Dirk Holm.

„Nein, Herr Holm, mehr als das, was in der Pressemeldung steht, kann ich Ihnen auch nicht sagen."

„Ach, kommen Sie! Das Alter, die Nationalität oder den Stadtteil der Wohnung wissen Sie doch bestimmt. Das erfährt doch sowieso später jeder."

„Hören Sie, Herr Holm, ich werde Ihnen nichts weiter dazu sagen."

„Dann kann ich also berichten, dass wir es nun auch in Köln mit einem grausamen Fall von Kannibalismus zu tun haben und die Polizei lieber die Persönlichkeitsrechte wahrt, als die Bevölkerung zu informieren?"

Die Vertreterin der Pressestelle blieb routiniert freundlich. „Ich werde Ihnen nicht reinreden, was Sie zu schreiben haben und was nicht. Das müssen Sie schon selbst wissen. Ich kann Ihnen allerdings nur davon abraten, dass Sie mich derart zitieren."

„Soll das jetzt eine Drohung sein? Wollen Sie die Pressefreiheit einschränken?"

„Hören Sie doch auf, mir die Worte im Mund herumzudrehen. Ich denke, wir verstehen uns. Kann ich Ihnen sonst noch irgendwie helfen?"

„Seien Sie nicht böse. Man kann's doch mal versuchen. Tschö, bis denne."

***

Holm hatte über den so genannten Flurfunk gehört, dass Westhoven an diesem Wochenende nicht im Dienst war. Diese Gelegenheit wollte er ausnutzen und ließ sich über die Vermittlung mit dem Nebenapparat von Toni Krogmann verbinden. Diese nahm den Hörer aber nicht ab, da sie gerade aufmerksam den Schilderungen von Kira Kölsch-Keppler zuhörte. Auch Dember fühlte sich nicht bemüßigt, den Anruf entgegenzunehmen.

Als Holm wieder die Vermittlung in der Leitung hatte, bat er um

eine Verbindung zu Arndt Siebert. Holm hoffte, dass dieser ihm um der alten Bekanntschaft willen ein paar Informationen geben würde. Nachdem sich der Leiter des KK 11 gemeldet hatte, begrüßte Holm ihn freundlich: „Guten Tag, Herr Siebert. Holm hier, vom EXPRESS. Herzlichen Glückwunsch zur Aufklärung dieses schrecklichen Verbrechens in Deutz!“
„Danke!“ Siebert fasste sich bewusst kurz. Er kannte die Geschichten, die zwischen Holm und Westhoven passiert waren.
„Lieber Herr Siebert, Ihnen kann doch auch nur daran gelegen sein, dass morgen ein richtig guter Artikel mit vielen Fakten erscheint. Mir fehlen noch ein paar kleine, aber wichtige Details. Deshalb würde ich gern wissen, ob …“
Siebert unterbrach ihn schroff: „Stop! Stop! Herr Holm, zum aktuellen Sachstand gab es eine gemeinsame Pressemeldung von Polizei und Staatsanwaltschaft. Mehr gibt's dazu nicht zu sagen.“ Siebert hörte noch, wie Westhoven erzählte, dass Holm gern mal die Fakten verdrehte, wenn es sich dadurch besser anhören und die Verkaufszahlen in die Höhe schnellen lassen würde.
„Wer ist denn bei der Staatsanwaltschaft zuständig?“
„Wie immer bei Kapitalsachen die Abteilung IX. Das wissen Sie als Polizeireporter nicht?“
„Sehr witzig, das habe ich nicht gemeint. Welcher Dezernent zuständig ist, wollte ich wissen.“
„Keiner!“ Siebert griemelte in den Hörer.
„Sie wollen mich jetzt aber auf den Arm nehmen, Herr Siebert?“
„Ich verstehe nicht! Warum sollte ich das wollen? Sie haben gefragt und ich habe Ihnen die korrekte Antwort auf Ihre Frage gegeben.“
Holm war durch die Art und Weise von Sieberts Gesprächsführung etwas irritiert und kam überhaupt nicht auf die Idee, dass eine Dezernent*in* zuständig sein könnte. Und Siebert sah auch keine Veranlassung, ihm auf die Sprünge zu helfen.
„Wissen Sie was, Herr Siebert?“ Holm wollte ihm eigentlich sagen, dass er doch auch schon hilfreiche Artikel in Bezug auf Tötungsdelikte geschrieben hatte.
„Was?“
„Ach, nichts. Schönen Tag noch.“

***

Kira Kölsch-Kepplers Blick war noch immer auf einen imaginären Punkt auf dem Fußboden gerichtet. Dann aber blickte sie hoch zu Dember, ohne dabei den Kopf zu bewegen. „Grill?"
„Ja, ganz recht. Der Grill auf Ihrem Balkon. Sagen Sie uns was dazu?"
Sie versuchte, seinem bohrenden Blick auszuweichen. Der Ermittler ließ sich aber davon nicht beeindrucken. „Kira, jetzt kommen Sie schon. Wir wissen es doch sowieso, aber wir wollen es aus Ihrem Mund hören, was da passiert ist."
Sie schwieg und ging gedanklich zu jener Sonntagnacht zurück. Vor ihrem geistigen Auge sah sie sich den Schädel von Peffgen mit dem Zimmermannshammer zerschlagen. Bei jedem Schlag zuckte sie innerlich zusammen. Als das Feuer die Schädelknochen stark verbrannt hatte, hatte sie noch die beiden Hände in die lodernden Flammen gelegt.
Dember riss sie unsanft aus ihren Gedanken: „Kira, wenn Sie es nicht erzählen wollen, dann müssen Sie es auch nicht. Aber wir dachten eigentlich, dass Sie reinen Tisch machen wollten. Da haben wir uns wohl geirrt."
Immer noch starr zu Boden blickend antwortete sie: „Den Kopf und die Hände habe ich verbrannt."
„Und bevor Sie das getan haben? Was haben Sie davor mit dem Kopf getan?"
„Ich habe Feuer im Grill gemacht."
„Das ist schon klar, aber das habe ich nicht gemeint. Erzählen Sie uns doch mal was zu dem Zimmermannshammer, den wir im Keller gefunden haben."
„Sie wissen es doch sowieso schon. Warum fragen Sie mich das noch?" Kira Kölsch-Keppler wollte einfach nicht erzählen, wie sie den Kopf zerkleinert hatte. Sie schwieg weiter.
Dember ging derweil ein ähnlicher Fall durch den Kopf, bei dem er damals Gabi Kreuzmanns Mordkommission unterstützt hatte. Im oberbergischen Waldbröl waren zu jener Zeit zwei Russen im Suff in einen handfesten Streit geraten. Einer der Kontrahenten hatte dabei nach einem herumliegenden Hammer gegriffen und zugeschlagen. Als Dember damals den Tatort sah, hingen an der Tapete und den

Schränken überall blutige Haut- und Knochenfetzen mit Haaren. Den halben Schädel hatte der Saufkumpan dem Toten weggeschlagen. Weil er damit aber seinen besten Freund umgebracht hatte, hatte er sich später in der Untersuchungshaft aufgehängt und einen Abschiedsbrief hinterlassen. Darin beschrieb er, dass er vor Schuldgefühlen nicht mehr schlafen könne.

Toni beugte sich zu der jungen Frau vor. „Okay. Letzte Gelegenheit. Sonst drucken wir wie beim letzten Mal das bisherige Protokoll aus und bringen Sie dann zurück nach Ossendorf, sobald Sie es gelesen und mit Ihrer Unterschrift bestätigt haben."

Tonis Worte zeigten Wirkung. Kira Kölsch-Keppler hob den Kopf und erzählte, wie sie mit dem Hammer den Schädel zertrümmert hatte.

Dember biss bei dieser Schilderung die Zähne zusammen, und er merkte gar nicht, wie angewidert er guckte. Er konnte es noch immer nicht fassen, was er da von dieser unscheinbaren jungen Frau zu hören bekam.

„Die einzelnen Knochenteile habe ich dann in die Flammen gelegt. Im Bruchteil einer Sekunde waren die Haare weggebrannt. Ich bin dann nicht die ganze Zeit daneben stehengeblieben, sondern habe angefangen, in der Wohnung das Blut wegzuwischen."

Es klopfte an der Tür und Sarah Steinmann kam nach Aufforderung herein. Nachdem sie sich Kira Kölsch-Keppler als zuständige Staatsanwältin vorgestellt hatte, setzte sie sich auf den freien Besucherstuhl. Sie bat Toni Krogmann, ihr das bisherige Vernehmungsprotokoll auszudrucken.

Während sie es las, erzählte Kira Kölsch-Keppler weiter. Mit einem Ohr hörte Sarah Steinmann zu.

„Als dann die Knochen seines Kopfes fast nicht mehr zu sehen waren, hab ich auch noch die Hände in die Gluthitze geschmissen. Das hat total gequalmt und in diesem Moment habe ich gedacht, dass ich jetzt sowieso erwischt werde."

Sarah Steinmann löste ihren Blick vom Protokoll. „Wieso haben Sie das gedacht?"

„Na, in der Etage unter mir wohnt doch diese ältere Frau, eine pensionierte Lehrerin. Die muss was gemerkt oder gerochen haben. Sie hat plötzlich dermaßen ihr Fenster zugeknallt, dass ich dachte, die Scheibe fliegt raus. Ich bin richtig zusammengezuckt. Da habe ich eigentlich nur noch darauf gewartet, dass die Polizei jeden Moment klingelt und alles sieht."

„So richtig verstehen tue ich es immer noch nicht", meinte Toni. „Sie geben sich alle Mühe, die Leiche zu beseitigen, renovieren Ihre Wohnung – aber den Grill mit der Asche und den Überresten lassen Sie auf dem Balkon. Ganz zu schweigen davon, dass Sie auch noch die Wanne mit dem Hemd in den Keller gestellt haben."

Die beiden Ermittler wie auch die Staatsanwältin warteten gespannt auf eine Erklärung.

„Ich habe doch von so was keine Ahnung! Mein erster Gedanke war sogar damals, dass ich die Polizei rufen sollte. Mich stellen! Dann aber dachte ich mir, dass ich wegen diesem miesen Vergewaltiger nicht freiwillig in den Knast gehe. Ich meine, wer ist denn schuld an dieser ganzen Scheiße? Ich etwa, bin ich am Ende selbst schuld daran, dass er mich in den Arsch gefickt hat, nur weil ich ihn mit in die Wohnung genommen habe? Ist das etwa ein Freibrief für alle Kerle?"

Nun waren plötzlich die Rollen vertauscht und Kira Kölsch-Keppler blickte erwartungsvoll in die Gesichter der Ermittler. Statt einer Antwort erntete sie nur fragende Blicke.

Sarah Steinmann ergriff das Wort: „Es ist schon von Bedeutung, was Sie als Nächstes geplant hatten. Vielleicht erzählen Sie es doch?"

„Gar nichts hatte ich geplant. Das war ja sowieso alles spontan! Ich wollte einfach mein Leben weiterleben, ohne Felix und ohne dieses Arschloch, das meine Freundlichkeit ausgenutzt hatte. Die Wanne hätte da unten bis zum Sankt Nimmerleinstag stehen können. Ist mir doch egal. Den Keller habe ich sowieso nicht genutzt."

„Und das heißt?", hakte Sarah Steinmann nach.

„Ich wollte es einfach verdrängen … als ob es nie passiert wäre."

„Haben Sie das irgendwem erzählt?"

„Wem denn? Nee, das weiß keiner! Nicht von mir! Gott, wenn meine Eltern das erfahren! Sie sagen es Ihnen doch nicht?" Verzweiflung lag in den Augen der jungen Frau.

Sarah Steinmann schüttelte den Kopf. „Tja, Frau Kölsch-Keppler, ich

denke, das lässt sich nicht wirklich verhindern. Die Hauptverhandlung wird öffentlich sein und die Presse wird ganz sicher darüber berichten. Da mache ich Ihnen jetzt mal keine große Hoffnung."
Von einer auf die andere Sekunde schien Kira Kölsch-Keppler einem Nervenzusammenbruch nahe zu sein. Sie wimmerte, schrie und zerrte sich selbst an den Haaren. Wie in Trance murmelte sie vor sich hin: „Wir haben's dir immer gesagt, Kind. Der Felix ist nix. Er kommt aus einer asozialen Familie. Das wird noch mal böse enden …"
Sarah Steinmann überlegte ernsthaft, ob es für das weitere Ermittlungsverfahren opportun sei, eine psychologische Begutachtung bei Kira Kölsch-Keppler durchführen zu lassen, oder ob ihr Ausbruch der Situation geschuldet war. Sie stellte diesen Gedanken zunächst zurück und wollte erst einmal den weiteren Verlauf abwarten.
Nachdem alle Formalitäten erledigt waren, stand die Rückfahrt nach Ossendorf an. Der Zivilwagen stand auf dem Innenhof. Weder die beiden Ermittler noch Sarah Steinmann oder Kira Kölsch-Keppler bemerkten auf dem gegenüberliegenden Parkdeck der Köln Arcaden den Lokalreporter Dirk Holm. Mit seinem Teleobjektiv machte er gestochen scharfe Aufnahmen von Kira Kölsch-Keppler. Er zählte eins und eins zusammen und sah schon die fette Schlagzeile des nächsten Tages vor sich.

Samstag, nicht für alle ein ruhiges Wochenende

An jenem Samstag prangte im Kölner EXPRESS in extrem großen Buchstaben die Schlagzeile:

Puzzlemörder gefasst!
Schlächter von Deutz ist eine junge Frau aus der Gothic-Szene!

Direkt unterhalb der Überschrift war mittig ein Foto. Darauf waren Kira Kölsch-Keppler, Toni Krogmann, Heinz Dember und Sarah Steinmann zu sehen. Zumindest hatte die Zeitung Balken vor die Augen gesetzt. Dennoch waren zumindest die Ermittler und Sarah Steinmann für jeden, der sie kannte, sofort zu erkennen.
Als Doris Dember mit frischen Brötchen vom Bäcker zurückkam, klemmte auch der EXPRESS unter ihrem Arm. „Hi, Schatz, du bist mit Foto im EXPRESS. Hast mir ja gar nichts davon erzählt."
„Was!? Zeig mal!"
Als er die Titelseite sah, wurde Dember zum ersten Mal bewusst, was Westhoven eigentlich immer meinte, wenn er vom Sensationsreporter Dirk Holm sprach und sich über ihn ärgerte.
„Dieser kleine Drecksack! Aber eins muss man ihm lassen, Ideen hat er ja. Fotografiert uns vom Parkdeck aus und wir haben nichts gemerkt. Aber was mich eigentlich auf die Palme bringt, ist die Frage, woher er das mit der Gothic-Szene weiß. Das stand definitiv nicht in der Pressemeldung. Paul wird ausflippen!"
„Tja, mein Lieber, warum sollten die Polizeireporter ihren Job nicht auch gut machen? Und Paul ist in Berlin und wettet auf Pferde. Ich glaube nicht, dass er sich dort ausgerechnet den EXPRESS kauft."
„Und wenn er es im Internet liest? Auf seinem Smartphone?"
„Na und? Das kann dir doch egal sein. Zu ändern ist es jetzt sowieso nicht mehr."
„Hast Recht, darum soll sich doch der Happerschoss kümmern. Bestimmt muss er jetzt ermitteln, von wem in unserem Haus Holm seine Informationen bezieht."

„Hä? Der soll ernsthaft einen Journalisten fragen, wer dessen Quelle ist?"
Dember nickte. „Das kommt doch andauernd vor, dass dieser Verdacht aufkommt und die Vorgesetzten denken, da will jemand sein Taschengeld aufbessern oder was weiß ich! Jedenfalls weiß ich, dass er so einen Fall noch nie klären konnte. Im Gegenteil, die Journalisten kommen zum Vorladungstermin, trinken einen Kaffee und gehen wieder. Wenn sie gut drauf sind, sagen sie vielleicht, dass die Information nicht aus dem Präsidium kam – mehr nicht!"
„Wundert dich das wirklich? Das ist doch wohl auch völlig klar, dass die sich so verhalten. Wenn die ihre Quellen verraten und sich das rumsprechen würde, könnten die demnächst nur noch über Kaninchenzüchtervereine schreiben. Daran können die kein Interesse haben."
„Ach komm, lass gut sein, mein Schatz. Du, Leon schläft doch noch, oder?"
Doris lächelte. In ihrem Blick lag etwas Provokant-Verführerisches.
„Ja …"
„Warum diskutieren wir dann über diesen Artikel? Ich hätte da eine ganz andere Idee."
„Die da wäre?"
Dember nahm sie in den Arm und küsste sie. „Komm, Süße, ich erzähle dir von meiner Idee im Schlafzimmer."

***

Sarah Steinmann schäumte vor Wut, als sie auf dem Weg zu ihrer morgendlichen Joggingrunde am Zeitungsautomaten vorbeikam und ebenfalls die Schlagzeile las. Allerdings wollte sie sich nicht jetzt damit beschäftigen. Stattdessen erhöhte sie die Lautstärke an ihrem Smartphone, lief leichten Fußes weiter und sang leise ihren derzeitigen Lieblingssong mit.

***

Kira Kölsch-Keppler hatte sich in der Gemeinschaftsdusche gerade mit zugekniffenen Augen die Haare shampooniert, als sie spürte, wie sich eine Hand über ihren Po von hinten zwischen ihre Beine in ihren Schritt schob. Sie zuckte heftig zusammen, riss ihren rechten Ellbogen hoch und drehte ihren Oberkörper schwungvoll nach hinten. Mit voller Wucht erwischte sie dabei die Junkie-Braut, die sich wohl vorgestellt hatte, dass das anders laufen würde. Bislang hatte sich keine der Insassinnen getraut, sich ihr zu widersetzen.
Die 28-Jährige schrie schmerzerfüllt auf, während ihr das Blut aus der Nase tropfte, sich mit dem Wasser auf dem Fliesenboden vermischte und in kleinen Rinnsalen im Abfluss verschwand. „Du blöde Bitch! Bist du bescheuert?! Du hast mir die Nase gebrochen! Na warte, immerhin habe ich den Alarm ausgelöst, als du zusammengeklappt bist. Da erwarte ich eine Gegenleistung. So läuft das hier!" Wutentbrannt stürmte sie auf Kira zu und verpasste ihr einen kräftigen Faustschlag in die Magengrube. Kira würgte und prustete. Der Schaum brannte ihr in den Augen und sie konnte nur blinzeln. Dennoch nahm sie wahr, dass ihre Kontrahentin ihr noch einen Schlag ins Gesicht geben wollte und wich aus. Blitzschnell packte sie ihr in die strähnigen Haare, nutzte deren eigenen Schwung aus und lenkte sie Richtung Wand. Die Junkie-Braut war nicht mehr in der Lage, sich abzufangen und prallte mit der rechten Schulter gegen den nassen Fliesenspiegel. Ein wenig verdutzt und perplex schaute sie Kira an, die gerade dabei war, sich mit den Unterarmen den Schaum aus den Augen zu wischen, und zischte: „Jetzt reicht's mir aber, Kleine. Mach schon mal dein Testament. Wenn ich mit dir fertig bin, wirst du dir wünschen, du hättest nicht so rumgezickt. Ich habe es dir eben schon gesagt: So läuft das hier im Knast! Wenn du das nicht kapierst, muss ich es eben in dich reinprügeln, du verfickte Schlampe!"
Ein weiteres Mal wollte sie Kira mit geballten Fäusten angreifen, als diese ihr ins Gesicht schrie: „Du weißt offenbar nicht, wer ich bin und weswegen ich hier drin bin! Verpiss dich jetzt einfach!"
„Aha, wer bist du denn, du kleine Schlampe?" Die Junkie-Braut schien durch Kiras resolutes Auftreten etwas verwirrt zu sein und schaute sie völlig verdutzt an.
Da sagte Kira ihr mit fester Stimme, was sie getan hatte. Und vor

allen Dingen auch wie. Ihre Gegnerin bekam es mit der Angst zu tun. Sie hatte zwar große körperliche Lust auf Kira empfunden, aber so wichtig war es ihr dann doch nicht mehr. Sie wich zurück, drohte: „Komm mir bloß nicht zu nahe!“, und verließ rückwärts die Dusche. Dabei ließ sie Kira keine Sekunde aus den Augen.
Kira hingegen rollte gespielt psychopathisch mit ihren großen Augen und stieß noch ein kurzes „Buh!“ in Richtung ihrer Kontrahentin aus. Dann duschte sie sich fröhlich pfeifend weiter. Die würde ihr fortan keine Schwierigkeiten mehr machen, da war sich Kira sicher.

Montag, Prozesstag

Der Vorsitzende hatte die Verhandlung pünktlich um 10:00 Uhr eröffnet. Einer der damaligen Mithäftlinge von Thomas Beck, der wegen schweren Raubes verurteilte 29-jährige Ahmet Mustafa, war zuvor von den Justizwachtmeistern hereingeführt worden. Thomas Beck saß auf Geheiß des Gerichts ebenfalls im Gerichtssaal, um nach den Aussagen der Mitgefangenen unmittelbar auf deren Angaben zu reagieren.

Der Richter belehrte Ahmet Mustafa ausdrücklich, dass man als Zeuge vor Gericht die Wahrheit sagen müsse. Mit stechendem Blick machte er deutlich, dass eine uneidliche Falschaussage seinen Aufenthalt im Gefängnis ganz sicher verlängern würde, von einer beeidigten Aussage mal abgesehen. „Haben Sie das verstanden, Herr Mustafa?"

Ein laut und deutliches „Ja" verließ die Lippen des Mannes. „Ich bin hier, um die Wahrheit zu sagen."

„Sie wissen, dass es hier um den Doppelmord an einem Rentnerpaar in Leverkusen-Schlebusch geht."

Mustafa nickte.

„Wir möchten von Ihnen wissen, was Sie zu dem ganzen Fall überhaupt sagen können. Immerhin saßen Sie zum Tatzeitpunkt bereits ein."

Noch bevor Ahmet Mustafa auch nur ein Wort gesagt hatte, hellte sich das Gesicht von Rechtsanwalt Ommer schon auf. Schließlich wusste er weitestgehend, was nun folgen würde.

Mustafa räusperte sich. „Also, zu dem Fall kann ich ehrlich gesagt gar nichts sagen. Ich kann aber was zu dem Thomas Beck sagen. Der will nämlich einen Vorteil aus seiner Aussage ziehen. Das hat er nicht nur mir erzählt."

Im Gerichtssaal wurde es mucksmäuschenstill, während der Gerichtszeichner den Zeugen portraitierte und die Journalisten eifrig alles notierten.

Der Vorsitzende bedeutete Mustafa, weiterzureden.

„Ich weiß ja nicht, was der hier vor Gericht ausgesagt hat. Aber das, was er gesagt hat, weiß er nicht von dem da." Ahmet Mustafa zeigte auf Jonas Brückner. „Er weiß alles aus der Akte. Der Jonas hatte nämlich eine Kopie von seinem Anwalt bekommen und dem Thomas zum Lesen gegeben. Thomas hatte behauptet, er kenne sich im Strafrecht gut aus und könnte Jonas ganz sicher Tipps geben, um aus der Nummer herauszukommen. Er hat die Ermittlungsakte dann in einer nächtlichen Aktion sorgfältig gelesen und mir erzählt, das sei seine Fahrkarte nach draußen. Ihm wäre scheißegal, ob der da in den Knast müsse oder nicht. Wenn er so ein Idiot sei, ihm die Akte zu überlassen, dann müsse er sich einfach einen Vorteil damit verschaffen. Er werde sich mit seinem Wissen an die Staatsanwaltschaft wenden."

Die Reaktionen im Saal auf diese Äußerung fielen sehr unterschiedlich aus.

Sarah Steinmann traute ihren Ohren nicht und ihr Blick verfinsterte sich. Sie glaubte, dass Ommer sich hier einen ganz miesen Trick leistete. Der würde alles inszenieren, um in diesem medienträchtigen Prozess als Anwalt zu glänzen. Ommer hingegen hatte seine Arme hinter dem Kopf verschränkt und grinste überheblich in ihre Richtung.

Die Schöffen kritzelten die Aussage in ihre Unterlagen und der Vorsitzende sagte zunächst nur: „Aha!"

Ahmet Mustafa fuhr fort: „Sie müssen mir ja nicht glauben, aber ich sage die Wahrheit. Der Thomas ist ein richtiger Betrüger. Er wickelt jeden um den kleinen Finger. Ich glaube, es gibt keinen im Knast, den er noch nicht belogen, betrogen oder beklaut hat."

Der Vorsitzende fragte: „Haben Sie denn ein persönliches Problem oder eine offene Rechnung mit Thomas Beck, die Sie hier und heute begleichen wollen?"

„Pah, nö! Den kann ich einfach nur nicht leiden, diesen gelackten Heini." Er drehte sich um und blickte nach hinten in den Zuschauerraum – direkt ins Gesicht von Beck, der nun aufgefordert wurde, sich hierzu zu erklären.

„Das sind alles Hirngespinste", sagte er ruhig. „Mehr gibt es dazu nicht mehr zu sagen."

Auf Nachfrage des Richters, ob ein Antrag auf Vereidigung von Ahmet Mustafa gestellt würde – hierbei blickte er Sarah Steinmann und Rechtsanwalt Ommer an – erklärte Ommer sofort seinen Verzicht. Die Staatsanwältin aber sagte: „Ich würde gerne zuerst noch die anderen angeblichen Zeugen hören."

„Was heißt denn hier angebliche Zeugen?!", regte Ommer sich auf. „Ich darf doch sehr bitten, Frau Staatsanwältin."

Mehr als ein schnippisches „Pff!" konnte er Sarah Steinmann damit aber nicht entlocken.

Der Vorsitzende Richter entließ den Zeugen, da zurzeit niemand weitere Fragen an ihn hatte. Er bat die Wachtmeister darum, den nächsten Zeugen hereinzuführen. Zwischen den beiden kräftigen Justizbediensteten trat etwas geduckt ein untersetzter dunkelhaariger Mann ein, der sich im Zeugenstand als Frank Radex vorstellte.

Die Situation von eben schien sich inhaltsgleich zu wiederholen. Frank Radex, 47 Jahre, Strafgefangener, wegen sexuellen Missbrauchs an Kindern zu 6½ Jahren Haft verurteilt, wusste noch mehr Details über den Kronzeugen der Anklage zu berichten als sein Vorredner. Er erzählte, dass Thomas Beck im Knast Handys verkauft und dann die Käufer verpfiffen habe, nur um gut dazustehen. Er schüttelte den Kopf. „Ich meine, das sagt doch schon alles, oder?"

Beck wurde abermals aufgefordert, zu diesem Vorwurf Stellung zu nehmen. Seine Antwort sollte jedoch tumultartige Folgen haben. „Das sagt ausgerechnet einer, der kleine unschuldige Kinder fickt! Eine Ausgeburt der Hölle, der man besser einen Genickschuss verpasst hätte, als ihn einzusperren! Ich denke, beim nächsten Umschluss werde mal ich aus Versehen erzählen, warum du eigentlich einsitzt, mein lieber Fränki! Erzählst hier solche Lügen über mich!"

Radex sprang wie von der Tarantel gestochen auf und stürmte auf Beck zu. „Ich bring dich um, du hinterhältiges Schwein!", brüllte er. „Das habe ich dir im Vertrauen erzählt!"

Der wütende und um sich schlagende Radex konnte nur mit Müh und Not von zwei weiteren Wachtmeistern gebändigt werden. Noch als er aus dem Gerichtssaal gebracht wurde, stieß er weitere Drohungen gegen Beck aus.

Sarah Steinmann hatte nach dieser Szene wieder ein wenig Oberwasser und blickte zu Ommer, dessen Gesichtszüge erstarrt waren.

„Na, da bin ich mal gespannt, welchen Glanzzeugen die Verteidigung als Nächsten aufzubieten hat", sagte sie provokant.
Wenn Blicke hätten töten können, wäre die junge Staatsanwältin jetzt definitiv leblos vom Stuhl gefallen und Ommer auf frischer Tat ertappt festgenommen worden.
Wenige Minuten später saß der 64-jährige Peter Kirchberger im Zeugenstand. Er war für die Kammer kein Unbekannter, denn diese hatte ihn vor zwei Jahren zu einer mehrjährigen Haftstrafe wegen Totschlags verurteilt. Kirchberger hatte damals bundesweit Schlagzeilen gemacht, weil er seiner Frau angeblich Sterbehilfe geleistet und sie dann im Fundament des Gartenhauses einbetoniert hatte.
Ausführlich schilderte Kirchberger seine Erfahrungen mit Beck. „...wissen Sie, und dann hat er einfach ohne meine Zustimmung eine Zeitungsannonce geschaltet und Teile meiner Inneneinrichtung über seine Mittelsmänner verkaufen lassen. So einer ist das. Ein Betrüger vor dem Herrn, Herr Richter."
Rechtsanwalt Ommer hakte nach: „Hatten Sie ihm denn keinen Auftrag erteilt, das Inventar aus dem Haus zu verkaufen? Er muss doch Zutritt zum Haus gehabt haben!"
„Ach was! Wir haben da nur mal drüber gesprochen, dass ich auch genauso gut alles verkaufen könnte, weil mir die Sachen im Knast auch nichts mehr nützen. Ich konnte doch nicht ahnen, dass er sofort hingeht und das einfach macht."
Sarah Steinmann ergriff nun das Wort: „Herr Kirchberger, Sie sind nicht im Zeugenstand, um über Ihr verkauftes Inventar zu sprechen. Können Sie Angaben dazu machen, was es mit der angeblichen Kopie der Ermittlungsakte auf sich hat, die Herr Beck gelesen haben soll?"
Kirchberger war von Sarah Steinmanns schroffer Art und Weise etwas irritiert. „Ich weiß nichts von einer Akte. Ich habe aber gehört, wie sich der Jonas und der Beck mal über den Fall unterhalten haben."
„Und was haben Sie gehört? Wollen Sie uns das mitteilen?"
„Das weiß ich nicht mehr. Eben nur, dass sie geredet haben … über einen Fall." Kirchberger wurde immer kleinlauter.
Sarah Steinmann zog die Augenbrauen hoch. „An diesen Zeugen

habe ich jedenfalls keine weiteren Fragen. Sie etwa, Herr Anwalt?"
Ein weiteres Mal sollte Beck abschließend direkt Stellung zur Aussage nehmen. In gekränktem Tonfall antwortete er: „Was soll ich dazu sagen? Ich weiß ja nicht, was man ihm versprochen hat." Er blickte in Richtung des Angeklagten. „Fakt ist, dass ich schon vor geraumer Zeit den Kontakt zu ihm abgebrochen habe. Ich war sein Gezeter leid, dass ich nicht genügend Geld für seinen Ramsch hätte erzielen können. Und heute höre ich, dass ich angeblich sein Inventar einfach verkauft haben soll! Hohes Gericht, da fehlen mir schlicht und ergreifend die Worte. Leider habe ich aber keine Möglichkeit, das Gegenteil zu beweisen. Aber es zeigt mir, dass es richtig war, mich von Herrn Kirchberger abzuwenden. Ich bin menschlich zutiefst enttäuscht von ihm."

***

Am Ende dieses interessanten Verhandlungstages stellte Ommer einen Beweisantrag und beantragte darüber hinaus die Aufhebung des Haftbefehls. „Ich möchte beweisen, dass die festgestellte DNA an den beiden Fingernägeln des Opfers Hubert Steinbüchel nicht durch einen Kampf sondern vielmehr durch eine herzliche Umarmung dorthin gelangt ist, als Dank, weil Jonas Brückner eine Champagnerflasche als Geschenk mitgebracht hat. Außerdem hat mein Mandant gar kein Motiv für eine solch grauenhafte Tat gehabt. Er mochte doch die Steinbüchels! Und Thomas Becks Aussage ist sowieso unglaubwürdig."
Sarah Steinmann schüttelte innerlich den Kopf und dachte sich ihren Teil. Sie platzte schon jetzt vor Neugierde, wie der Beweisantrag aussehen würde. Vielleicht würde Ommer die Kassiererin vom Supermarkt in den Zeugenstand rufen, in dem Brückner die Flasche gekauft haben wollte? Ganz egal, welchen Winkelzug Ommer als Nächstes plante, sie war weiterhin von der Schuld des Angeklagten überzeugt und ging davon aus, dass das Gericht den Antrag auf Aufhebung des Haftbefehls ablehnen würde.
Ihr selbst hingegen war viel wichtiger zu klären, wem sie nun was

glauben sollte. Hatte ihr Belastungszeuge Beck seine Informationen am Ende tatsächlich aus den Ermittlungsakten, so wie es heute ausgesagt worden war? Falls dem so wäre, würde ihre Strategie bald ins Leere laufen. Sie spürte Wut in sich aufsteigen, Wut darüber, dass sie womöglich einem Betrüger aufgesessen war und Ommer Recht behalten könnte.

Als nächster Verhandlungstag wurde bereits der folgende Dienstag, 09:30 Uhr, bestätigt. Paul Westhoven sollte an diesem Tag als Leiter der Mordkommission zu den Gesamtermittlungen vernommen werden.

Dienstag, Stunde der Wahrheit

Sarah Steinmann rief an diesem Morgen Westhoven schon um 07:30 Uhr im Büro an, als er gerade dabei war, den Kölner Stadt-Anzeiger zu lesen. Darin wurde ausführlich über den gestrigen Verhandlungstag berichtet.

„Hallo, Sarah, scheint ja ein ereignisreicher Verhandlungstag gewesen zu sein. Ommers Zeugen scheinen ja echte Atomphysiker zu sein, wenn das alles stimmt, was das steht“, lachte Westhoven. „Und, was glaubst du wird die Kammer zur Aufhebung des Haftbefehls entscheiden?“

„Hör bloß auf! Das war ein Affentheater.“

„Was hast du erwartet, wenn sich Häftlinge die Klinke in die Hand geben und vor Gericht aussagen?“

„Gar nichts! Meinst du etwa, dass ich das toll fand? Das war doch die Idee von diesem Ommer, um unseren Belastungszeugen unglaubwürdig zu machen! Aber lassen wir das Thema. Du musst schließlich heute noch selbst in den Zeugenstand. Und was die Aufhebung des Antrags angeht, so kann ich mir kaum vorstellen, dass sich die Kammer von diesem Schauspiel ins Bockshorn jagen lässt.“

„Wenn du es sagst. Weswegen rufst du mich denn eigentlich so früh an? Kannst du nicht schlafen?“

„Blödsinn. Ich stehe jeden Morgen sehr früh auf und mache Pilates. Nein, ich wollte dich noch beglückwünschen zum Ermittlungserfolg in der MK „Pyramide“. Sensationell, wie schnell du mit deiner Kommission den Fall geklärt hast. Da kann ich ja schon bald die Anklage schreiben.“

„Weswegen wirst du die Kölsch-Keppler denn anklagen? Mord, Totschlag? War es am Ende vielleicht Notwehr oder überschreitende Notwehr?“

„Was bist du denn so sarkastisch? Lass mich doch erstmal die Akte lesen. Wenn ich richtig verstanden habe, was Toni mir erzählt hat, dann hat sie ihm das Messer von hinten in den Hals gestochen, weil er ihr gedroht hat, dass er wiederkommen wollte. Das muss ich mir Wort für Wort angucken. Dann entscheide ich, okay?“

„Klar. Sarah, wenn sonst nichts ist, wir sehen uns ja gleich bei Gericht."

„Sonst war nichts. Bis gleich dann."

Westhoven widmete sich wieder dem Artikel über die Gerichtsverhandlung, trank dabei seinen Kaffee und schob sich zwei Schokoriegel nacheinander in den Mund. In seinem Kopf kreiste immer wieder der Gedanke, dass Kira Kölsch-Keppler auch sehr gut mit einer geringen Strafe davonkommen könnte. Mit dem richtigen Anwalt an der Seite und einem entsprechenden psychologischen Gutachten stünden die Aussichten seiner Meinung nach gut.

10 Minuten später klopften Sigrid Stotzem-Randerath und Guido D'Angelo an Westhovens Tür.

„Hallo, Paul! Wir wollten fragen, ob wir noch längerfristig in der Kommission benötigt werden. Unsere jeweiligen Dienststellenleiter laufen schon wieder ‚Amok' und wollen uns zurückhaben, weil sich da die Vorgänge stapeln." Sigrid grinste.

„Also, heute bleibt ihr bitte noch. Ich verschaffe mir später einen Überblick darüber, was noch alles abgearbeitet werden muss und ob wir das allein schaffen, okay? Aber jetzt bin ich grad ein wenig in Brass, denn ich wurde kurzfristig für 09:30 Uhr ins Gericht bestellt. Es geht um den Doppelmord in Leverkusen. Da muss ich mich drauf vorbereiten."

***

Diesmal hielt sich Westhoven auf der Fahrt zum Gericht hinter der Severinsbrücke an die Geschwindigkeitsbegrenzung. Seinen Wagen parkte er im Justizparkhaus und eilte zum Gerichtsgebäude. Sofort fand er sich in einer Menschenansammlung wieder. Alle mussten erst noch durchsucht werden, so dass sich eine lange Schlange gebildet hatte. Westhoven warf einen nervösen Blick auf seine Uhr. In zwei Minuten wurde er im Saal 211 erwartet. Westhoven schob sich an den protestierenden Wartenden vorbei, zeigte seinen Polizeiausweis und durfte passieren.

Als er die zweite Etage betrat, hörte er noch den Rest der Durchsage aus dem krächzenden Lautsprecher „...bitte auf Saal 211 eintreten."

Da er sich angesprochen fühlte und es auch Punkt 09:30 Uhr war, ging er hinein und stellte sich vor.
Der Vorsitzende wies mit der Hand auf den Zeugenstand und Westhoven setzte sich. Er versuchte, ruhig zu atmen, denn die Rennerei war bei der Sommerhitze doch ziemlich anstrengend gewesen.
Unmerklich zwinkerte Sarah Steinmann ihm zur Begrüßung zu. Auf Westhoven wirkte sie äußerlich ein wenig angespannt und die zarten dunklen Ringe unter ihren Augen verrieten ihm, dass er heute Morgen am Telefon doch Recht gehabt hatte. Von wegen früh aufgestanden wegen Pilates!
Noch bevor Westhoven seine Aussagen machen konnte, teilte die Kammer ihren Beschluss mit: Der Haftbefehl werde nicht ausgesetzt. Jonas Brückner musste weiter im Gefängnis bleiben. Rechtsanwalt Ommer verzog das Gesicht. Westhoven konnte sich ein Grinsen kaum verkneifen.
Danach war er an der Reihe. In chronologischer Reihenfolge berichtete er von seinen Feststellungen am damaligen Tatort und den Ermittlungen. Er berichtete eindrucksvoll von dem Notruf am 03. Oktober zur Mittagszeit und welch blutiges Bild sich den Streifenbeamten geboten hatte, die zuerst dort eintrafen; von der Obduktion der beiden Ermordeten; von der Einsatzhundertschaft, die in Leverkusen-Schlebusch jeden öffentlichen Mülleimer auf der Suche nach einer möglichen Tatwaffe geleert hatten; von den Polizeitauchern, die einen Teil des Biotops am Hornpottweg abgesucht hatten. Westhoven erzählte von den unzähligen Speichelproben aus dem Umfeld der Opfer und dass eine zunächst fremde männliche DNA-Spur schließlich zur Festnahme des Angeklagten geführt hatte. Westhoven sagte außerdem aus, dass Jonas Brückner den Besuch bei den Steinbüchels zwar eingeräumt habe, allerdings hätten diese nach seinen Angaben noch gelebt, als er ging.
Ommer konnte sich mal wieder nicht zurückhalten. „So ist es. Mein Mandant sagt die Wahrheit."
Bei Westhoven rief er allerdings damit keinerlei Reaktion hervor. Dieser blickte noch nicht einmal in dessen Richtung. Der Vorsitzende ließ Ommer gewähren, als dieser den Ermittler fragte: „Herr Westhoven, Sie haben seinerzeit den Antrag auf Erlass eines Haft-

befehls gegen meinen Mandanten angeregt. Begründet haben Sie dies mit den DNA-Spuren unter den Fingernägeln des männlichen Opfers. Sie haben behauptet, dass diese nur kampfbedingt dorthin gekommen sein könnten. Wie sind Sie zu dieser Schlussfolgerung gekommen?"

Erst jetzt wandte sich Westhoven Ommer zu. „Die DNA Ihres Mandanten befand sich unter zwei *eingerissenen* Fingernägeln."

„Ach! Und das lässt Sie zu dem Schluss kommen, dass diese nur gewaltsam dorthin gekommen sein kann. Sind Sie nicht mal auf die Idee gekommen, dass die eingerissenen Fingernägel und die DNA meines Mandanten gar nichts miteinander zu tun haben müssen? Herr Steinbüchel könnte sich doch genauso gut bei der Gartenarbeit die Fingernägel eingerissen haben. Selbst der Gerichtsmediziner hat sich hier im Gericht nicht angemaßt, die Entstehung dieser Spur zu erläutern. Sie aber schon?"

Ommer wartete auf Westhovens Antwort. Der schüttelte den Kopf. „Wie lautet denn jetzt eigentlich Ihre Frage, Herr Ommer? Sie haben eben so viel gesagt und ich möchte nicht versehentlich falsch antworten. Falls es mehrere Fragen sein sollen, bitte ich um eine Reihenfolge." Westhoven war erfahren im Umgang mit so genannten Konfliktverteidigern und Rechtsanwalt Ommer begegnete er nicht zum ersten Mal.

„Ich darf doch sehr bitten!" Ommer wandte sich an den Vorsitzenden: „Könnten Sie bitte den Zeugen dazu anhalten, meine Frage zu beantworten!"

Der Vorsitzende Richter entgegnete ruhig: „Der Zeuge hat ganz Recht, Herr Anwalt – Ihre Frage beinhaltet in der Tat mehrere Fragen. Eine konkrete Fragestellung wäre zielführender."

Zähneknirschend formulierte Ommer also seine Frage neu: „Wie kommen Sie dazu, die eingerissenen Fingernägel als tatrelevant anzusehen? Schließlich kann dies auch durch eine heftige Begrüßung entstanden sein."

„Ich kann Ihnen gern meine Rolle als Ermittler erläutern, Herr Ommer."

Das leichte Grinsen in Westhovens Gesicht war nicht zu übersehen. Das Antworten machte ihm Spaß. „Meine ureigene Aufgabe als Kriminalist ist es, objektive und subjektive Beweise zusammenzutragen und zu bewerten. Ich ziehe Rückschlüsse zu einem möglichen Tathergang und schreibe das auch in einem Aktenvermerk nieder. Konkret auf diesen Fall hier bezogen sind die eingerissenen Fingernägel mit der DNA einer fremden männlichen Person aus kriminalistischer Sicht tatrelevant und sprechen augenscheinlich für ein Kampfgeschehen. Die Risse waren frisch und unterblutet, während die anderen acht Fingernägel äußerst gepflegt waren. Daher ist es aus meiner Sicht auch lebensfremd, zu glauben, dass die Verletzungen durch eine herzliche Begrüßung oder Umarmung entstanden sein sollen. Mir ist das jedenfalls noch nie passiert und ich kenne persönlich auch niemanden, dem das passiert ist." Westhovens Grinsen wurde an dieser Stelle etwas breiter. „Und genau aus diesem Grund habe ich damals die Anregung eines Haftbefehls an die Staatsanwaltschaft gefertigt, als klar war, dass diese DNA von Jonas Brückner stammte. Danach obliegt die Entscheidung der Justiz, die ebenfalls eine Bewertung vornimmt und letztlich trifft ein Ermittlungsrichter oder eine Ermittlungsrichterin die Entscheidung. Soll ich fortfahren, Herr Anwalt?"

Ommer bedachte das mit einem schroffen „Nein". Er kam jedoch gleich zur nächsten Frage. „Es geht um den Kronzeugen, auf den die Staatsanwaltschaft ja all ihre Hoffnung zu stützen scheint."

Für diese spitzfindige Bemerkung erntete er einen missfälligen Blick von Sarah Steinmann.

„Aus der Ermittlungsakte geht hervor, dass er die Polizei zu einem Geldversteck geführt haben will, angeblich ein Versteck meines Mandanten, in dem er Teile der Tatbeute aufbewahrt haben soll. Dieses Versteck soll mein Mandant dem Zeugen Beck angeblich verraten haben. Der ganze Umstand steht in der Akte und zwar auf den Seiten 838 bis 843 des Hauptbandes. Und da für die Verteidigung nach wie vor der Verdacht besteht, dass der Zeuge Beck sein angebliches Täterwissen ausschließlich aus der Kopie der Ermittlungsakte bezogen hat, frage ich Sie, ob das nicht genau so gewesen sein könnte."

Bevor Westhoven auf die Frage antwortete, bat er die Kammer um Einsichtnahme in die genannten Seiten. Kurz darauf stand er gemeinsam mit Ommer und Sarah Steinmann vor dem Richtertisch und blätterte in der Akte. Danach wandte sich Westhoven zu Ommer. „Ich dachte schon, ich hätte mir das nicht richtig gemerkt. Tatsächlich aber lag es an Ihrer Fragestellung. Der Zeuge Beck hat uns nicht zu einem Versteck geführt im Sinne von Hinführen. Vielmehr hat er uns eine handgefertigte Skizze übergeben, die er bei Jonas Brückner gefunden hatte. Diese Skizze hat uns dann zu dem Versteck geführt, wo eine Perlenkette in einer Plastiktüte lag."

„Was macht Sie denn so sicher, dass es nicht eine Skizze war, die der Zeuge Beck selbst angefertigt hat, um meinen Mandanten zu belasten und selbst gut dazustehen? Immerhin ist er danach auf freien Fuß gesetzt worden!"

„Die Antwort finden Sie im Beweismittelordner. Es gibt ein Gutachten des Landeskriminalamtes, das besagt, dass die Notizen auf der Skizze von Jonas Brückner persönlich stammen."

„Das weiß ich selbst! Aber nur mit einer hohen Wahrscheinlichkeit und nicht mit hundertprozentiger Gewissheit."

„Wie schon gesagt. Ich als Kriminalist trage die Beweise zusammen. Es ist nicht meine Aufgabe …"

Ommer unterbrach ihn: „Ja, ja. Wissen wir. Sie brauchen sich nicht zu wiederholen. Wurde denn die Perlenkette auf DNA oder Fingerspuren untersucht?"

„Natürlich!"

„Würden Sie uns auch das Ergebnis mitteilen?"

„Es konnten keinen relevanten Spuren festgestellt werden."

„Aha! Keine relevanten Spuren! Gab es denn irrrelevante Spuren?" Ommer triumphierte.

„Es gab gar keine Spuren."

„Dann können Sie also tatsächlich nicht ausschließen, dass mein Mandant reingelegt wurde? Dass er gar nicht das Versteck angelegt hat?"

„Ich war nicht dabei, aber die Haushälterin hat damals ausgesagt, dass sie genau diese Kette noch einen Tag vor der Tat am Hals von Frau Steinbüchel gesehen hat. Es gibt auch Fotos, auf denen Frau Steinbüchel diese Kette trägt."

„Und was glauben Sie, was mein Mandant mit dieser Kette zu tun haben soll? Glauben Sie wirklich, mein Mandant wäre in der Lage dazu,

einer alten Frau, die er liebgewonnen hatte, so etwas anzutun?"
„Ich halte mich an die Fakten, das sage ich dazu."
Westhoven ließ sich nicht zu irgendwelchen psychologischen Äußerungen hinreißen. Darauf wartete der Verteidiger nur und diesen Gefallen wollte er ihm nicht tun.
Die Vernehmung von Westhoven zog sich noch über eine Dauer von etwa zwei Stunden so weiter hin, aber der erfahrene Ermittler ließ sich von Ommer nicht aus der Ruhe bringen, sondern beantwortete die Fragen in der nötigen Ruhe und Gelassenheit. Bei einigen Fragen und Antworten reagierten jedoch die Zuhörer im Saal mit einem raunenden „Aaah" und „Oooh".
Einer der beiden beisitzenden Richter wandte sich zum Ende der Vernehmung an Westhoven: „Eine Sache müssten Sie mir bitte noch erklären. Und zwar habe ich eine Nachfrage bezüglich der Computerauswertung von Jonas Brückners PC. Habe ich das richtig gelesen, dass im gelöschten Bereich der Festplatten einige Daten wiederhergestellt werden konnten, die unter anderem den Suchbegriff ‚Lautloses Töten' beinhalteten?"
Diese Frage war so gar nicht nach Westhovens Geschmack. Er stand nach wie vor auf Kriegsfuß mit der Technik. Allein schon der Systemwechsel auf Windows 8 hatte ihn an den Rand eines Nervenzusammenbruchs getrieben. Er gehörte zu jenen Kollegen, die anschließend eine Standleitung zu den Administratoren gehabt hatten.
„Da muss ich leider passen. Auswendig weiß ich das nicht mehr, aber wenn der Daten- und Auswertebericht das so ausweist, dann wird es so gewesen sein. Schließlich haben das unsere Fachleute vom KK 35, also unserem Fachkommissariat für Technik, gemacht. Ich kann mich daran erinnern, dass Suchbegriffe wiederhergestellt werden konnten, aber das ist es auch schon."
„Vielen Dank." Der beisitzende Richter wandte sich an die Verteidigung: „Herr Rechtsanwalt Ommer, Sie haben meine Frage gehört. Möchte Ihr Mandant etwas dazu sagen? Dazu, wie der Suchbegriff ‚Lautloses Töten' auf seinen Computer gekommen ist?"
Jonas Brückner und Rechtsanwalt Ommer steckten die Köpfe zusammen und kurz danach beantwortete letzterer die Frage mit einem deutlichen „Nein".

Danach fragte der Vorsitzende zunächst seine beiden Richter und die zwei Schöffen: „Hat noch jemand Fragen?“
Da keine weiteren Fragen mehr an Westhoven gestellt wurden und auch mit Zustimmung von Sarah Steinmann und Rechtsanwalt Ommer auf eine Vereidigung verzichtet wurde, war Westhoven aus dem Zeugenstand entlassen.
Danach verkündete der Vorsitzende, dass wie geplant nach der Mittagspause die Plädoyers gehalten werden sollten, da es seitens der Verteidigung auch keine weiteren Beweisanträge mehr gab und die Aufhebung des Haftbefehls ja letztlich abgeschmettert worden war.

***

Nun war die Zeit der Plädoyers gekommen. Auf diesen Moment war Sarah Steinmann bestens vorbereitet. Ein Dutzend Verhandlungstage hatten ihre volle Konzentration gefordert. Seitenlange Notizen lagen nun vor ihr, als sie sich vor Beginn ihrer eigentlichen Schlussrede an die Kammer wandte: „Hohes Gericht, ich danke Ihnen allen, dass Sie die nötige Ruhe an den Tag gelegt haben, um das Verfahren zu klären. Dies ist ganz sicher nicht immer einfach gewesen.“ Sie blickte dabei in Ommers Richtung und ließ ihren Blick einen langen Moment auf ihn ruhen, bevor sie ihre volle Aufmerksamkeit wieder der Kammer widmete und ihr Blick alle Personen hinter dem Richtertisch streifte. Einer der beiden Schöffen errötete, als sie ihn anblickte.
„Hohes Gericht! Als Vertreterin der Anklage beantrage ich zum einen für Jonas Brückner die lebenslange Haft wegen heimtückischen Mordes an den Eheleuten Steinbüchel. Darüber hinaus beantrage ich zum anderen die Feststellung der besonderen Schwere der Schuld, damit eine vorzeitige Entlassung auf Bewährung für den Angeklagten ausgeschlossen ist.“ Sie hielt kurz inne. „In den hinter uns liegenden, teils sehr zähen und emotionsgeladenen 12 Verhandlungstagen wurden unzählige Indizien ans Licht gebracht, die keinen Zweifel daran aufkommen lassen können, dass Jonas Brückner der Mörder der Eheleute Steinbüchel ist.“
Sarah Steinmann suchte den direkten Blickkontakt zu Brückner, hatte aber keinen Erfolg, da dieser Zeitung las und den Kopf nicht

hob. Sie ließ sich von seiner Arroganz nicht beirren und setzte ihre Schlussrede fort. Die Journalisten machten sich währenddessen eifrig Notizen.

„Unter dem Vorwand, dem Ehepaar Steinbüchel eine Champagnerflasche schenken zu wollen, hat Jonas Brückner sie am Abend des 03. Oktobers aufgesucht, ihre Gutmütigkeit ausgenutzt und sie dann aus Habgier bestialisch niedergemetzelt. Er wusste ganz genau, dass sie ihm, dem Freund der Familie, die Tür öffnen würden. Dieses Vertrauen hat er ausgenutzt, um seinen blutigen Plan zu verfolgen."

Sarah Steinmann verdeutlichte, dass sie den Fall zwar nicht von Anfang an begleitet, aber dennoch niemals an der Täterschaft Brückners gezweifelt habe. In aller Ruhe erwähnte sie die Bedeutsamkeit von Brückners DNA-Spuren an der Champagnerflasche, an einer Kralle der aufgeschlitzten Katze, insbesondere aber unter den eingerissenen, unterbluteten Fingernägeln von Hubert Steinbüchel.

„Hohes Gericht, wir alle kennen das Argument der Verteidigung, dass diese Verletzung angeblich durch eine herzliche Umarmung entstanden sein soll, aber ich gehe nicht davon aus, dass sich die Kammer von diesem Märchen beeindrucken lässt. Zu der DNA des Angeklagten an einer Kralle der Katze, die ebenso bestialisch aufgeschlitzt wurde, hatte die Verteidigung gar nichts zu sagen. Aber wer weiß? Vielleicht hören wir ja gleich noch in deren Plädoyer, dass das beim Streicheln passiert sein soll. Für die Anklage ist diese tatrelevante Spur jedenfalls ein belastendes Indiz dafür, dass sich das Tier gegen irgendwas gewehrt haben muss – und zwar gegen Jonas Brückner."

Sie grinste süffisant in Ommers Richtung, der über diese Bemerkung nicht erfreut schien, während Brückner ungerührt weiter seinen Blick in die Zeitung richtete.

Die junge Staatsanwältin zog die schriftliche Erklärung des Angeklagten in Zweifel, der große Erinnerungslücken hinsichtlich der zeitlichen Abläufe aufwies, aber sich sonst an jedes Detail vor und nach der Tat zu erinnern vermochte – ein typisches Täterverhalten, wie sie es schon des Öfteren erlebt hatte. Danach wechselte sie zur Aussage des Mitgefangenen Thomas Beck und beleuchtete dessen Aussage. „Es ist kein Geheimnis, sondern Fakt, dass der ein oder andere hier Thomas Beck für eine relativ zweifelhafte Person hält.

Ich für meinen Teil halte ihn für einen Menschen, der problemlos dazu in der Lage ist, seine Mitmenschen verbal einzuwickeln, indem er ihnen zum Beispiel lukrative Geschäfte vorgaukelt, um sie dann anschließend um ihr Geld zu bringen. Ich möchte aber noch einmal ausdrücklich klarstellen, dass dem Zeugen keinerlei Versprechungen für seine Aussagebereitschaft gemacht wurden, sondern Entscheidungen, die seine Person betreffen, auf der Grundlage geltenden Rechts gefällt wurden. Die Verteidigung will offensichtlich mit ihren spitzfindigen Bemerkungen den Eindruck erwecken, dass Thomas Beck eine Art Kronzeuge der Anklage sei. Wenn ich aber so in die Runde schaue, halte ich niemanden hier für so naiv, dieser Strategie auf den Leim zu gehen.
Fakt ist auch, dass der Zeuge ausgesagt hat, der Angeklagte habe ihm detailliert die Tat geschildert. Der Zeuge war in der Lage, Details zur Bluttat zu schildern, die mit den objektiven Befunden am Tatort übereinstimmten. All dies wusste er von Jonas Brückner und nicht aus einer Ermittlungsakte, so wie es uns die Verteidigung hier weismachen will.
Und immerhin hat uns der Zeuge eine handschriftliche Skizze von Jonas Brückner zugespielt – eine Skizze, die zu einem Versteck führte, in der die Perlenkette des weiblichen Opfers gefunden wurde. Wie diese Kette dahin gekommen ist, dazu schweigt der Angeklagte.
Kommen wir zum Motiv. Leider können wir über die Motivation des Angeklagten nur spekulieren.
War es ein Raubmord wegen der Perlenkette und weiterer Beute, von der wir vielleicht sogar gar nichts wissen? War es eine Auseinandersetzung, die eskalierte? War es vielleicht sogar ein Auftragsmord zugunsten einer dritten Person?
Durch das beharrliche Schweigen des Angeklagten werden wir es nie mit Sicherheit erfahren. Die einzigen Personen, die etwas dazu sagen könnten, sind tot, bestialisch vom Angeklagten niedergestochen.
Hohes Gericht! Diese Bluttat kann nur ein Ergebnis kennen! Ich fordere eine lebenslange Haft für Jonas Brückner für den zweifachen heimtückischen Mord an den Eheleuten Steinbüchel. Außerdem beantrage ich die Feststellung der besonderen Schwere der Schuld. Ihm soll die Möglichkeit einer Bewährung nach 15 Jahren verwehrt bleiben.“

Nach knapp 120 Minuten setzte sich Sarah Steinmann und ging in Gedanken schnell noch mal durch, ob sie nicht doch noch etwas in ihrem Plädoyer vergessen hatte. Da ihr Mund vom vielen Reden ganz trocken geworden war, trank sie ein paar Schlucke aus ihrer Mineralwasserflasche.
Da sich Rechtsanwalt Ommer noch kurz mit seinem Mandanten beraten wollte, wurde der Prozess vom Vorsitzenden für 20 Minuten unterbrochen.

***

Ommer zupfte seine Robe zurecht, setzte seinen überheblichen Gesichtsausdruck auf und forderte sofort einen Freispruch für Jonas Brückner. „Hohes Gericht! Verehrte Kollegin von der Staatsanwaltschaft!“
Seine Augen verrieten eine gewisse Süffisanz, die er Sarah Steinmann gegenüber ausstrahlen wollte.
„Das beeindruckende Abschlussplädoyer hat uns vor allen Dingen aufgezeigt, was eben nicht bewiesen ist und dass mein Mandant zu Unrecht hier auf der Anklagebank sitzt und diesen Prozess über sich ergehen lassen muss.
Es gibt mehr als einen vagen Zweifel an der Version der Staatsanwaltschaft, um meinen Mandanten lebenslang hinter Gitter zu bringen, geschweige denn, die besondere Schwere der Schuld festzustellen.
Natürlich haben uns die Staatsanwaltschaft und auch die Zeugen ein sehr anschauliches Bild einer abscheulichen Bluttat gezeichnet, aber niemand war bisher in der Lage zu sagen, was am Abend des 03. Oktober im Hause der Steinbüchels in Leverkusen-Schlebusch wirklich passiert ist. Die von der Staatanwaltschaft aufgezeigte Beweis- und Faktenlage ist mehr als dünn und ebenso könnte jeder andere die Tat begangen haben.
Die Vertreterin der Anklage zieht hier eine Champagnerflasche als Beweismittel heran und will meinen Mandaten wegen eines liebevoll gemeinten Geschenks für immer hinter Schloss und Riegel sehen. Des Weiteren untermauert die Staatsanwaltschaft diesen Wunsch mit

einer DNA-Spur meines Mandanten an zwei Fingernägeln. Mein Mandant hat nie bestritten, dass er Kontakt zum Opfer hatte. Eine Übertragung von DNA ist somit nicht verwerflich. Für die Staatsanwaltschaft aber schon." Ommer grinste deutlich in Richtung der Journalisten.

„Hohes Gericht! Die Staatsanwaltschaft hat einen regelrechten Anfängerfehler begangen, indem sie sich mit dieser dünnen Spurenlage auf meinen Mandanten gestürzt hat. Der Ermittlungsakte ist nicht zu entnehmen, dass sie auch nur ansatzweise versucht hat, überhaupt eine andere Person als Täter in Betracht zu ziehen. Nachdem die DNA-Spuren meinem Mandanten zugeordnet werden konnten, hat die Staatsanwaltschaft die Ermittlungen nur noch einseitig geführt und letztlich die weitere Beweisführung auf die Aussage eines verurteilten Betrügers gestützt, der hier ganz sicher nicht die Wahrheit in Bezug auf die Ermittlungsakte gesagt hat. Wir alle haben die Aussagen der anderen Strafgefangenen gehört, die ein sehr deutliches Bild in Bezug auf den Leumund des nicht vorhandenen Kronzeugen gezeichnet haben. Dem kann ich auch nichts mehr hinzufügen, außer dem Gedanken, dass der echte Täter noch nicht gefasst ist und frei herumläuft.

Was die Perlenkette betrifft, so gibt es an dieser noch nicht einmal belastende Spuren meines Mandanten. Trotzdem wird von der Staatsanwaltschaft behauptet, dass diese Kette mit der Bluttat in Verbindung stehen muss! Offenbar verfügt die Vertreterin der Anklage über hellseherische Fähigkeiten?! Entschuldigung!" Ommer räusperte sich.

„Aber selbst wenn wir davon ausgehen, dass es sich um die Kette von Adelheid Steinbüchel handelt, so ist längst nicht bewiesen, dass es sich hierbei zwangsläufig um Tatbeute des 03. Oktober handeln muss. Dafür gibt es keinen einzigen Beweis – keinen! Auch die Haushälterin konnte hierzu keine plausible Aussage machen. Sie konnte auch nicht ausschließen, dass es sich bei der Perlenkette sogar um ein Geschenk an Jonas Brückner gehandelt haben könnte."

Sarah Steinmann dachte sich ihren Teil. Nur allzu gern zündeten Verteidiger Nebelkerzen und eröffneten Nebenkriegsschauplätze, einzig und allein mit dem Ziel, Verwirrung zu stiften und Zweifel zu schüren.

„Kommen wir zu meinem Mandanten, einem jungen Mann, der vor all dem hier dabei war, sein Leben zu ordnen ..."
Ommer gab sich alle Mühe auf die Tränendrüse zu drücken und Mitleid für Jonas Brückner zu erhaschen. Er sei ein junger Mann ohne Perspektiven gewesen: „Seine Eltern haben ihn noch vor der Einschulung in ein Kinderheim abgeschoben, weil er ihnen zu zappelig war. Heutzutage würde man bei ihm ADHS bescheinigen. Ob es daran lag, dass seine Mutter während der Schwangerschaft täglich eine Schachtel Zigaretten geraucht hat und auch bis zur Niederkunft dem Alkohol nicht abgeneigt war, kann man stark vermuten. Zur Mutter besteht jedenfalls kein irgendwie geartetes Verhältnis. Den leiblichen Vater kennt mein Mandant gar nicht. Bis zu seinem 17. Lebensjahr hat Jonas Brückner unzählige Pflegefamilien durchlaufen. Ungefähr mit 18 bis 19 Jahren entdeckte er seine Affinität zum Mystischen und zur Geschichte." Den letzten Gedanken wollte Ommer besonders hervorheben. „Er ist zugegebenermaßen ein ziemlich spezieller Typ, aber eins ist er deswegen nicht: Ein Mörder! Jonas Brückner hat sich ebenso seit Jahren der Heilkunde verschrieben und betreibt eine eigene Webseite zum Zwecke des Vertriebs seiner Kräutermischungen. Er ist tagtäglich im Wald auf der Suche nach neuen Kräutern. Mein Mandant ist auch Veganer und allein schon aus diesem Grund nicht zu einer solchen Bluttat fähig.
Hohes Gericht! Seine andere Lebensweise und Sicht der Dinge machen ihn nicht zum Mörder. Bitte lassen Sie nach dem richtigen Täter suchen. Mein Mandant steht doch nur deshalb hier vor Gericht, weil die Staatsanwaltschaft glaubt, dass es kein anderer gewesen sein kann. Sprechen Sie Jonas Brückner frei und geben Sie ihm sein Leben zurück. Vielen Dank!"

Nach dem Plädoyer von Ommer waren weitere 90 Minuten vergangen und der Vorsitzende gab nun dem Angeklagten das letzte Wort. Für diesen Moment hatte der Anwalt seinen Mandanten in einen dunkelblauen Anzug mit weißem Hemd gesteckt. Brückner war frisch rasiert und seine Haare waren mit Haargel zur Seite gescheitelt. So unscheinbar hätte man ihn als Schwarm aller Schwiegermütter bezeichnen können. Er sprach sehr leise und wippte mit dem Oberkörper vor und zurück, auch schien er nicht zu wissen, wohin mit den Händen.

„Ich schließe mich den Worten meines Verteidigers an, aber ich möchte noch eines sagen. Mit mir sitzt der Falsche auf der Anklagebank." Um seinen Worten mehr Aussagekraft zu verleihen, presste er sich demonstrativ die linke Hand auf die Brust.

„Als ich von den lieben Steinbüchels weg bin, haben die noch gelebt und erfreuten sich bester Gesundheit. Wir waren so was wie Seelenverwandte, niemals hätte ich ihnen etwas zuleide tun können. Sie waren für mich die Großeltern, die ich nie hatte. Ich flehe Sie an, suchen Sie nach dem wahren Mörder! Ich bin unschuldig und gehöre nicht ins Gefängnis. Das einzige, was man mir vorwerfen kann, was ich mir selbst vorwerfen kann, ist die Tatsache, dass ich leider diese schreckliche Tat nicht verhindern konnte. Wäre ich an dem Abend noch im Haus geblieben, so wären die Steinbüchels sicher noch am Leben. Ich hätte sie mit meinem Leben verteidigt."

Sarah Steinmann dachte sich, dass Jonas Brückner rhetorisch gut von Ommer vorbereitet worden war, dennoch hatte sie keinen Zweifel daran, dass sich die 11. Große Strafkammer nicht von diesem Laienschauspiel beeindrucken lassen und das richtige Urteil sprechen würde.

Der Vorsitzende gab bekannt, dass das Urteil kommenden Montag um 10:00 Uhr im Saal 211 verkündet werde.

Mittwoch, Presseberichterstattung

Am Tag nach dem letzten Verhandlungstag, der ohne weitere Beweisanträge der Verteidigung geschlossen werden konnte, gab es kaum eine Tageszeitung, die nicht auf Seite 1 von dem Prozess berichtete. In den letzten Wochen war der Angeklagte immer mehr in den Mittelpunkt gerückt und jedes biografische Detail seiner Person durchleuchtet worden. Im Vorfeld hatte sich allerdings nicht nur für die Journalisten die Frage aufgetan, ob sich die Öffentlichkeit eigentlich mehr für das Verbrechen als für den Täter interessierte. Nach der Urteilsverkündung würde es – im Falle einer Verurteilung – vermutlich sein wie immer: Nachdem sich die Gefängnistüren hinter Jonas Brückner geschlossen hätten, würde das Interesse an diesem Fall verpuffen.

Der Kölner Stadt-Anzeiger titelte: *Staatsanwältin fordert lebenslange Haft für den mutmaßlichen Doppelmörder Jonas B.* In der BILD-Zeitung prangte in fetten Großbuchstaben „MORDPROZESS" auf der Titelseite. Der EXPRESS fiel mit der Schlagzeile *Leverkusener Doppelmord: Verteidiger fordert Freispruch* auf. Diesen Artikel hatte der Lokalreporter Dirk Holm verfasst.

***

Nachdem Sarah Steinmann alle Zeitungsberichte gelesen hatte, griff sie zum Hörer und rief Paul Westhoven an. Dieser war an diesem Mittwochmorgen auch im Büro.

„Hey, Sarah, grüß dich."

„Hallo, Paul, hast du schon die Berichterstattung zum Prozess gelesen?"

„Na klar. Unsere Pressestelle war so freundlich, mir einen Pressespiegel zusammenzustellen. Ist doch ganz okay, finde ich, oder?"

„Der Artikel im Stadt-Anzeiger ist gut, aber was dieser Holm wieder von sich gegeben hat … Als ob ich wie ein kleines Mäuschen agiert hätte, das vor dem glänzenden Plädoyer des Strafverteidigers erblasst wäre."

„Ach komm, du nimmst doch nicht wirklich ernst, was dieser Presseheini schreibt. Aber beruhigend, dass er sich diesmal über dich mokiert und mich mal ausnahmsweise in Ruhe lässt", lachte Westhoven.

„Ja, ja … Gibt es eigentlich noch was Neues in Sachen Pyramidenpark beziehungsweise Kira Kölsch-Keppler?"

„Nö, du warst ja zeitweise sogar dabei. Danach gab es nichts mehr. Wir haben die Aktendoppel jeweils vervollständigt und dein Exemplar müsste dir ja vorliegen. Hast du schon eine Idee, inwiefern du hier anklagen wirst? Sie stellt es ja als Notwehr da!" Westhovens mürrischer Unterton war nicht zu überhören.

„Ich muss mal schauen. Mord, Totschlag, Notwehr, vielleicht Überschreitung der Notwehr. Das werde ich mir in den nächsten Tagen genau anschauen und mich dann in eine Richtung festlegen. Die Anklageschrift soll schließlich Hand und Fuß haben. Ich habe nämlich gehört, dass unser gemeinsamer Freund versuchen wird, die Verteidigung an sich zu ziehen."

„Ommer?"

„Genau der!"

„Ist doch okay. Da wissen wir wenigstens, wer unser ‚Gegner' ist." Die beiden mussten lachen. Dann meinte Westhoven: „Aber Scherz beiseite! Es würde mich sehr wundern, wenn er nicht versucht, die Kölsch-Keppler als unzurechnungsfähig darzustellen. Das arme Mädchen, das nicht anders konnte, als ihren Peiniger zu erstechen und zerstückelt in der Gegend zu verteilen. Ganz zu schweigen von ihrem exklusiven Barbecue auf dem Balkon."

„Paul, jetzt übertreibst du aber. Er macht schließlich auch nur seinen Job. Anwälte setzen sich doch immer für ihre Kundschaft ein. Na ja, fast immer. Es gibt natürlich auch schwarze Schafe, die nur abkassieren und gar nichts tun. Aber am Ende entscheidet sowieso das Gericht, so wie nächste Woche."

„Wie ist denn deine Prognose, Sarah? Glaubst du, dass der Brückner lebenslang hinter schwedischen Gardinen verschwindet?"

„So habe ich es zumindest beantragt. Wie die Kammer letztlich entscheidet, werden wir ja dann nächsten Montag hören."

***

Die nächsten Tage waren von öder Büroarbeit geprägt: Berichte und Aktenvermerke schreiben, Asservierung der sichergestellten Beweismittel, Mehrdienstabrechnungen und noch einige andere administrative Dinge. Auf jeden Fall musste die Führungsstelle der Kriminalpolizei darüber Bescheid bekommen, dass die MK „Pyramide" nun quasi abgemeldet war und die Kaderkräfte wieder in ihre Dienststellen zurückgekehrt waren.
Die gesamte Ermittlungsakte nebst Beweismittelordnern und Fotomappe wurde dreifach kopiert, das Original war für das Gericht und jeweils eine Ausfertigung für die Staatsanwaltschaft und das KK 11. Und zwischendurch mussten Toni und Dember den einen oder anderen „Leichenvorgang" bearbeiten. Es war schließlich immer noch Urlaubszeit und die Personaldecke daher sehr dünn.

Montag, Urteilsverkündung

An der Sicherheitsschleuse zum Gericht herrschte schon seit 09:00 Uhr Hochbetrieb. Viele Zuschauer und Pressevertreter wollten pünktlich zur Urteilsverkündung im Saal 211 sein.
Als um kurz nach 10:00 Uhr die Richter und Schöffen den Gerichtssaal betraten, standen alle auf und warteten gebannt auf das, was der Vorsitzende nun sagen würde. Mit kräftiger, deutlicher Stimme ergriff er das Wort: „Im Namen des Volkes ergeht folgendes Urteil: Die 11. Große Strafkammer verurteilt den Angeklagten Jonas Brückner wegen zweifachen Totschlags zu einer Freiheitsstrafe von 13 Jahren und sechs Monaten!“
Ein Raunen ging durch den Saal. Mit diesem Urteil, einer so geringen Haftstrafe, hatte offenbar niemand gerechnet.
Sarah Steinmanns Gesichtszüge entgleisten, während Rechtsanwalt Ommer augenblicklich ein fettes Grinsen aufsetzte. Zwar war das Gericht seinem Antrag, seinen Mandanten freizusprechen, nicht nachgekommen, aber immerhin hatte er es bewerkstelligt, dass Jonas Brückner nicht wie von der Staatsanwältin vehement gefordert zu lebenslanger Freiheitsstrafe mit Feststellung der besonderen Schwere der Schuld verurteilt wurde. Und bei guter Führung würde auch für ihn wahrscheinlich die 2/3-Regel greifen, so dass sein Mandant in gut acht Jahren wieder ein freier Mann wäre. Vielleicht würde er aber auch in Revision gehen, denn er hatte schließlich einen Freispruch gefordert. Auf jeden Fall würde er zunächst die schriftliche Urteilsbegründung abwarten.
Die Pressevertreter schrieben mit, was nun als kurze Begründung der Kammer in Person des Vorsitzenden Richters folgte:
„Die Kammer sieht es als erwiesen an, dass der Angeklagte in den Abendstunden des 03. Oktober mit jeweils mehreren Messerstichen den 78-jährigen Hubert Steinbüchel und dessen 73-jährige Ehefrau Adelheid Steinbüchel in deren Leverkusener Villa in Schlebusch erstochen hat. Weder die Schöffen noch die Richterschaft haben Zweifel an der Schuld des Angeklagten. Dennoch kam eine Verurteilung wegen zweifachen Mordes letztlich nicht in Betracht, da es der Kammer am Nachweis der erforderlichen Mordmerkmale gefehlt hat.

Habgier, Heimtücke, Arglosigkeit oder die Absicht zur Verdeckung einer anderen Straftat konnten in den Verhandlungstagen nicht belastbar nachgewiesen werden.
Ebenso konnte der genaue Tatablauf nicht zweifelsfrei aufgeklärt werden und auch das Motiv ist nach wie vor unklar. Zwar hat der Angeklagte zugegeben, dass er am Tattag bei den Steinbüchels zu Besuch gewesen ist, aber dies ist eben nicht strafbar. Die Vorwürfe hat der Angeklagte stets bestritten. Ich möchte betonen, dass es mehrere DNA-Spuren des Angeklagten am Tatort gegeben hat. Insbesondere die Spuren an den frisch eingerissenen Fingernägeln Hubert Steinbüchels sind dabei nicht erklärbar, und die Begründung der Verteidigung, es habe eine herzlich heftige Begrüßung gegeben, reicht als Erklärung nicht aus. Weiterhin konnte der Besitzwechsel der Perlenkette des Opfers nicht geklärt werden. Immerhin befand sich diese in einem Versteck und es ist auch nicht nachvollziehbar, warum Adelheid Steinbüchel ihr Familienerbstück an den Angeklagten verschenkt haben sollte.
Gegenüber seinem Mitgefangenen Thomas Beck hat sich der Angeklagte offenbart und ihm Detailwissen verraten, das nur der Täter wissen konnte. Der Zeuge Beck ist bekanntermaßen eine schillernde Persönlichkeit, nichtsdestotrotz ist seine Aussage in sich schlüssig gewesen."
Dirk Holm, der für den EXPRESS zur Urteilsverkündung geschickt worden war, musterte während des Vortrags eindringlich Jonas Brückner. Er notierte sich, dass dieser das Urteil nahezu regungslos aufgenommen hatte. Damit blieb er zumindest der Strategie treu, die er in den Verhandlungstagen immer deutlich gezeigt hatte.
Im Foyer des Justizgebäudes holte sich Holm die Kommentare von Rechtsanwalt Ommer und Sarah Steinmann ein. Ommer kündigte an, das Urteil in seiner Tiefe zu prüfen und behielt sich eine Revision vor. Steinmann hingegen begrüßte zunächst, dass die Verhandlung nun zum Abschluss gekommen sei. Auch sie werde das Urteil prüfen, halte aber die kurze Argumentation der Urteilsfindung im Grunde für schlüssig. Ob sie Rechtsmittel einlegen werde, sei noch offen.

Epilog

Nachdem die Arbeit in der MK „Pyramide" endgültig beendet war, ging alles wieder seinen normalen Gang.

***

***Sigrid Stotzem-Randerath** bearbeitete im KK 12 wieder Sittendelikte und hatte bei ihrer Rückkehr gleich einen pressewirksamen Fall.*

***

*Bei **Guido D'Angelo** bog sich der Schreibtisch ob der Masse an Ermittlungsakten fast durch. Der Alltag im regionalen Kommissariat hatte ihn wieder eingeholt, die Anzahl seiner offenen Vorgänge erreichte fast die 150er Marke und obendrein war er auch schon für den Wochenenddienst auf der Kriminalwache und einen Tag für die Anzeigenaufnahme bis in die Abendstunden eingeteilt worden. Er hoffte, dass seinem Umsetzungswunsch zum nächsten Termin gefolgt würde und er ab dem 01. September fest im KK 11 arbeiten konnte.*

***

*Im **Hause Dember** kehrte langsam wieder der häusliche Frieden ein. Leons Blähungen waren vorbei und die Zweisamkeiten mit Doris verliefen ganz nach Dembers Vorstellungen … nach ihren natürlich auch.*

***

*Der **Kripochef Bert Stellmacher** bedankte sich persönlich bei Paul Westhoven für die hervorragende schnelle Klärung des Falles. Mit diesem Ergebnis könnten nun die Deutzer Bevölkerung und auch alle anderen Kölner wieder ruhig schlafen. Westhoven gab das Lob an die Kommission weiter.*

***

***Sarah Steinmann** hatte sich unzählige Male die Vernehmungsprotokolle von Kira Kölsch-Keppler durchgelesen und sich immer wieder den Beweismittelhefter und sämtliche Fotos angeschaut. Sie stolperte immer wieder über die Stelle des Zustechens von hinten in den Hals. Nach ihrer Auffassung und Subsumtion der*

Mordmerkmale kam letztlich für sie nur eine Anklage wegen eines so genannten Heimtückemordes in Betracht. Immerhin hatte Stefan Peffgen mit dem Rücken zu ihr auf dem Bett gesessen und war gerade dabei gewesen, sich anzuziehen, als Kira Kölsch-Keppler ihm das Messer von hinten in den Hals gestochen hatte. Somit hatte sie objektiv vorsätzlich die auf Arglosigkeit beruhende Wehrlosigkeit von Peffgen in feindlicher Willensrichtung ausgenutzt, um ihn zu töten. Peffgen hatte offenbar in dieser Situation mit keinem tätlichen Angriff auf ihn gerechnet. Gegen den hinterrücks geführten Messerstich war er wehrlos gewesen. Sarah Steinmann war davon überzeugt, dass Kira Kölsch-Keppler auch subjektiv ganz bewusst diese vom Gesetz geforderte auf Arglosigkeit beruhende Wehrlosigkeit in dieser Situation ausgenutzt hatte. Das finale Element bejahte Sarah Steinmann auch deshalb, weil sie nicht daran zweifelte, dass die junge Frau diese hilflose Lage erkannt und sich diese zur Ausführung der Tat ganz bewusst zunutze gemacht hatte. In der späteren Hauptverhandlung vor der Großen Strafkammer würde sie auf lebenslange Haft plädieren. Ihrer Ansicht nach hätte Kira Kölsch-Keppler die Tat eben nicht begehen müssen, sondern einfach nach Verlassen der Wohnung von Peffgen die Polizei anrufen und ihn anzeigen können. Zwar hatte ihr Geständnis für eine schnellere Aufklärung und vielleicht sogar zu einer gewissen Erleichterung bei ihr selbst gesorgt, aber für Staatsanwältin Steinmann gab es eben keinen Mord in einem minder schweren Fall.

Die 5. Große Strafkammer bewertete nach acht Verhandlungstagen die Tat von Kira Kölsch-Keppler anders als Sarah Steinmann. Sie entsprach jedoch genauso wenig dem Wunsch der Verteidigung nach einem Freispruch wegen eines Notwehrexzesses.

Die Kammer hatte sich lange darüber beraten müssen, ob hier ein „minder schwerer Fall“ des Mordes bei der Urteilsfindung berücksichtigt werden müsste und bezog sich im Ergebnis auf die so genannte Rechtsfolgenlösung des Bundesgerichtshofs. Der Große Senat in Strafsachen hatte nämlich nach den Vorgaben des Bundesverfassungsgerichts in einem anderen früheren Fall durch Rechtsfortbildung den § 211 des Strafgesetzbuches (StGB) um eine ungeschriebene Strafzumessungsvorschrift für einen minder schweren Fall erweitert. Somit war es der Kammer möglich, anstatt der lebenslangen Freiheitsstrafe von 15 Jahren ausnahmsweise einen gemilderten Strafrahmen gemäß § 49 Absatz 1 Nummer 1 StGB anzuwenden. Somit wäre eine Verurteilung dann aufgrund der so genannten dreiviertel Regelung nur noch mit maximal 11 Jahren und 3 Monaten möglich.

Übereinstimmend kam die Kammer letztlich zum Ergebnis, dass für Kira

Kölsch-Keppler außergewöhnliche Umstände vorlagen, die ihre Schuld erheblich milderten. Die Verhängung einer lebenslangen Freiheitsstrafe für die junge Frau erschien der Kammer unverhältnismäßig.
Kira Kölsch-Keppler hatte sich nach Auffassung der Kammer in einer notstandsähnlichen Lage befunden, so dass für sie die Tötung von Peffgen der einzige Ausweg gewesen war. Die vorangegangene Tat, die Ankündigung weiterer Misshandlungen und Erniedrigungen sowie die damit verbundene schwere Provokation durch Peffgen machten nach Ansicht des Gerichts die heimtückische Tat „unausweichlich".
Das Gericht sah in der Tathandlung auch keinen besonders verwerflichen Vertrauensbruch zwischen Täter und Opfer und die Tathandlung von Kira Kölsch-Keppler nicht als Ausdruck besonderer Verschlagenheit an, sondern hielt ihr zugute, dass im Grunde die Heimtücke die Waffe des Schwachen gegenüber einem Stärkeren war.

***Kira Kölsch-Keppler** wurde zu 9 ½ Jahren Freiheitsstrafe verurteilt.*

***

***Jonas Brückner** hatte im Gerichtssaal während der Verhandlungstage und bei der Urteilsverkündung minimale bis keinerlei Gefühlsregungen gezeigt. Innerlich jedoch hüpfte sein Herz vor Erleichterung, weil ihn das Gericht nicht wegen Mordes verurteilt hatte. Bis zum Schluss hatte er durchgehalten und geschwiegen. Er war beeindruckt, was die Kriminalpolizei allein anhand der Spuren, Gutachten und Zeugenaussagen für Rückschlüsse gezogen hatte. Am liebsten hätte er jedes Mal applaudiert, wenn es zutraf. Sein wahres Motiv würde jedoch niemals jemand erfahren. Woher hätte die Kriminalpolizei auch wissen sollen, dass die Steinbüchels ihn eigentlich nur wegen eines Diebstahls von lausigen 200 € anzeigen wollten, die er beim letzten Besuch geklaut hatte? Darüber war er so wütend gewesen, dass er in wenigen Tagen die grausame Tat geplant hatte. Dass die Polizei die Perlenkette gefunden hatte, hätte beinahe seine Pläne durchkreuzt. Glücklicherweise hatte er keine Spuren an dem Schmuckstück hinterlassen.*
Bei seiner Entlassung, die bei guter Führung ja nach zwei Dritteln der Zeit zu erwarten stünde, würde er nicht mit leeren Händen dastehen. Schließlich hatte die Kriminalpolizei das zweite Versteck nicht gefunden ...

***

Anne und Paul Westhoven *genossen am Wochenende die Sonne. Sie hatten es sich auf ihren Liegestühlen bequem gemacht und leckere Drinks zubereitet. Westhoven trank einen gut gekühlten Pastis 51 mit Eiswürfeln und Anne einen eiskalten Orangensaft mit Aperol. Nach einem tiefen Schluck fragte sie beiläufig: „Und, weißt du schon, was jetzt als Nächstes ansteht?“*
Westhoven zuckte nur mit den Schultern und sagte lapidar:

„Was weiß ich? Aber eins ist sicher:
So lange es Menschen gibt, wird auch gemordet!“

Danksagung

Mein Dank gilt allen, die mich bei diesem authentischen Kriminalistenroman unterstützt haben, insbesondere einem Kollegen aus Gütersloh, dem Amtsgericht Köln, der Rechtsmedizin Köln sowie meinem Autorenkollegen Gereon A. Thelen, der seine kölsche Stimme meiner Protagonistin Kathrin Oehmchen verliehen hat.
Danke an meine Zitatengeber, die sich noch vor dem Lektorat mit dem Skript auseinandergesetzt haben, insbesondere danke ich Doro Christmann vom KK 11 für ihre kriminalistischen Ratschläge. Außerdem muss ich mich auch diesmal bei meinen Kolleginnen und Kollegen für die täglichen „Steilvorlagen“ aus der täglichen Praxis bedanken.
Ein großes Dankeschön an meinen Verlag und das gesamte Team, die mich stets beraten und mir die Möglichkeit geben, meine Ideen zu publizieren.
Mein größter Dank gilt allerdings meiner Familie, meiner Frau und meinen Kindern Alisa und Simon. Insbesondere hätte ich ohne meine liebe Frau gar nicht mehr die Zeit, mich diesem Hobby zu widmen, und auch nicht, um die notwendigen Recherchen durchzuführen, geschweige denn, meine Kriminalistenromane auf Lesungen zu präsentieren.
Danke Miriam, msghTuZPfiue!

Bernhard Hatterscheidt

Weitere Krimis in der Edition Lempertz

Mörderischer Fastelovend
266 Seiten,
125 x 190 mm,
Softcover,
ISBN 978-3-941557-69-7
9,99 €

Eiskalt in Nippes
192 Seiten,
125 x 190 mm,
Softcover,
ISBN 978-3-939284-14-7
9,99 €

Feuer in Rondorf
240 Seiten,
125 x 190 mm,
Softcover,
ISBN 978-3-939284-55-0
9,99 €

Alle Krimis auch als E-Books!

Alle Krimis auch als E-Book!

Melaten Macchiato

192 Seiten,
125 x 190 mm,
Softcover,
ISBN 978-3-943-883-68-8,
9,99 €

Raucher sterben früher

224 Seiten,
125 x 190 mm,
Softcover,
ISBN 978-3-943883-19-0,
9,99 €

Find us on Facebook

www.facebook.com/kriminalistenroman
www.kriminalistenroman.de
www.kriminalistenroman.com

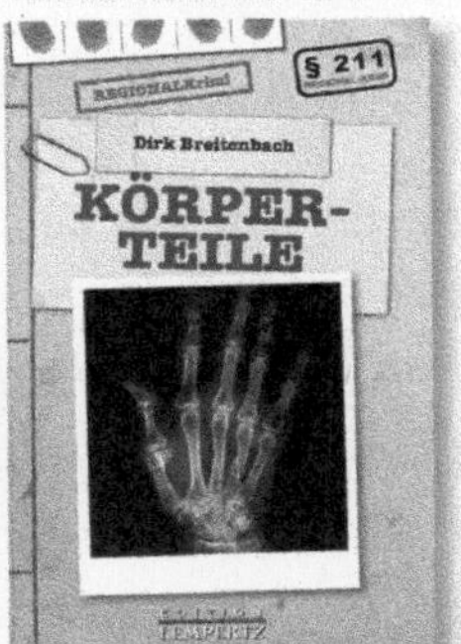

Körperteile

ca. 192 Seiten,
125 x 190 mm,
Softcover,
ISBN 978-3-945152-56-0
9,99 €